百姓宣讲故事百例

《百姓宣讲故事百例》编写组　编

山东友谊出版社·济南

图书在版编目（CIP）数据

百姓宣讲故事百例 /《百姓宣讲故事百例》编写组
编 . — 济南：山东友谊出版社 , 2023.7
　ISBN 978-7-5516-2770-2

　Ⅰ . ①百…　　Ⅱ . ①百…　　Ⅲ . ①故事 – 作品集 –
中国 – 当代　Ⅳ . ① I247.81

　中国国家版本馆 CIP 数据核字 (2023) 第 110205 号

百姓宣讲故事百例
BAIXING XUANJIANG GUSHI BAILI

责任编辑：肖　静
装帧设计：杨雯雯

主管单位：山东出版传媒股份有限公司
出版发行：山东友谊出版社
　　　　　地址：济南市英雄山路 189 号　邮政编码：250002
　　　　　电话：出版管理部（0531）82098756
　　　　　　　　发行综合部（0531）82705187
　　　　　网址：www.sdyouyi.com.cn
印　　刷：济南乾丰云印刷科技有限公司

开本：710 mm×1000 mm　　1/16
印张：22　　　　　　　　字数：320 千字
版次：2023 年 7 月第 1 版　印次：2023 年 7 月第 1 次印刷
定价：76.00 元

前 言

　　党的二十大，是在全党全国各族人民迈上全面建设社会主义现代化国家新征程，向第二个百年奋斗目标进军的关键时刻召开的一次十分重要的大会。为庆祝党的二十大胜利召开，集中展现广大干部群众在踏上实现第二个百年奋斗目标新征程上的新作为、新担当、新姿态，把学习党的创新理论成果转化为建功新时代、奋进新征程的内在动力，中共山东省委讲师团在全省开展了百姓宣讲故事征集活动。经广泛发动，各地大力推荐，在严格把关、认真筛选基础上，择优选取 100 例故事汇编整理成书。

　　习近平总书记指出："历史长河波澜壮阔，一代又一代人接续奋斗创造了今天的中国。"书中所选故事主题鲜明、典型性强，情节生动、语言活泼，感情真挚、启发性强，以身边事宣讲大政策，以小切口展现大场景，以小故事反映大时代，集中展现了全省广大干部群众牢记嘱托，在新征程上事争一流、唯旗是夺的精神风貌。这里的每一位主人公，都在平凡岗位上作出了不平凡的业绩。他们中既有勇于作为担当、在乡村振兴道路上取得显著成绩的女企业家，也有甘于牺牲奉献、坚定支持国防事业的好军嫂；既有白衣为甲逆风而行、舍生忘死一线抗疫的医护人员，也有甘守寂寞、无私奉献的深山护林人；既有无畏身残体弱、扼住命运咽喉勇于奋起的残疾人，也有爱洒祖国边陲、扎根三尺讲台援疆工作的一线教师……正所谓，历尽天华成此景，人间万事出艰辛。这些感人故事，充分展现了新时代全省干部群众过硬的政治品格、高尚的道德风貌、主动作为的进取精神，具有很强的教育意义。

团结就是力量，实干铸就辉煌。党的二十大描绘了以中国式现代化全面推进中华民族伟大复兴的宏伟蓝图，吹响了奋进新征程的时代号角。让我们更加紧密团结在以习近平同志为核心的党中央周围，高举中国特色社会主义伟大旗帜，牢记嘱托、同心同德、踔厉奋发、勇毅前行，不断开创新时代社会主义现代化强省建设新局面。为全面建设社会主义现代化国家、全面推进中华民族伟大复兴作出新的更大贡献！

本书出版得到山东友谊出版社的大力支持，在此表示感谢！由于时间仓促，难免有不足和疏漏之处，恳请批评指正。

《百姓宣讲故事百例》编写组

2023 年 5 月

目录

"医"脉相承

济南市济阳区人民医院宣传科主任助理　朱宝慧

盛世修志。前段时间，医院编纂院志。作为一名医院宣传工作人员，我有幸参与了这项工作，日复一日，我们整理的不只是一份份文字材料与照片，更是几代济医人薪火相传的梦想与责任，是有血有肉鲜活生动的一个个人物和故事。

济南市济阳区人民医院院志

翻开《济南市济阳区人民医院院志》，时间回到1949年。5间平房，5个人……几张年代久远的老照片，带我们走近那段温情岁月。照片上简陋的瓦房前，站着几位身穿白大褂的大夫，褶皱的相纸虽然已经褪色不少，但却遮不住那个年代人们脸上最淳朴的微笑。小心翼翼地翻着一页页带着墨香的纸张，我的视线突然停留在了20世纪60年代的一张证书上，它的时间很久远，已经超过了我父母的年纪。证书的授予人是陈添进，我们的老院长，广东人，1955年来到医院，践行着他济世救人的医学梦。在那个医疗环境简陋，技术设备贫乏的年代，他克服工作上的压力和北方气候引起的身体不适，全心全意为患者，这一干就是60年。他的一个故事深深吸引了我：一天冬夜，寒风瑟瑟，一位老人因患有急性肠梗阻，病情危急，必须转院去济南。可一听转院，家属慌了神，在那个没有急救车，甚至连车都十分少见的年代，怎么转院？大家一筹莫展。"赶着毛驴车，我护送病人转院。"陈院长脱口而出的一句话，让在场的人都愣住了。这大黑天的，将近50公里的路程，能行吗？从济阳到济南，天黑黑，路难行。当时的大堤非常狭窄，坑坑洼洼，陈院长就与家属深一脚浅一脚地低头赶路。走到黄河边时，又苦口婆心请求渡船师傅连夜渡河，这才费尽周折把病人送到山东医学院附属医院。病人得救了，天也亮了，陈院长这才发现自己满身泥土，耳朵和四肢都冻伤了。

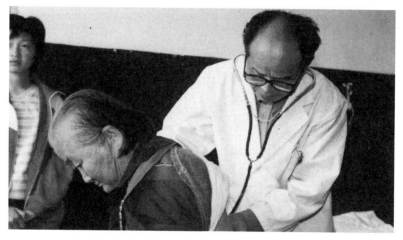

陈添进院长（右一）在为患者听诊

医者仁心莫过如此，因为心里装着患者，所以心甘情愿为患者。我一边感叹陈院长的医者仁心，一边继续追溯。我的目光又定格在20世纪80年代。那时国家迎来改革开放，我们医院的发展也迎来了春天。黑白照片上有了色彩，曾经的瓦房变成小楼，白色的大褂之间也多了几抹颜色，有淡蓝的隔离衣、浅灰的技师服和生命绿的急救装。忽然，我发现一张熟悉的面孔，那是我的父亲，曾经的急救中心主任。

济南市济阳区人民医院老院区

　　我的童年时期，父亲因为当兵在外，多数时间"缺席"我们的生活。因为思念，我常常会把穿军装的陌生人错认成父亲。后来，父亲转业来到济阳县人民医院，全家人都很高兴，以为家终于完整了：吃饭的小圆桌前不会再少哪一位家人了；放学的时候也会有一个伟岸的身躯载着我们回家了；过生日时，一家人也能聚在一起唱生日歌了……可谁知，他留给我们的仍然是匆匆离开的背影和承诺不完的"下一次"。除了正常上下班，节假日里，一个电话响起，他就要出门。我们的饭桌前依旧有一个位子空着，左等右盼、饭菜热了一遍又一遍；上学的时候仍然是拜托邻居家的叔叔阿姨接送……我不明白，为什么别人家的父亲能陪在家人身边有说有笑，而我的父亲就只知道工作呢？一次弟弟生病了，需要在医院打针，可他哭着闹着就是不配合，吵着"要让爸爸陪着"。妈妈无奈给爸爸打了电话，结果可想而知。晚上，父亲拖着疲惫的身体回到家，我的心里既心疼又生气，含着泪水瞪大了眼睛冲着他就喊："弟弟生病了你都不回来，你不是我们的爸爸。"妈妈赶忙捂住我的嘴，狠狠训斥了我一番，爸爸却什么也没说。那天以后，倔强的我决定不再和他说话。

　　放学回家的路上，一阵急促的救护车警笛声呼啸而过，同学指着车里的一位医生喊道："朱宝慧，你爸爸！"当我反应过来的时候，车已走远。当晚躺在卧室，我听到客厅里爸爸对妈妈说："今天接了一个大车祸，弄得衣服上都是血，我得赶紧洗洗，可别吓着孩子们。"我的心突然怔了一下，心里说不出的滋味，蜷在被窝里哭了起来。后来，我自己也成了一名医务工作者，渐渐地，也明白了，父亲不是冷漠的工作狂，他干的是与时间赛跑的大事，而这件大事恰恰需要更多的守护。

朱宝慧在办公室工作

放下沉甸甸的院志，想想医院这些年的变化，我不禁感慨万千：前些年社会上还流传着这样一些段子："教育、医疗、房子是压在老百姓身上的三座大山"，而在基层，甚至还有"小病拖、大病扛、实在不行上药房"这样的顺口溜……可党的十八大以来，医疗保障领域各项改革稳步推进，城乡医保报销比例逐年提升；住院费用可以跨省直接结算；医疗服务也从"治疗"走向"康复"，医院更是开设了医养服务、长护险……这一切不仅让群众看病不再难、不再贵，也让咱老百姓在家门口就享受到了和大医院一样的诊疗服务。

习近平总书记强调："健康是1，其他的都是后面的0，1没有了，什么都没有了。我们在过去成绩的基础上，还是继续把卫生健康事业朝前发展。"小康不小康，关键看健康。不论时代如何变迁，我们所有卫生人的医者仁心一脉相承从未改变。如今，我们这一代人也要延续前人精神、担起自己的责任，在建设健康中国的新征程中，医脉相承，一直在路上。

强国复兴显巾帼担当

山东昊坤果业有限公司董事长　吕丽敏

　　我是山东昊坤果业有限公司董事长吕丽敏。虽为女辈，我在事业上却有着不输男儿的勇气和魄力，以对乡村振兴的热爱、公益事业的执着，在强国复兴有我的伟大实践中,在平凡的工作岗位上书写不平凡的人生轨迹。个人曾获得山东省乡村振兴"百名优秀女农人"荣誉称号，家庭则获得第二届山东省文明家庭称号。

吕丽敏荣获的山东省乡村振兴"百名优秀女农人"荣誉称号证书

　　2002 年，为响应国家重点支持大西北及农业发展的号召，我和丈夫范爱国毅然离开了稳定的国企，转型投身农产品种植和开发，远赴新疆和田地区墨玉县塔克拉玛干沙漠边缘，承包了 4 万亩荒沙地进行创业。塔克拉玛干沙漠位于新疆南疆的塔里木盆地中心，最高温度达 67℃，昼夜温差在 40℃以上，是世界公认的"水果优生区带"，但因风沙强烈、全年降水少，也被称为"生命的禁区"。

因为一份热爱，我们开始了艰难的创业路，"我热爱农业，我喜欢在土地上踏踏实实耕作，虽然很累，虽然汗流浃背，但在收获的那一刻一定会是幸福的。"我是这样想的，也是这样做的，没有因条件艰苦而退缩。没有水，便打井；水质不行、水资源少，便修排碱渠、布设先进的滴灌节水措施；交通不便，便修路；没有电，便架线；树苗成活率不高，便一遍又一遍地种下去。记不清熬了多少通宵、目睹多少支幼苗被烈风斩断、忍受热风是怎样在脸上肆虐，终于，近20公里公路、16公里电力线路、12口水井、满地直挺的小树苗出现在我的眼前，那一刻，一切便都值得了。

万亩荒漠变成片片绿洲后的美好景象

10余年里，我们慢慢地将一望无尽的茫茫荒漠变成了种植红枣、核桃等农产品的"大漠绿洲"和"有机新城"，红枣基地也成为国家标准化种植基地，获得了国家"和田大枣"地理标志使用权，企业参与制定了水果干制品储存的国家行业标准。

新疆种植基地进入丰果期后，我首先想到的就是回报家乡。自己的企业能有今天，离不开各级党委政府的帮助和支持，离不开社会各界的关心和关注，因此，我始终坚守一颗桑梓之心，回馈家乡、助力乡村振兴。2012年，我们回到钢城建起了昊坤食品加工基地，我负责抓生产、抓销售，丈夫范爱国留在了新疆抓源头、抓质量，我们俩各自奋战在小康路上。

丰收的和田大枣

近年来，公司带动了钢城当地经济发展，其中昊坤生鲜项目与区域内20多家果蔬生产合作社签署了长期供货合同，带动周边700余农户脱贫致富，户均增收2000余元。同时，公司也解决了当地300余人就业，且以周边村庄家庭妇女为主，使她们在工作之余，还能就近照顾家庭。员工们纷纷表示，在昊坤，自己从一个农村妇女变成了企业员工，增加了家庭收入，与大家一起走向了致富路！

在艰难的创业发展过程中，我也不忘回报社会，积极投身社会公益事业。我经常组织公司员工到养老院为老人包水饺、送生活用品，与老人聊家常；我还是幸福食堂的常客，逢年过节，都会带着食材去为老人们做一顿可口的饭菜；碰到生活困难、需要捐助之人，也总是忍不住掏出身上的钱物帮助他们。2021年，我加入济南市手拉手孤困儿童帮扶中心，担任钢城区志愿者服务团队常务副团长一职，联合济南市各县区团队及社会爱心企业、爱心人士多次举行送温暖、集体学习、夏令营等活动，支持孤困儿童融入集体，打开心扉，开阔视野，让孩子们切实感受到来自国家和社会的关爱。

在疆创业，更不忘当地百姓；勇担重任，让民族之花常开不败。公司在新疆成立种植合作社，采用"公司＋农户＋基地"的运作模式，将种植基地租给当地农民，并为其提供技术指导，保证农产品销路，为当地农民提供了就业岗位，带动了少数民族群众增收致富。我还积极参与当地包村扶贫，与当地干部一起进村入户，研究发展方向，提出帮扶对策。在和田地区乌尔其乡小学资助了 5 名维吾尔族孤儿入学、生活，定期为孩子们添置衣物、食品，经常关心他们生活近况，每次入疆，一定要去看望他们，成了孩子们的"编外妈妈"。公司每年都组织员工去墨玉县雅瓦乡敬老院参与"维汉一家亲"活动，成为地区民族团结的标兵。

今天的昊坤公司已经从最开始年产值 200 万的小厂发展成为年产值过亿的大企业，我更加坚信乡村是咱农民的根，只要永远跟党走，乡村也是实现梦想的大舞台。在"强国复兴有我"的号召下，我依然会用青春书写强国复兴路上的奋斗故事，用匠心和情怀铸就乡村振兴新力量！

我回娘家当书记

济南市莱芜区大王庄镇复宁街村党支部书记　张文艳

　　大家别看我现在土里土气的，其实我是一名年轻的"八五后"。2008年，我大学毕业前，因为学习成绩优异，被学校推荐到腾讯实习，并获得留校任教的机会。当时因为我姐远嫁外地，考虑到家中老人年事已高、无人照顾，我毅然放弃了在北京的高薪工作，回乡创业，办起了美术培训学校以及莱芜地区最早的写生基地。

张文艳参加莱芜区"中国梦·新时代·新征程"百姓宣讲比赛

　　正当事业蒸蒸日上、如火如荼时，2020年5月26日，我突然接到了大王庄镇党委一个电话，动员我回村担任党支部书记，当时我一口回绝了。因为我的父亲就曾是乡镇干部，总是没白日没黑天，风里来雨里去的。那个时候我不喜欢他，因为他很少陪伴我，对我说的最多的话就是"你等等！等我忙完了！"可后来呢？我长大了，也终于等到他忙完退休的那一天，本以为我能尽尽孝、他也能享享福了，没承想，白血病却打断了他对我的承诺，那一年，他走了。我知道，村委工作不好干，更何况是回娘家村，一个典型的软弱涣散村。当过兵的三舅听说后劝我："既然组织需要你，你就得干，你是党员，就是让你上战场你不是也得去啊！"母亲让我自己作决定，但对我提出了要求：一旦决定回来干，再苦再难也得坚持！也许受到父亲冥冥之中的指引，我下定决心，回娘家村当书记，开启我人生的新征程。

复宁街村巾帼志愿服务队在端午节缝制香囊（右二为张文艳）

回村第一件事就是解决搬迁征地遗留问题。在农村，地是老百姓的命，处理不好这件事，想在村里打开工作局面，是万万不可能的。不怕大家笑话，我刚回村时，老百姓是不认可我这个书记的。村里王大哥，家里有一亩多被占地，我先后四次去找他，跟他详细说明征地补贴政策，可他不耐烦地跟我说："嫁出去的闺女泼出去的水，你回来掺和啥？复宁街村不缺你一个！"他脸上挂满了不服气。我心中的委屈一下子涌了上来。女人当书记难啊，一个嫁出去的闺女回娘家村当书记更是难上加难！面对他们的不理解，我曾特别无助。当想要找寻父亲这座大山靠一靠时，我已无人可依。但我明白，后退从来不是一名共产党员的选择。我告诉自己脸皮再厚一点，胆子再大一点，不服输的劲头再足一点。经过一百多个日日夜夜，我跑破了三双鞋子，穿烂了十多双袜子，最终用真诚的态度打动了他们。当最后一户村民签下合同时，已是那天的凌晨1点多，走在回家的路上，泪水模糊了我的双眼。

我们村是十里八乡有名的生姜种植村，为了让老百姓的生姜稳产稳收，我动员大家给生姜买上了保险。没想到，当年生姜就受了灾，可保险公司却以各种理由拒不赔付，老百姓则是病急乱投医，向我们村委要钱。保护好老百姓的钱袋子，至关重要，咱急，受灾的老百姓更急。那段时间我天天联系保险公司，摽住理赔员，靠上取证，完善手续，终于在半年后，帮助村民追回六万多元的理赔款。元旦后的一天，我刚进村，就看见一群人朝我走来，一面崭新的锦旗，格外耀眼，而带队送锦旗的竟是王大哥，他走到跟前紧紧握着我的手说："文艳，跟你说句实话，你刚来村时，哥哥我可真没看好你，没想到，你是真给咱们老百姓办事。我们代表受灾的老少爷们谢谢你！"看着锦旗上"脚踏实地干工作，实心实意为村民"几个大字，我开心得像个孩子，泪水竟又忍不住流了下来。

两年来，我们村路平了、灯亮了，村容村貌焕然一新。打机井，硬化生产路，埋设管道，高标准完善了农田配套设施，建起了老年幸福院，党组织领办合作社引进了服装加工厂，解决劳动力五十余人，为老百姓创收一百多万。村支部评上了五星级党支部，我个人也当选了莱芜区第一届党代会代表。其实，这些成绩的背后，离不开家人的理解和支持。去年夏天，正值大旱，村里的机井管道坏了，维修工人从中午 12 点就开始抢修，修完时已是晚上 10 点多。等我打开手机，发现居然有二十多条母亲的未接来电。我一下子慌了，赶紧打回去才知道原来是母亲住院了。我飞奔到医院，来到母亲病床前："娘，俺来晚了，村里的机井管道坏了，我……"母亲打断了我的话，宽慰道："娘知道，娘没事，你看我现在不是好好的吗，放心吧。"听到这话，我心里真不是滋味，都这个时候了，母亲不仅没有怪我，还反过来安慰我。那天夜里，医院白净的床单上，身体虚弱的娘，蜷缩着睡着了，我忽然发现，娘老了，柴米油盐一辈子，只剩下满脸的皱纹，满头的白发。那晚，她的呼噜声还是那么响，我却第一次觉得是那么好听。

经常有人问我，一个妇女当支部书记，能干好吗？更何况是一个已经出嫁的姑娘回娘家干，会有人听你的吗？今天，我找到了答案，只要把老百姓的事儿放在心坎上，就能得到老百姓的拥护和支持。今后，我也一定能够在推进乡村振兴的强国之路上，更多地贡献自己的责任与担当！

移动的界碑

济南市历城区万象新天学校教师 赵成丽

习近平总书记强调："我们处在前所未有的变革时代，干着前无古人的伟大事业"。在强国的伟大时代，作为教师和军嫂的我定要咬定青山不放松，为全面推进中华民族伟大复兴而奋斗终生，这是我的毕生追求和信仰。在勇毅前行的路上我的爱人给予我强大力量。

我爱人是驻守西藏的边防军人，他们有句誓言：在没有国界的边境线上，他们就是祖国移动的界碑。我和这位"移动界碑"的故事开始于8年前。

25岁那年，我认识了他，他告诉我他在军校的第一年，班长一首《当兵走阿里》的歌坚定了他戍守边关的信念。他还说，当兵就要去祖国最需要的地方。他的情怀、信仰触动了我心底最柔软的角落。

相处一个多月，他回了西藏。

一年之后，他回来了，送我一枚用子弹壳做的戒指。向我敬了个军礼，说："赵成丽老师，我对组织发誓会对你好一辈子，让你做最幸福的军嫂。"

当时，我很幸福。但婚后真正过日子，却深刻地体会到：军嫂难当，边防军人的军嫂更难当。我怀孕的第27周，医生要我躺在病床上保胎，孩子出生前一刻也不能离开病床。人家的媳妇怀孕、保胎、生孩子，都是老公忙前忙后地伺候。而我……那段时间，我不知道流了多少眼泪。保胎的第29天晚上，他终于回来了，女儿也出生了。女儿出生时，浑身泛紫，只有3斤半，刚出生就送到重症监护室，在保温箱里待了41天。那段时间，老公满脸愧疚，不断自责。我开玩笑地安慰他说："没事啊，谁让我是一名军嫂！"女儿百日后，他又回到单位。

2020年的6月，我连续一周没联系上他，发出去的几十条微信都没回音儿，我既担心又无助。一天晚上，我突然看到一条新闻：边境爆发激烈冲突，有人员伤亡。这个边境不就是我爱人在的地方吗。我立即就给他打电话，但手颤抖着怎么也按不准按键，眼泪止不住地流下来。看着熟睡的女儿我强忍着悲痛，使劲攥了攥双手，擦干泪，继续一遍又一遍地给他打电话。电话始终打不通。那些天，我就像在漆黑的夜里等着，不知道他人在哪里，不知道他在做什么，甚至不知道他的生死。我睁着眼睛抱着我们一家三口的照片，一夜又一夜地祈祷。

后来，电话终于打通了："老婆，我们很安全，你放心。有些话在电话里不好说，我们是祖国移动的界碑，要守好祖国的每一寸土地，也会护你一切安好。"听到他的声音，我喜极而泣。

后来，我去看他，因为高原反应我躺了 7 天，适应缺氧环境后，他带我走在奋战了 12 年的土地上。

他说，很长一段时间，他们穿着作训服和战靴睡在地窝子里，因为积雪覆盖，路滑坡陡，物资一时送不上去，他们一天只吃两顿饭，且只有稀饭。我问他是怎么坚持下来的？他说他的老连长祁发宝的教诲永远支撑着他们——阿里的军人要挺起戍边守防的脊梁！他们通过这次战斗牢牢地守住了国界。

他的战友给我讲了很多他的故事。他们说，2013 年，我爱人带领大家从哨所到中印边境巡逻，单趟行程 256 公里，需要翻越海拔 5000 米以上的高山 24 座，巡逻一次有时需要一个月。有一次，我爱人骑马走在最前面，军马却误入旱獭洞，军马受惊将他甩到 7 米外的碎石路上，人当场摔晕了，他身子的另一边就是万丈深渊。听着故事，我流下了眼泪。

我还知道，他和野狼对峙过；他吃过硬馒头就着千年不化的雪的晚餐；他曾拖着僵硬的双腿行走在积雪淹没膝盖的茫茫高原，焦急地为深陷雪泥的战友寻一条生路。

不仅仅是他，他们所有的战友驻扎在平均海拔 4500 米的高原上，那里是"生命的禁区"！有的人指甲凹陷了，有的人头发脱落了，有的人心室增大了，有的人永远留在了雪山之巅……他们不是合格的儿子，不是合格的父亲，不是合格的丈夫，但他们是最合格的军人，是最优秀的共产党员。

和平年代也需要军人的守护，和平年代也有一群舍生忘死的英雄。我要支持这样的英雄，要对得起军嫂的身份！

随着孩子一天天长大，年迈的父母身体也不如以前，我们的小家越来越需要他。他递交了转业报告。正当我心心念念盼着他回来时，却收到了他的一条短信："我暂时不转业了。这里还需要人。"

寥寥数字，我读懂了老公保家卫国的志向以及对我和女儿的歉疚。身为党员的我很理解他：作为军人，祖国的需要是最大的需要，这是一种责任，一种担当，更是一种使命。作为军属应该做出一些自我牺牲，舍小家为大家。没有大家的安宁，哪来小家的幸福呢？

赵成丽在工作中

有人说得好，恩爱的夫妻应该比翼双飞，共同进步。我扎根基层学校9年，带了5年的毕业班，每一届毕业生及格率百分之百，升学率95%。在学校培育、组织关怀和自己努力下，我先后荣获济南市优秀指导教师、历城区优秀教师和教学能手、济南市十佳军嫂等荣誉，所设计的课程被评为省级优质课。我坚信：我教过的这些孩子们中，将来一定会有很多人接过保疆卫国的钢枪，成为一座座移动的界碑！

济南市历城区万象新天学校学生军训合影

历史的车轮滚滚向前永不停息，时代的潮流浩浩荡荡永不停步。一代人有一代人的使命，一代人有一代人的担当。如今，我的爱人手握钢枪巡逻在高原边防线上保家卫国，我手持粉笔站在三尺讲台前教书育人。虽然我们不能天天厮守，但我们一定会在实现强国复兴的伟大征程上，肝胆相照，相互激励，奉献我们的青春与担当！

退税万家　情暖泉城

国家税务总局济南市莱芜区税务局一级行政执法员　左琳

面对复杂严峻的国际国内形势，为应对经济下行压力，稳住宏观经济大盘，党中央、国务院审时度势，推出一系列新的组合式税费支持政策，以"真金白银"助力市场主体纾困解难。济南市税务系统广大税务干部把退税减税当作一项必须全力以赴的政治任务，一场必须打赢的硬仗大仗，闻令而动、尽锐出战，吹响了兴税强国有我的冲锋号角，涌现出一大批勇于担当、务实重行的先进典型和事迹。

王龙飞通过税务"云课堂"直播讲解最新税收优惠政策

100场，4000人！这是第一税务所副所长王龙飞一个月的直播"业绩"。为了尽快尽早落实优惠政策，龙飞化身主播，通过税务"云课堂"，开展线上培训，白天直播讲解政策，晚上制作修改课件，忙得不亦乐乎。前两天，看到龙飞拿着手机开心得手舞足蹈，一问才知道原来是接到了企业的感谢电话。"王所长，3000万留抵退税款已经到账了，真是解了我们的燃眉之急。有了这笔资金啊，我们就可以顺利完成新产品的研发啦！"这是山东豪驰智能汽车有限公司项目经理胡稳打来的电话。豪驰智能汽车2021年正式投产，前期投入20多亿元，但受疫情影响，企业经营困难，面临巨大的资金压力，新产品的研发被迫停滞。就在为了资金的事愁得吃不下饭、睡不着觉的时候，胡经理通过税务"云课堂"直播间看到了关于留抵退税的政策，在现场答疑环节，他立即与主播连麦，详细了解政策范围及办理条件，最终成功办理退税3000多万元。在税收政策的支持下，该公司新研发的"橙仕安特威"移动核酸采样车顺利下线，并服务于北京、上海、济南等地的抗疫一线。

税务人员到山东豪驰智能汽车有限公司调研

在退税减税中，既有对新兴产业的强劲助力，也有为大国工程的暖心护航。

对我们普通人来说，早上喝一杯热豆浆那是再简单不过的事儿了，可对太空中的航天员来说，那幸福感可是成倍增长。位于槐荫区的九阳公司以领先的科技实力成为载人航天"太空厨房"的研制单位。

税收专家顾问团队到企业走访调研，了解企业涉税需求

为了助力企业科技研发，槐荫区局税政二科副科长毕冉带着几名业务骨干，组建了税收专家顾问团队，从业务办理、政策辅导、优惠享受等方面给企业提供全方位的服务。2022年，仅研发费用加计扣除这一项税收优惠政策，就为九阳公司优惠600万元。在走访调研中，九阳公司财务经理张翀表达了对我们的感谢，他说："正是因为税务部门的贴心服务，才让我们可以没有后顾之忧地专心搞研发。"在税收专家顾问和税收优惠政策的支持下，一个符合航天标准的九阳"太空厨房"成功研制，并发射入驻中国空间站，让航天员在太空中也能喝一杯香浓豆浆，吃上一口热乎饭。

除了护航制造业焕发生机的"税动力"，在退税减税中，也有护佑小商小铺重现烟火气的"税温情"。"舌尖经济"便是其中的典型代表。2022年受疫情"倒春寒"影响，餐饮企业经历了漫长的寒冬，这也时刻牵动着"全国人民满意的公务员"山清的心。

5月10日，山清收到了汉堡王济南分公司财务王淑霞发来的微信："山科长，堂食恢复，我们准备开门营业啦，多亏了咱们及时的政策辅导，真是雪中送炭啊！"山清赶紧跟同事们分享了这个喜讯，大家拍手叫好，这已经是他们收到的第25个餐馆复工信息了。

2022年3、4月份，因疫情无法到企业实地走访调研，山清便带领青年骨干组成了线上"政策顾问团"，通过线上调研的方式，推动优惠政策落实。汉堡王济南餐厅经营情况一直不错，但自3月份以来，受疫情影响，堂食关闭，公司营业额大幅下滑，多家分店只能依靠外卖勉强维持，物资采购、人员工资、店面租金等刚性支出让企业压力倍增。4月初，山清带领"政策顾问团"对辖区内的企业逐户开展数据分析，发现"汉堡王"符合留抵退税条件，于是通过远程视频的方式，对"汉堡王"进行退税辅导，成功为企业办理了155万元的留抵退税。收到退税款的那一刻，王淑霞高兴得合不拢嘴，她说："这笔退税款及时缓解了我们的资金压力，有国家对我们中小微企业的支持，再多困难我们也能挺过去！"

王龙飞、毕冉、山清只是济南市4000多名税务干部的一个缩影，在退税减税政策落实中，还有很多像他们一样的税务人，想尽千方百计，只为给纳税人缴费人提供更加优质、便捷、高效的服务。上半年，全市税务系统落实各类税费优惠政策624.5亿元。

退税，是为了稳经济、保民生、"留得青山、赢得未来"，收税，是为了聚财力、保运转、"强国富民、复兴中华"；无论是收税还是退税，我们站的是人民立场，赢的是民心向党！

疫情得到有效控制，看到企业恢复生产，堂食恢复开放，城市的烟火气重新升腾起来，我们税务人都自豪地感到：为企业退税减税所付出的一切，值！

风正劲足自当扬帆破浪，任重道远更需策马扬鞭。站在新的历史起点上，济南市税务系统将继续发挥税收职能作用，践行"忠诚担当、崇法守纪、兴税强国"的中国税务精神，以税收现代化服务中国式现代化，为助力经济持续健康发展注入源源不断的"税动力"。

天 平

济南市天桥区人民法院法官助理　庄丽梅

1997 年，我出生于沂蒙老区的一个红色小镇，在我的家乡，街头巷尾都在传唱着红色歌谣，讲述着革命故事。18 岁的时候，邹碧华法官的英模事迹深深地打动了我，于是我朝着法治信仰不懈努力，终于如愿以偿地考入了中国政法大学。学校的校徽中有一架天平，寓意公平和公正，从此我就与天平结下了不解之缘。

2017 年 5 月 3 日，在中国政法大学建校 65 周年前夕，习近平总书记来校考察。作为学生代表，我很荣幸与总书记有了近距离的接触，在拥挤的人群中，我激动地握住了总书记的双手。"为法治中国建设、为实现中华民族伟大复兴中国梦贡献智慧和力量"，总书记的话深深地印在了我的心中。强国有我，使命在肩，我们这代"九五后"出生在国家富强、科技发达的年代，但我们也有自己的使命感，努力成长为有理想、有本领、有担当的社会主义建设者和接班人，要以青春之力助力中华民族伟大复兴。大学毕业后，我坚定地戴上了法徽，法徽的正中也是一架象征公平正义的天平，为了守护天平永不倾斜，我踏上了人民法官的征程。

刚入职，我就接手了一起棘手的案件。老法官将厚厚的一摞卷宗交给了我，"强奸""未成年"，这些词语分外扎眼，我仔细翻阅了几遍卷宗，发现被害人小童（化名）对于关键细节的描述十分模糊，可能会影响对犯罪事实的认定，我立马向老法官反映了这个问题。小童刚满 17 岁，父母离异，打小跟着奶奶长大，拨通电话，那头是止不住的哭声："一想起来我就浑身发抖。"同样作为女性，我很怕再次伤害到她："小姑娘，你能站出来已经很勇敢了，现在你要再勇敢一点。"哭诉、埋怨、质疑，那时，我成了她的情绪宣泄桶，也成了心理辅导师。经过反复沟通，小童终于愿意到法院接受询问。"小庄，到时候你来询问被害人。"老法官突然向我抛了个难题。咋问？我刚刚走出校园，还是个二十几岁的未婚女孩，面对面询问被害人的隐私，真是挺尴尬的。面对敏感脆弱的小童，我感觉张不开嘴，结结巴巴，扭扭捏捏，脸上火辣辣的，心想："完了完了，还是搞砸了。"看着我手足无措的样子，老法官赶紧接过话茬，三言两语，便询问到了关键证据。

庄丽梅与被害人电话沟通

走出接待室，老法官对我说："小庄，这是办案，芝麻大小的事都可能决定审判结果，必须严谨细致，没有什么不好意思的！"是啊，我是一名法官助理，是未来的人民法官，对待工作要有专业的态度，不能这样青涩、扭捏。为了彻底查清这起案件，我查阅了几十件类似案件，审理报告修改了十几稿。夜深人静，别人已经熟睡，我还在电脑前孤灯一盏、奋笔疾书。"只要地球不爆炸，我就坚决不放假。"专业知识充实了，底气也足了，再次见到小童，我变得坚定自信。同时，我建议小童接受专业的心理辅导，争取早日走出阴霾，开启新的生活。在我的努力下，这起案件得到了公正审判。"判决如下：被告人王某某犯强奸罪，判处有期徒刑四年……"法庭外，小童的奶奶颤颤巍巍地握住了我的手："孩子，谢谢，谢谢，真是谢谢你们了。"我也跟着湿了眼眶，"每一起案件都可能影响别人的一生啊"，天平是有温度的，司法为民，权利受到侵害一定会得到保护和救济。

庄丽梅在电脑前加班审理案件

2021年，我接手了一起故意伤害案件，公诉阶段被告人自愿认罪认罚，本以为案件很简单，但没想到立案时，被告人竟然翻脸不认账了："别找俺，俺可没犯罪！"时间不等人，我决定上门立案。敲开房门，手机就怼在了我的脸上，被告人身形高大，胳膊布满了文身，满脸络腮胡，眉毛竖起来，眼神凶狠，指着我的鼻子骂："你还敢上门！一个黄毛丫头，吃了熊心豹子胆！"害怕吗？说不害怕，那是假的。他的拳头下一秒是不是就会打在我的脸上？他的身上有没有刀具⋯⋯担忧一瞬间涌上了我的心头。但我肩扛天平，头顶法徽，怕什么！我深吸一口气，挺直脊梁，理直气壮地回应他："如果你再次拒绝传唤，我们将依法采取逮捕措施！"他一听，顿时像泄了气的皮球一样，没有了刚才的嚣张气焰，沉默了一会儿，忿忿不平地说："行。材料给我吧。" 天平是有力量的，天网恢恢疏而不漏，违法犯罪一定会受到制裁和惩罚。

入职两年多，我将个人发展融入司法事业当中，接过前辈奋斗的火把，站在自己的岗位上勤勉克俭、砥砺担当，辅助法官审结了300多起刑事案件，包括恶势力犯罪集团、贪污受贿、非法集资、金融诈骗等各类疑难复杂案件，我们严把事实关、证据关、程序关，守好公平正义的最后一道防线，我也从司法菜鸟成长为了审案小能手，被评为济南市法院优秀法官助理。

一代人有一代人的长征，一代人有一代人的担当。青春的力量在持续奋斗中激荡，以我所学，回报家乡，回报祖国，挥法律之利剑，持正义之天平，除人间之邪恶，守法治之圣洁。"努力让人民群众在每一个司法案件中感受到公平正义"，我一定铭记习近平总书记的要求，以"强国一代有我在"的自觉，在实现中华民族伟大复兴的征程中书写人生的绚丽篇章！

从穷山旮旯到全国文明村

济南市钢城区棋山观村党支部书记　邵光才

在绿水环绕的森林里、碧绿苍翠的山脚下，一排排灰瓦白墙的徽派建筑依山而立、滨水而居，装点其中的是翠竹垂柳，河流池塘。这就是我的家乡，今天的棋山观村。从当初的穷山旮旯到今天的全国文明村，是我同全村老少 15 年共同奋斗的实践成果。

棋山观村新貌

1989 年退伍回乡后，我成立了运输公司，生意相当红火，在附近也小有名气。但是当时的棋山观村，村民们大多住的是破烂的土坯房，出门走的是坑洼的泥土路，家里更是穷得叮当响，年轻人都想方设法逃离这个穷山旮旯。2007 年，几位村里的长辈和兄弟找到我说："老四啊，你不能光顾着自己富了，忘了咱乡亲啊。"受上级任命和乡亲们感召，我毅然放弃了自己的企业，回村担任村党支部书记，发誓一定要带着大家伙一块富起来。

可一个"外来户"，老百姓凭什么相信你？垫平路、修水网、整电网、治河道、增绿化，我组织几项工程日夜不休地同时开展、同时完工，路平了、水通了、电稳了，一下子让村民们看到我和新一届班子真干事、能成事。这时我想，要彻底改变落后面貌，必须抓住当时新农村建设的机遇，实施旧村改造，让乡亲们都住上楼房。

事不宜迟，说干就干。我立即召集村两委班子研究村庄拆迁改造方案，通宵达旦修改了无数遍，把方案形成明白纸挨家挨户收集意见，但这也引起了村民的反对。

"老四！你想拆俺房子是吧？我叫你拆！"一位情绪激动的乡亲抢起手里的铁锹向我砸来，那场景到今天仍让我记忆犹新，骨折的手臂至今伤痕犹在。幸亏伤势不算严重，为了不耽误旧村改造，我坚决要求打石膏治疗，不做手术。受伤的手臂一有好转我就吊着胳膊，领着村两委继续挨家挨户做工作。我还利用我们的校车，亲自拉着党员群众到济南、淄博等地去参观学习，开阔了村民的眼界。同时我主动向派出所提出与打人者和解，村民们也终于被我的真诚打动，在村全体党员大会上几位党员由衷地喊出："他四叔还真是一心为咱好来，他的计划咱得全力支持。"

2009年腊月初十，临近春节，数九寒天，全村浩浩荡荡开始了拆迁工程，有的村民甚至是含泪拆房。当时临近春节，看到村里到处被拆得断壁残垣，乡亲们借宿他乡或是入住棚户，我这心里别提多难受了。当时我就下定决心，一定让老百姓尽快住上楼房，否则我就是棋山观村的罪人。

可好事多磨，新居工程动工仅半年多，开发商资金链断裂停工了，我不得不天天起早贪黑出去联系新开发商。因为停工时间太长，乡亲们又天天见不着我，村里流言四起，甚至还传出"邵光才死在外面了""让人打跑了""让人打破头了不敢回来了"种种传言。我得知后赶回到村里，用大喇叭大喊："我邵光才生是棋山观的人，死是棋山观的鬼，啥时候也不会跑。大家要是不放心，每天早上都可以到村办公室来找我。"

为了让村民们放心，我每天外出之前都尽量到村办公室坐一坐，让村民看到我。苦熬了8个月，跑了8642公里，不知打了多少电话，求了多少人，其间还有不法商人想从中牟利，向我开出了几百万的"好处费"，我断然拒绝。终于苦心人天不负，新开发商找到了，新居再次开工。

经过 3 年的苦心经营，棋山观村旧貌换新颜。全村 280 户村民全部住上了水、电、暖、气配套齐全的新楼房，65 岁以上老人免费住老年公寓，75 岁以上老人免费吃幸福食堂。昔日脏、乱、差的穷山旮旯，如今成了绿色、生态、文明、和谐、美丽的新农村，荣获"全国文明村""全国民主法治示范村""国家森林乡村"等荣誉称号。

棋山观村荣誉墙

村民住上新房子以后，我又开启了壮大村集体经济的新征程。2020 年我们村成立了济南市首家村级供销合作社，把村里的闲置土地集中起来，建设农业公园，由村集体来运营。

可村里的党员们却说："这都单干多少年了，你们还想干集体，白搭，治不成。"村民劝阻、朋友反对，可我就是不信邪。因为我知道，个人富了不算富，只有集体富了大伙才能一块儿富。现在我们靠着政府政策扶持和村干部们真抓实干，300 亩农业公园初见成效，节假日来采摘游玩的游客络绎不绝，火龙果、草莓、西红柿让游客赞不绝口，每年能增加村集体收入 20 余万元，同时带动本村 30 余名村民就业，老百姓的腰包也扎扎实实地鼓了起来。

踏上新征程，我又在想，不能富了口袋穷了脑袋。我一直有个心愿，就是要传承好棋山观的红色血脉。我们村在抗战时期被称为"抗日模范村"，和沂蒙仅一山之隔，为什么沂蒙精神和红嫂的事迹宣传得这么好，而有多位元帅、将军曾在我们村留下战斗事迹，还有省内现存时间最早的徐向前元帅题词的"抗日阵亡烈士纪念碑"，却无人知晓？我们愧对先烈啊！

邵光才与红二代一起瞻仰抗日阵亡烈士纪念碑（左起：赵杰少将之子赵领军、邵光才、黎玉之子黎小弟、王晓润、郑加强）

十几年来我多次到北京、辽宁等地，找到曾在棋山战斗过的将军们的后代，采访整理、挖掘史料，让那一段军民鱼水、共赴国难的抗战史诗，清晰地呈现在棋山观村革命精神纪念馆里。棋山观村爱国主义教育基地目前正在全力建设之中。今天，可以告慰先烈的是，他们曾经用生命守护的热土，正在我们这一代人手里发生着翻天覆地的变化。

习近平总书记强调领导干部要把所有精力都用在让老百姓过好日子上。跨入新征程，我将不忘初心、牢记使命，带领村两委一班人，为了棋山观村更加美好的日子而奋斗，继续描绘乡村振兴的新画卷。

把舞台搭进百姓心中

中共青岛市委宣传部文艺处四级调研员 王小玮

作为文艺战线的一员，我常常问自己：文艺的力量究竟有多大？它看不见摸不着，似乎可有可无，却又如火炬般散发光热，传递温暖，不可或缺。

2021年，我们在甘肃定西开展春雨工程，当活动结束，我们的演出车徐徐开动时，孩子们在操场上一路追赶、一路招手，朝着我们大声喊着："叔叔阿姨，你们要回青岛了吗？""我也想去看大海。""明年你们一定要再来啊！"我们也向他们挥手道别，那一刻，我的眼泪奔涌而出。

王小玮（二排左八）演出结束后与当地学校教师合影

定西是一个偏远的山区小城，很多人一辈子都没走出大山，更没见过大海。从前去调研的同志那儿得知，孩子们特别想了解大海，这沉甸甸的心愿要如何实现？我们再三研究，决定送去一部讲述海豚妈妈带领海豚宝宝保护海洋环境的原创儿童剧《小小海豚》。

　　10月的定西已是0℃以下，不少地方还飘起了雪花，短短3天时间，我们文艺小分队几经周折，奔赴了4个区县，把这台剧送给当地孩子。长途奔波、高原反应和高强度的表演让演员们憔悴不已，海豚妈妈的扮演者因为在户外换装，感染了风寒，高烧至39℃。一位小海豚的扮演者连续3天失眠、头晕、呕吐，让原本瘦小的身体显得更加单薄。然而，每到一所学校，当看到一个个小脸冻得通红的孩子坐在操场上，秩序井然地等待演出开始时，我们一下子忘记了寒冷与疲惫，全情投入到演出当中，孩子们在观演与互动中，感受着大海的魅力。

　　"孩子们，我们还会来的！"演出车渐行渐远，孩子们的身影渐渐淡出视线，从那时起，我觉得，我有一种责任，那就是要把文艺的种子种在孩子的心田，用文艺的力量为山区孩子打开人生选择的另一扇窗。

王小玮（二排左二）为定西孩子送上书包及学习用品

　　不仅仅局限于是异地文化帮扶，哪里有群众需求，哪里就是我们的舞台。每到岁末年初，全市各级各类文艺小分队都会把"精神年货"送到百姓家门口。

　　2021年腊月二十七，莱西市姜山镇大河头村格外热闹，曲艺小分队提前摸准村民心愿，制定专属节目单，与往年"我演你看"不同，这次的"你点我演"更受村民喜爱。拿到评书节目单的吴阿姨，迫不及待地点了《保国皇娘传》，嘴里不停念叨着："这个点单派送好啊！我可算听到喽，真是比吃了蜜还甜！"紧接着，李大爷又点了《包公案》。就这么你"点单"来我"接单"，3个小时的评书专场演出在阵阵掌声中落下帷幕。

像这样量身定制的文艺演出，青岛每年会有上百场。进农村、进军营、进学校、进企业，叫好又叫座，真可谓是文化进万家，百姓乐开花。

这几年，青岛市加大艺术城市建设力度，艺博会、影博会连续举办，麦田音乐节、凤凰音乐节、即墨古城民谣季等活动层出不穷，老百姓们在家门口就可享受艺术盛宴，感受美好生活。不仅是明星出场的大型活动，那些心怀艺术梦想的普通市民也把街头作为舞台，用动人的歌声、精湛的表演扮靓这座"青春之岛"。为庆祝建党100周年，我们在五四广场组织了一场别开生面的街头快闪，当《我爱你中国》歌声唱起时，周围的市民游客都跟着合唱，爱国热情瞬间被点燃。当时，我看着神采飞扬的主唱左耿华，感慨不已。谁能想到，他曾是一位重症患者，医生再三嘱咐他不要过度劳累，否则有生命危险。患病之初，左耿华准备放弃街头表演，却收到了粉丝的微信："大哥，啥时候再开唱啊？没有您的歌声，我们感觉这夜生活都暗淡了。"看到消息的左耿华，心头瞬间涌起一股被认可、被需要的幸福，于是，他背起吉他，又一次走上街头。这一次，他明白，街头的演出，安放的不仅是自己的歌唱梦想，还有街头行人的美好心愿，那是这座城市的"烟火气"，是这座城市的人文情怀。

习近平总书记指出，文艺是时代前进的号角，最能代表一个时代的风貌，最能引领一个时代的风气。作为新时代文艺工作者，我们将践行"文艺为人民"的初心，从满足群众多元文化需求，提升城市艺术品质入手，用文艺之光照亮这座"活力海洋之都，精彩宜人之城"！

奔跑吧，小巨人！

青岛市即墨区蓝村街道宣传负责人　李梦艳

近年来，国家大力培育专精特新中小企业，而专精特新"小巨人"企业又是其中的佼佼者。在我们蓝村街道就有这样一家小巨人企业——青岛云路，凭借多年在"非晶带材"领域的自主研发，云路公司已经跃居行业世界第一，并于 2021 年 11 月 26 日正式成为青岛市科创板"第 5 股"，迎来了新的机遇。

青岛云路正式成为青岛市科创板"第 5 股"

"非晶带材"看似普通的钢卷，但实际厚度仅有头发丝直径的一半，用手轻轻撕一下就可以撕开。这种"手撕钢材"具有超导磁、低损耗、强度高、耐腐蚀等诸多特性，主要应用于变压器、电机等核心器件，生活中常见的空调、微波炉、新能源汽车等只要有电和磁转换的地方就会用到它，应用前景非常广阔，它的应用加速了传统产业的迭代升级。

非晶变压器妙处就是它的空载耗能相较于传统变压器直降 60%-70%，据测算，每应用 1 公斤非晶材料相较于传统材料就能节省 1 升石油。

从 2013 年至今，云路公司共投放 30 多万吨非晶带材，可以节约标准煤 21.9 万吨，相当于 150 多万普通居民一年的用电量，对推动绿色节能减排、加速新旧动能转换、实现"双碳"理念具有深远的意义。

然而就在 5 年前，非晶带材却让青岛云路陷入国际行业竞争的诉讼挑战。

2017 年 9 月，日本日立公司向美国国际贸易委员会提交了非晶带材商业秘密 337 调查，指控青岛云路在内的多家中国企业侵犯其商业秘密。

337 调查是依据美国《1930 年关税法》第 337 节的有关规定，针对进口贸易中的知识产权侵权行为以及其他不公平竞争行为开展调查。面临诉讼费高、胜诉率低、耗时漫长等一系列问题，是否应诉，让青岛云路一时难以抉择。然而，如果不应诉，就会被裁定侵权，美国将发布排除令，中国的非晶带材将从此禁足美国甚至全球市场，这将对我国非晶行业造成巨大打击。青岛云路有着完全自主研发的底气，始终坚持所谓的窃取商业秘密的指控根本不成立！

经过 9 个多月不懈努力地反复论证和数轮质询，青岛云路准备了 100G 的证明材料，前后花费了 4000 多万元，2018 年 7 月，在我们完全自主研发生产工艺流程的证据面前，原告主动无条件撤诉。

这是当时近 10 年来，同类案件中不战而胜的首例。胜诉后，云路董事长李晓雨坚定地说："事实证明，自主知识产权才是核心竞争力！"

云路在国际行业竞争的诉讼挑战中胜诉

作为一名辖区街道的宣传工作者，我曾多次到云路进行采访，深知其取得胜诉绝非偶然。

1996 年，青岛云路的掌舵者李晓雨怀着一腔报国之情，归国创业。看着从外国人手中高价进口的非晶原材料，李晓雨逐渐认识到，虽然企业深耕核心磁性器件 10 多年，但是掌握不了原材料的核心技术永远要受制于人，于是决定涉足非晶研发。

但是，研发之路谈何容易。早在 20 个世纪 70 年代，我国才刚刚开始认识这种新型材料。而 2005 年之前，我国的非晶产品完全依赖进口，无法实现批量生产。

李晓雨回忆说："自主创新之路孤独而艰辛，前途未知，压力巨大，前些年创业挣来的钱基本都用于搞科研了。"

2008 年，他放弃原本一年好几千万利润的安逸之路，开辟了非晶事业部，怎样将 1600℃的铁水瞬间冷凝成 0.03mm 的薄带？怎样快速抓取？怎样快速卷取？……这些都是需要攻克的技术难题，眼看着好几千万打了水漂，一连几年没有成效，很多人都迟疑了，纷纷劝他就此收手，减少损失，有的甚至警告，搞科研就是无底洞，这样下去公司迟早得拖垮！

李晓雨深知，欲戴王冠，必承其重。他顶着巨大压力，带着团队几乎天天吃住在工厂、扎根在车间，从零开始，反复重来。终于在 2012 年，历经 1400 多个日夜，1000 多次失败，攻克层层难关，实现了非晶带材的批量化生产，收获了自主研发领域的核心成果。

创业 26 年，青岛云路已经形成了非晶带材、纳米晶合金、磁性粉末三大主营板块，在非晶领域实现了从跟跑、并跑到领跑的跨越，使材料价格自进口的 6 万元 / 吨，降低至国产 2 万元 / 吨，实现了我国非晶带材的进口替代。步履不停，奋斗不止。企业 2019 年研发的高性能大尺寸液冷磁合金环，又解决了我国一项"卡脖子"难题。

实现科技自立自强，是实现中华民族伟大复兴的必由之路。我们的企业和企业家们，也将一如既往地坚持自主创新，不断加速奔跑，真正把科技的命脉牢牢掌握在自己手中！

飞架长桥贯岛城

青岛市政空间开发集团高级政工师　王青

2020 年 3 月 7 日，在辽阳路交通结建工程项目部成立的那天，经理孙林林代表大家郑重表态："辽阳路堵了十多年，老百姓烦了十多年，现在交到了我们手上，我们必须把桥修好，修起一条通衢大道！"

辽阳路工程是贯通岛城东西的关键一环，是岛城东西交通的主动脉，同时它也是个"硬骨头"工程。工程地处闹市区，沿线有 100 多家商铺和 10 多个居民小区，每分钟的车流量能达到 40 多辆，在这样一个环境中建桥修路，无异于"闹市绣花"。

建设中的青岛辽阳路交通结建工程

尽管早就做好了打攻坚战的准备，但是当项目施工车辆一出动，老百姓就哗啦一下全围上来，七嘴八舌，吵得我们脑袋嗡嗡响，可我们都知道这件事不是一两句话就能说明白的。

怎么才能跟周边的商户和居民坐下来，推心置腹地谈一谈，争取到他们的支持呢？在家中，孙林林看着正在包粽子的老母亲眼前一亮，对，包粽子！正好端午节快要到了，请大家一块来项目部包粽子，听听老百姓的心声，更让他们了解这是一项惠民工程。端午节那天，我们在项目部的食堂里一边包着粽子，一边跟应邀前来的居民们唠起了家常："这个桥要是架起来，以后不管是上班上学还是出门买菜，咱都不堵了；桥通了咱百姓的生活质量就更上一个台阶。"一传十，十传百，路边的富尔玛家居主动来和项目部达成了党建共建，旁边的国开中学也领着孩子们来现场参观……我们知道，这个事成了，项目顺利启动。

王青（二排左五）与参观施工现场的国开中学学生

大家都见过种菜盖大棚，可谁见过修路盖大棚吗？去年12月底，岛城气温在夜间骤降到了-12℃，一杯开水在室外不到10分钟就能冻成冰块，更别提20厘米厚的路面摊铺了。辽阳路的施工被迫按下了暂停键，此时距离承诺匝道桥通车的节点时间只剩下不到2个月，我们的心里也没了底儿。

怎么办？项目部每个人都绞尽脑汁地想开出个"良方"，我们一遍又一遍地做试验，熬了几个通宵，每个人的眼里布满了红血丝。功夫不负有心人，终于想出了好办法：盖个大棚来保温。

说干就干！我们用了4天时间在路面搭了大棚，在里面放上暖风炮，覆盖了毛毡，再加上一层塑料薄膜，这下桥面保准比穿了羽绒服还暖和，保证了整个冬天项目的顺利进行。

经过几个月的连续奋战，辽阳路项目迎来了又一次"大考"：把老桥抬高，同步建设新桥，实现新旧两桥的无缝衔接。这项工艺能最大程度地缩短工期、减少施工垃圾和扬尘，可节省资金 2000 多万元。可是，如此大吨位桥梁顶升的施工在青岛市还是头一次进行，抬高的高度达 5.8 米，相当于两层楼那么高，在山东省建设史上也是第一次。顶升技术要求非常高，细微的差错都会导致梁体裂缝，甚至桥体坍塌。

"老百姓们眼巴巴地盼着，工人们没日没夜地干着，政府各部门有求必应地协调着，就是难于上青天，我们也得一块砖头一块砖头地垒上去。"我们要用市政人"说了算、定了干、高质量、按期完"的担当让这座城市的脊梁挺起来！

我们兵分两路，一路进行桥梁顶升施工，一路进行箱梁吊装，为后期的主桥施工做好准备。为确保顶升的高度和精度，使用了 120 台千斤顶同步作业把桥稳固好，然后拿出"绣花"的细功夫，每次把桥抬升 10 厘米，一天下来抬升 30 厘米，就这么 1 厘米 1 厘米地把桥给顶了起来。

120 台千斤顶同步作业

为了不影响交通，箱梁吊装只能晚上 11 点到凌晨 4 点施工，大家轮流带班，确保夜间施工正常进行。当凌晨 5 点第一班公交车驶进辽阳路的时候，好像这里什么都没发生过，又好像什么都变得不一样了……

如今，青岛市城市更新和城市建设 3 年攻坚行动鏖战正酣。8 月 23 日项目主桥已顺利通车，比预计工期提前了一个半月。基于取得的成绩，项目部又顺利承接了辽阳路东段即从福州路到海尔路的快速路工程。

王青（二排左五）与同事共庆主桥通车

飞架长桥贯岛城，一条贯通岛城东西的快速路正指日可待地呈现在市民眼前。接下来，我们将继续秉持初心，用"市政人"实字当头、干字为先的担当和作为，为加快建设新时代中国特色社会主义现代化国际大都市作出新的更大贡献！

激情燃烧在冬奥

青岛西海岸新区机关事务服务中心西部行政管理服务中心副主任　宋正伟

2021年12月，我接到冬奥组委邀请函，邀请我担任冬奥会裁判。作为一名退役运动员，还能在多年后为国家体育事业作贡献，高兴之余，我也寝食不安，毕竟离开赛场多年，还一身伤病，唯恐有所闪失，辜负了党和国家对我的信任。

到达赛事现场后，分配给我的是赛段执裁、赛道维护、旗门和安全网安装等任务。我深知自己肩负重任，也暗下决心必须圆满完成任务。

宋正伟（左一）和其他裁判员正在做赛道维护工作

比赛期间，因为每天10多个小时的户外工作，长期劳累，我的腿关节的旧伤复发了，加上雪鞋摩擦脚部肿胀，滑行起来都特别困难。在比赛现场，伤痛加上忙碌，虽然室外温度 –20℃，每天衣服还是都被汗水湿透了。其实心里也曾打过退堂鼓，但我必须要发扬军人"流血流汗不流泪，掉血掉肉不掉队"的精神，坚持坚持再坚持。

参加冬奥会的外国运动员比较多，疫情防控措施非常严格，核酸检测每日1次，在赛道上每天至少使用75%的酒精进行8次手部消杀，酒精侵蚀加上水的反复浸泡，很快我10根手指皮肤都被泡裂口了，露出鲜红的血肉。1个多月的时间，每一次的消毒对于我都是一次考验，痛感从手指直钻心底，虽然我咬紧牙关，但是眼泪还是会不自觉的流出来。即便如此，我们的裁判员没有一人退缩。

1月23日，接到紧急通知，要在6个小时内给竞速赛道注水，我们56人分成多组，在松树林、白面、海陀碗等多个赛道进行工作。竞速赛道位于高海拔山区，最高点2100多米，赛道全长2900米长，落差近900米，那天下着鹅毛大雪，呼啸的北风冰凉透骨，我们开展了一场人生中从未经历过的"注水大战"。冬奥赛道的要求是坚硬的冰状雪，并不是简单的注水就能做到的，注水比例和速度影响着冰状雪的硬度和质量，需要严格把控技术细节。普通人在雪道上站住就是一件很困难的事，而我负责的区域是一段68度的坡道，我们组6个人轮流拿起水枪，在技术团队的指导下开始浇筑。-20℃的天气，在风雪中毫无遮蔽的，我们的工作服都被水枪打湿了，由于时间紧，上山下山路途遥远，为了节省时间和保证赛道冰状雪的质量，工作不能中途停止。此时的我们，衣服、鞋子、眼镜里都是水，分不清到底是清水还是汗水了，大家都不顾身体的不适，坚持把工作干到完美才收工。那天回到驻地后已是浑身乏力，像散架一般，一头栽倒在床上就睡着了。

赛段裁判员要做到精准执裁，需要很好的技术和体力。按照赛事规则要求，高山滑雪竞技类比赛运动员要穿越大量旗门，且不能漏过或违规通过，由于高山滑雪比赛速度快、运动员数量多，特别是赛事后半程升温造成赛道溶雪，选手下坡时速度可达100公里每小时，这是对裁判员眼神儿的一大考验，要想快速准确地作出裁判，赛段裁判必须始终全神贯注地面对着旗门方向，同时为了不干扰运动员高速下滑时的视线，我们只能前腿弓、后腿绷住，坚持到整场比赛的结束，而且执裁中所在位置坡度60多度，滑板必须是立刃状态，踝关节始终保持外翻，不然就会下滑影响比赛。比赛期间一旦运动员在滑雪时不小心破坏了旗门，我们需要在20秒内迅速恢复场地。每一场竞速赛，我一刻也不敢松懈，时刻处于紧张状态。整个北京冬奥会期间，我共执裁37场比赛，为400多名运动员打出成绩，做到执裁准确，零差错。

宋正伟安装旗门

现场，我们每一位中国裁判员除了任劳任怨地坚守在自己的岗位上，还会热心帮助其他组做工作，在大家眼里，工作不分组别，来即是贡献。大伙儿就是想向外国友人展示中国裁判员的工作素养和精神面貌，为各国运动员营造良好的竞赛氛围提供优质高效的服务。比赛结束后，冬残奥线路平整主管伊万先生在感谢信中说："我打心底里深深地感谢你们为赛事做的工作，这些工作非常困难，但你们完成了。每天早早起床，没有午餐，上山到场馆时天还全是黑的！没有你们，这些比赛不可能完成。"

北京冬奥会结束，并不意味着我们的任务就结束了。习近平总书记说，要带动3亿人参与冰雪运动。带着总书记的殷殷嘱托，我回到了自己的工作岗位，继续发挥自己的专业特长，为推广普及冰雪运动作出自己的贡献。我相信，只要我们共同努力，体育强国的目标一定会早日实现。

牵起海龙吐甘霖

青岛水务党史教育基地管理员　赵怡然

大家都听说过什么闯海人、探海人、赶海人、海洋人，可您听说过"海淡人"吗？所谓"海淡人"，就是做海水淡化工作的人，而我就是一名来自青岛水务集团的"海淡人"。

说起海水淡化，大家都不陌生，就是利用海水脱盐生产淡水。开发利用海水资源、发展海水淡化产业，青岛水务人十年前便打响了牵起海龙吐甘霖，誓让海水变淡水的"海洋攻势"。

2013 年初，青岛水务集团所属的百发海水淡化公司进入全负荷运营期，但从海中取水遭遇到了瓶颈，主要过滤设备是一台进口自德国的过滤器，运行一段时间后产水能力明显减弱，大伙那叫一个着急啊。过滤器所有部件均来自国外，当时只能请来外国工程师维修，花费高不说，还总是怕我们偷学了他的技术，只在周围没人的时候才工作，这些被设备部机械工程师邓丁华看在眼里，急在心上，"技术一定要掌握在自己的手里！"邓丁华暗暗地立下了决心。

果然，修复不久的设备又出现了类似的问题。此时，因德国公司对我们实施技术封锁，这台设备的所有相关备件都不能出口到我国，设备面临被淘汰。就在大伙焦急万分时，邓丁华站了出来，他说："让我试试吧。"邓丁华在一无图纸、二无经验可循的情况下，白天测绘，晚上画图，第二天拿去加工厂加工。在同事们的协助下，仅用了不到半年的时间，最终邓丁华不但实现了备件的全部国产化，还改进了设备结构，极大地提高了设备的抗污堵能力，大伙纷纷向他竖起大拇指，称赞道："邓丁华，好样的！不信洋、不信邪，有自己的使命与担当！"

邓丁华正在维修设备

2015 年，青岛百发海水淡化公司由外资变更为国资后，急需将原有的全部是英文的设备资料翻译为中文，以便于实施设备运行管理。邓丁华白天泡在车间研究设备，晚上待在办公室对照设备英文材料进行翻译。常常是只为彻底弄懂一个报错代码而伏案一个通宵，几本常用的资料书都快被他翻烂了，就这样他一点点啃着硬骨头，连续两个多月以厂为家，最终完成了海淡厂内全部进口设备操作说明的翻译。

理论掌握了，再到现场对照资料一步步弄懂原理，并大胆尝试使用国产备件替代进口备件，在很短的时间内便打破了外方的技术壁垒，为海淡设备国产化打下坚实的基础。此时大家才注意到才 30 多岁的邓丁华头发已经白了一半。

每次检修邓丁华都是担任"先锋"的角色，最脏、最累的活留给自己。在人群中那个手套最黑、工装最脏、脸上的灰最多的就是他了。为解决取水泵故障，邓丁华第一个下到闷热潮湿的地下泵房里，酷暑高温，机器轰鸣，邓丁华反复测试着设备，一丝微小的偏差都不放过。"一点也不能差，差一点也不行"是他的口头禅，连续三天两夜，他身上满是油污的工装，被汗水打湿了又干、干了又湿，直到设备发出正常的运转声，他的脸上才绽出开心的笑容。

邓丁华正在调试设备

这些年来，邓丁华结合自己的维修实践做了大量的设备维保笔记，3大本厚厚的笔记已经成为他和工友们的工作"宝典"。看着厂区设备运行稳定，澄净的海淡水源源不断地输送至岛城的千家万户，邓丁华充满自豪地说："这就是我们海淡人的幸福感！"

邓丁华家里4位老人要靠他夫妻俩照顾，而那些加班的日日夜夜，照顾老人的重担往往只能落在妻子身上。高峰供水期间，他都是吃住在厂里。有一次家中两位老人同时生病住院，同事和领导了解情况后都劝他回去看看，但是他却放心不下厂里的生产坚持守在厂里。工作间隙和妻子视频通话，从手机里看着妻子楼上楼下两个病房跑着轮流照顾老人，他的心里满是心疼和愧疚，小徒弟说第一次见到"硬汉"师傅掉泪……

这就是邓丁华，这就是我们可爱可敬的水务海淡人！

如今，当您行走在公司厂区，处处都能见到像邓丁华这样的"海淡人"，他们以厂为家，以水为魂，以国为荣，以民为天，他们就是新时代里最美劳动者！

截至2021年底，全市已累计供应海水淡化水1.8亿立方米，极大地缓解了岛城居民饮用水的困境，青岛的海水淡化处理量已位居全国第一。

百尺竿头再跃升，牵来海龙吐甘霖。脚踏实地的水务海淡人正在全面落实省第十二次党代会大力发展海洋经济部署要求，为打造海水淡化的"国家名片"，推动山东省海水淡化产业集群，助力青岛成为国家海水淡化示范城市，开启中国海水淡化发展的新征程而努力奋斗着！

移动的海洋牧场

国信集团职工　孙千喆

大家知道什么是养殖工船吗？在这里给大家做一个形象的比喻，草原上的游牧民族会选择青草最丰美的地方放牧，而养殖工船可以根据季节、水温和鱼类习性，选择最适合的海域进行养殖，相当于在海洋上放牧，所以被称为移动的"海洋牧场"。

就在今年5月20日，世界第一艘养殖工船"国信1号"交付使用了。这艘10万吨级的巨无霸，排水量比刚刚下水的"福建"号航母还要大，是名副其实的养殖"航母"。

这可是我们国家自主知识产权的大国重器，它在渔业养殖历程中，第一次成功实现了"船载舱养"模式，让深远海工业化养殖，由梦想成为现实。简单来说，就是在巨大的船舱里，给鱼儿建造一个野生环境的家，既保证鱼类的最佳生长环境，又可以有效地规避台风、赤潮等自然灾害，还能解决近海污染和过度捕捞等问题。

"国信1号"养殖工船

从蓝图到落地，需要解决大量已知和未知的难题。在这艘养殖"航母"的背后，有一支平均年龄仅有34岁的硕博团队。这是一群心怀"耕海牧渔，逐梦深蓝"信念的青年人，这就是青岛国信深远海养殖工船青年创新突击队。

田乃东是我们团队的船舶项目总监，他回忆说："作为第一个吃螃蟹的人，我们一没有可以借鉴的经验，二没有可以参照的标准，再优秀的船舶建造师也不知道养鱼的船该怎么造，再厉害的养殖专家也说不清楚在船舱里该怎么养鱼。"没有成熟的道路可走，我们就摸着石头过河，尝试着跨界整合十几个学科，集结了全国20多个专业机构和高校院所的专家，研究了货船、商船、渔船甚至远洋捕捞船的所有建造标准，吃透了鱼类对生长环境的各项要求。

"国信1号"养殖团队

比如："国信1号"养殖的是具有"国鱼"之称的大黄鱼，在过去，渔民会采用敲击船体产生噪声的办法捕捞大黄鱼，因为黄鱼脑部有耳石，有较强的应激反应，噪声大时，轻则几天不进食，重则晕厥甚至死亡。相反，我们在设计建造养殖工船时，为避免黄鱼应激就必须先攻克机械设备造成的噪声问题。

为了研究出"减振降噪"的办法，那段时间，田乃东带领我们几乎吃住在养殖舱边，仔细记录鱼儿进食和增重情况，试验了一套又一套方案。

同事打趣说："你就差跳到水里和鱼儿一起游了。"他说："我还真想跳进水里，这样就能亲身体验咱这方案到底可不可行了。"就这样不断地试错，不断地改良，一遍遍推倒重来，一遍遍数据调整，最终，养殖舱内水体声学指标达到甚至超过静音级科考船水平，这才使得"船载舱养"模式成为可能。

后来，经过 3 个月的鱼类生长试验，完美验证了"船载舱养"模式的可行性，产出的大黄鱼口感细腻、肉质鲜嫩，经营养学家和星级主厨的评测，其品质、口感、条形都堪比野生大黄鱼。

养殖工船落实了习近平总书记"向江河湖海要食物"的大食物观，将养殖区域由近岸推向深远海。我们是幸运的，感恩于成长的时代。我们见证了我国海洋产业的快速发展，当"国信 1 号"这片蓝色国土鸣笛远航那一刻，田乃东满怀憧憬地说："我要看到咱中国的技术像风暴一样席卷全球！"

此时此刻，"国信 1 号"正在距我们 720 海里以外的深远海上耕海牧渔，践行着经略海洋、挺进深蓝的梦想。"国信 1 号"首仓大黄鱼已经上市，一条条金灿灿的大黄鱼，将会成为百姓餐桌上的美味佳肴。

国信 1 号产出的大黄鱼

未来，随着 50 艘养殖工船陆续建造投用，将形成年产各类海水鱼 40 万吨、年产值突破 500 亿元的深远海养殖产业链条，我们将向海图强、经略海洋，打造国家的"蓝色粮仓"。

众手绘出幸福家

青岛市市南区纪委监委科员　王硕

朋友，如果我现在问您，对自己现在居住的小区有什么意见，您肯定能说出几条，什么路面问题、停车问题、绿化问题……看似都是"小问题"，但对咱老百姓的幸福感影响可是很大。前段时间，乘着城市更新与城市建设三年攻坚计划的东风，金湖路街道的二轻新村小区就进行了一次"大整容"，居民自己拿主意、自己定方案，改出了一个人人舒心、处处满意的"新家园"。

二轻新村小区建成已有 36 年，像很多老旧小区的问题一样，楼体外墙斑驳脱落，树木枯萎无人问津，车辆停放横七竖八……居民意见大、矛盾纠纷多，搬走的人是一茬又一茬。

就比如家住 4 号楼的老张，儿子早早给购置下了新房，就等装修好了让老张搬过去。这天，老张下楼遛弯儿，正碰上老邻居们七嘴八舌地讨论小区改造的事儿，老张听着，摇了摇头说："嗨，这么破旧的小区还怎么改！改也是老太太抹粉——白费事！"有这种想法的，可不止老张一个。

想把小区改造好，就得多听居民意见，可刚开始征求意见的时候，居民们并不买账。街道社区工作人员们顶着骄阳、冒着酷暑爬了几十栋楼、上千级楼梯，几乎敲遍了所有住户的门，可愿意提意见的居民却寥寥无几……工作调度会上，大家一肚子苦水，觉得一顿忙活都是白费力气，街道王书记却笑着跟大家解释道："小区既然改造，就要改到群众心里，否则也是白费劲儿！磨刀不误砍柴工，前面下足功夫后面才能顺利，敲开居民心门，才能改到居民心里！"几句话顿时解开了大家心里的疙瘩。

可是怎么敲开居民的心门呢？一番商量后，大家想出了一个投石问路的好主意，街道安排人员在小区出入口、小花园等人流量大的地方，故意带着一个"一眼就能看出问题的方案"征求大家意见，居民们看了，说这不行，那不行，工作人员借机说："你看你们不参

延吉路社区召开专题会议征求居民建议

与意见，就是不行吧！幸亏没动工，不然真是麻烦了。"这招投石问路果然管用，消息一传十、十传百，提意见的人越来越多。街道找准时机，正式召开"小区改造头脑风暴会"。"绿化有点少""停车太难了""没地方健身"……居民们的诉求被一条条认真记录下来。

居民的积极性被调动起来了，可问题又来了，居民的需求各不相同，可谓是"众口难调"，这个说"绿化要尽量多，这样才能环境好"，那个说"空间有限，最好都改成停车位"；这个说"不要装智能单元门，老人不会用"，那个说"装上才能更安全"。需求摸清了，实现又成了难题。

难题只能难住畏难的人，可难不住我们，街道社区继续想主意、变法子，共性问题开会说，个性问题分别谈，专业问题专家讲，邻里问题邻里解，看过去查先例，瞄外地找良方，和居民们一起，一个一个想办法、寻出路。经历了长达6个月的意见征集，设计方案改了几十回，这份凝结着居民们智慧和心血的改造方案终于出炉了，大到停车位的规划、小到花园里栽什么花，都是居民们自己拿的主意。

方案公示出来了，老张看着方案点点头，却又皱起眉头说："方案是好，就是能建好吗？"街道听说居民不放心，又想了个法子，邀请老张等十几个居民成立了"居民观察团"，"团员"们轮流监督工程进度，发现问题

随时联系街道，与设计、施工单位边干边修正。这回老张一改昔日神态，天天守在工地，那股认真劲堪比专业监工，后来工地上工人见到老张就打趣地说："老张，你'上工'可真勤快啊！"老张也笑呵呵地说："自己家装修改造，还不得看着点？"在二轻新村小区，像老张这样的热心"监工"，还有很多很多。

众人拾柴火焰高，冬去春来，二轻新村小区终于改造完成，加装了墙面保温、硬化了路面，中心广场、绿地花园、健身步道、电动门禁一应俱全，居民关心的停车位增加了91个，连老张和"棋友"们可以下棋的石桌石凳也没落下，二轻新村这下可真是"旧貌换新颜"。

现在，每当有人问起老张怎么还不搬家，老张都赶紧说："不搬了不搬了，金窝银窝也比不上如今咱们这新窝，以前搬走的邻居都找我打听，想再搬回来住呢！"要是人家还不信，他就拉着人家上小区里走一圈，带他们看看平

改造后的二轻新村小广场

整的沥青路、干净的健身小广场、盛开着丁香和月季的小花园，去看看奔跑嬉闹的孩子、悠闲快乐的老人。老张自豪地说："现在的小区是咱们居民自己拿主意、自己看着建的，哪有不喜欢的道理？能在住惯了的老地方，和老邻居们拉拉家常，吹吹小凉风散散步，没啥事儿能比这更舒心啦！"

从二轻新村小区，到金湖路街道，再到市南区乃至整个青岛市，一幅"人民城市"的美好画卷正在城市更新中缓缓展开。人民城市人民建，人民建城为人民。让我们以老旧小区改造为起点，亲手画出理想中的"幸福家园"，共同描绘我们老百姓自己的"美丽新青岛，幸福新家园"！

传 承

山东铝业有限公司党政办公室综合管理员　张晨

记得小时候，爸爸带着我到厂里，看到一个个"大铁桶"在轰隆隆地旋转，心中就特别地好奇。爸爸告诉我："那就是大窑，是用来生产水泥的。那个是 7 号窑，是爸爸建的。"那是我对山铝最初的印记，是父辈强有力的臂膀、是父辈宽广的脊梁。

2011 年脱去戎装，我选择来到了环境新材料公司。刚进厂时有的战友劝我，干吗去灰头土脸的水泥厂啊？又脏又累。我说：你们太不了解今天的山铝水泥了，它环境优美、雄伟壮观，堪称"网红"打卡地了。十几年来，我见证了山铝水泥高质量发展的漫漫征程，见证了勤劳勇敢的山铝人用自己的臂膀重塑的"凤凰"，更让我见识了一位敢打敢拼、敢于胜利的企业"硬核"带头人。他就是环境新材料公司党委书记、总经理牟世波。

今年 56 岁的牟世波，是环境新材料公司最早的组建者、领导者，伴随公司走过了 19 年的风风雨雨。2015 年 2 月他成为了经营班子的"班长"。上任之初，有人怀疑过，他不精通工艺、不精通设备、不精通电气，能行吗？6 年过去了，他以敏锐的政治把握、精准的管理落实、果敢的判断决策、暖心的带兵之道，交出了一份让领导放心、让员工满意、让

牟世波（右一）与党员一起植树造林共建绿色生态家园

股东高兴的亮丽答卷。

难以忘记，他有着坚定的政治站位。每次党委理论中心组集体学习，他总能把习近平新时代中国特色社会主义思想与生产经营紧密融合，把新发展理念贯穿到生产经营的方方面面。为坚决贯彻习总书记"绿水青山就是金山银山"的发展理念，山铝先后投资 1.8 亿元，改进脱销装置、改造收尘设备、建设物料大棚，强化环保治理，提前达到山东省第四时段超低排放的要求；协同处置城市干化污泥 30 多万吨，使水泥窑成为改善城市环境的"净化器"；提升现场标准、创建"安全干净高效"班组，厂区道路卫生达到了以"克"论净。有人说，这么干净有必要吗？他却说：现场就是市场。

牟世波（中）严把质量关，将公司打造成为高端水泥示范企业

他有着强烈的品牌意识。他常对干部员工说：山铝水泥吃的是品牌饭，靠的是品质。为满足现代基础建设个性化要求，他亲手组建高端专用水泥研发团队，先后研制出管桩、高铁、机场跑道、轨枕、管廊挂片等十余个系列特种专用水泥，成为山东省第一家提供 52.5 管桩水泥的企业、第一家持有 6.25 水泥生产许可证的企业，成为高端水泥生产研发基地和齐鲁首选品牌。青岛跨海大桥 90% 使用的是山铝水泥、济青高铁 60% 的标段选用了山铝水泥、青岛胶州国际机场一半的跑道是山铝水泥。"品质+服务"的营销理念，让山铝水泥拥有七十余家长期稳定客户，年用量 10 万吨以

上的用户就有 8 家，实现了从客户"信得过"到"离不开"的跨越。公司也由此成为唯一一家蝉联两届中铝质量奖的单位。这既是全体员工拼搏奉献的结果，也是公司先进管理理念的体现。

他有着浓浓的关爱情怀。都说牟总会带兵，其实是他深知企业高质量发展的力量蕴藏在党员干部中、蕴藏在一线员工中，是他把经营产品与经营人心相结合，把习总书记以人民为中心的执政理念落实到了岗位员工中。环境新材料公司的员工率先喝上了班中酸奶、年轻人结婚都会收到公司制作的礼物、"我爱我家"厨艺大赛让岗位员工吃上了五颜六色的饺子、员工人均收入 6 年翻了一番。在全要素对标现场、在挂图作战室、在支部活动阵地总能看到他的身影，岗位上、微信里，他与员工热情交流，倾听意见解决困难。一次次关爱、一场场互动，他用真情感动员工的心，用奋进激励员工的情，带出了一支充满精气神的员工队伍，以骄人业绩荣获了中铝集团敬业楷模奖。

6 年来，他带领团队全要素对标、全方位降本，企业盈利能力不断提升、屡破纪录，2020 年再次创出 1.838 亿元利润新纪录。股东分红持续提升，近两年兑现年度分红比例更是达到了 25%，为提升山铝职工的幸福感、获得感发挥了积极作用，实现了企业增效、股东增值、员工增收。他本人也先后荣获公司劳动模范、优秀党员，中铝集团优秀党务工作者，全国水泥行业优秀企业家等荣誉称号。

"感时思报国，拔剑起蒿莱。"心中有党的人是最可靠的力量，这就是我们令人敬佩的"带头人"。在强国复兴的新征程上，山铝人正向更高的目标发起冲锋，续写高质量发展的华彩篇章！

这就是发生在我身边的故事，我要将这份老兵工的精神、新山铝的精神，将中华精品代代传承下去。

为了 8000 土家族父老乡亲

山东农业工程学院食品科学与工程学院教授　孙东文

2020 年至 2021 年，我接受组织选派，来到重庆市石柱土家族自治县中益乡，参加了脱贫攻坚和乡村振兴工作。中益乡地处大山深处，是深度贫困乡镇，全乡有人口 8000 多人，绝大多数是土家族。当我脚下踩着那片贫瘠的土地时，我就知道，这不仅仅是一份工作，更是一份担当、一种责任。

为摆脱贫困，中益乡发展了 9000 多亩特色农业，然而，缺乏技术成了群众发展生产的最大障碍。刚到乡里工作的第 3 天，一位皮肤黝黑的中年男子急匆匆走进我办公室，"您是山东来的孙老师吧？我是全兴村支部书记，我们村的桃树病得不轻，乡亲们急坏了，您快去帮我们看看。"到了果园，眼前是焦急等待的群众，我深知，这些桃树可是大家的增收致富的希望啊，一旦收成不好，那可就……我不敢再往下想。我仔细查看后，发现几十亩桃树叶片普遍出现了皱缩，这是一种典型的病害，叫缩叶病。我当即开具了处方，指导群众进行喷药防治。一周过后，桃树病害得到了控制，乡亲们的脸上露出了笑容。一件小事，让我深刻感受到当地群众对种植技术的迫切渴求。

孙东文（右二）指导坪坝村黄精生产管理

为方便指导生产，我买来一辆自行车，骑着它风里来雨里去，踏遍了全乡的田间地头，精心守护着这片大山，守护着 9000 多亩特色产业，帮助农民增收 500 多万元。

工作中，我什么事都自己掏腰包，我拒绝了乡里要给我报销 4400 元房租的提议："刘乡长，我是来扶贫的，不能给乡里增添负担。"乡长缓慢地抬起头，感叹地说道："山东人的觉悟太高了。"

我是一名共产党员，我要让党的阳光温暖每一个角落。每次下乡指导生产，我都会带上图书、种子、水果、食品，把爱心和温暖送给土家族的父老乡亲们。看到乡亲们脸上洋溢的笑容，我感到特别欣慰和幸福。长期在一起并肩作战，我们结下了亲人般的感情。

有位大姐，今年 50 岁，是个残疾人。大姐 3 岁时，不幸被山石砸断了右腿，尽管落下了残疾，但大姐身残志坚、勤劳能干。我经常去帮她干活，手把手教她采用最新的农业先进技术。一年下来，她家的收入居然突破了 8 万元，一步迈入了小康的门槛。

劳动间隙，我会教大姐识字读书。有一次，她注视着我胸前的党徽问道："孙老师，您是共产党员？"那一刻，我看到了她尊敬而羡慕的眼神。在我的影响下，大姐递交了入党申请书，那一天，她饱经沧桑的脸上绽放出了最美的笑容。

后来，她们一家被评上了重庆市最美家庭，大姐掉泪了："孙老师，我从小失去了半条腿，我是很不幸的，可我能够遇上您，我感觉自己特别幸运，我是最幸福的人。"

孙东文（左一）教身残志坚的玉泽英学习党章

孩子是家庭的希望，是祖国的未来。在中益乡，由于年轻人普遍外出打工，好多孩子成了留守儿童。我把这些可爱的娃娃们，当成了自己的孩子，把工作之外的绝大多数时间都给了他们，我经常给他们带去喜欢的礼物，陪伴他们学习、聊天、做游戏。很快，我们就成了分不开的好朋友。

孙东文（中）在华溪村青少年之家陪伴孩子们

每天，我结束工作返回乡政府时，总会有孩子们守在政府大门口等着我，他们老远见到我，就会兴奋地齐声高喊"孙老师，孙老师"，跑向前迎接我："孙老师，您辛苦了！""孙老师，我昨天晚上梦到你了……"

一个晚上，我给孩子们带来了五颜六色的荧光棒，大家玩得非常高兴，突然，8 岁的小男孩马浩激动地说："孙老师，这些好看的荧光棒很像生日蜡烛，我们给你庆祝生日吧。""庆祝生日？可是今天不是我的生日呀。"不等我说完，孩子们就把我围在中间，双手挥舞着荧光棒，齐声唱起了生日祝福歌。唱完歌，他们把自己最喜爱的糖果、点心、玩具从口袋里全都掏出来给我："孙老师，这是给您的生日礼物！""孙老师，祝您生日快乐！"我被孩子们深深地感动了，幸福的泪水止不住流了下来。

我结束对口支援的那一天，乡亲们来给我送行。87 岁的老婆婆紧紧拉着我的手，哭个不停："孙老师，你是个好人啊，你不能走，我们不想让你走。"

回到家，看到长高的女儿，见到贤惠的妻子，我含着泪跟她们说："亲爱的，咱们还有一个家，是重庆市石柱土家族自治县中益乡的那一片山。"

我的公益之路

淄博市临淄区益齐公益服务中心主任　亓艳红

　　我的父亲，是一位地地道道的农民，从小父亲就告诉我："人活着，有人用得着你，你就没白活。"当看到村里的红白喜事无人打理，他主动包揽，不论谁家有事他总是第一个跑去，从早忙到晚。

　　父亲喜欢听收音机，有一次听到上山义务植树的消息，他拨打了热线电话。没想到这一次电波连线让父亲走上了义工之路。他跟着年轻的义工走进敬老院为老人包水饺、走进山村小学为孩子们送羽绒服、走上街头为患病的大学生义卖……电话中父亲总是不停地向我传递那种快乐与满足！他说，活了近60年终于找到了活着的意义！

　　不幸的是4个月后，父亲被查出了喉癌晚期！在被医学判了死刑的时候，他选择了另一种活法：将义工活动坚持到底！因为不放心父亲的身体，我陪伴父亲参与了莱芜义工的敬老活动。看到和面、包饺子、与老人谈笑风生的父亲，我震惊了！这是一个生命已经进入倒计时的老人，他却如此快乐地活着，尽己所能地为他人服务。在坚持参加了46次义工活动后，父亲离开了。弥留之际，父亲用尽最后一丝力气跟我说："艳红，一定要替我把义工做下去！"我眼含泪水用力地点了点头。

　　2011年7月初，我通过网络发起了第一次义工活动，7月31日太公湖畔第一次出现了红马甲的身影。那一次参加活动的只有8个人，其中的小男孩是我4岁的儿子。火热的太阳下我们捡拾着散落的垃圾。质疑、不理解的声音比比皆是。但令我高兴的是，第二次活动竟有42人参加。

　　当时的我开着一家诊所，为了一心做好公益，我想把诊所转让。这一念头遭到家人强烈的反对！可每每想到父亲临终前那满怀希望的眼神，想到越来越多的人加入公益队伍的那种期盼，我说服了丈夫，转让诊所全身心地投入到公益活动中。大家知道吗，10年前的公益，哪有今天这样蔚然成风？大家都不好意思穿上红马甲，怕显得格格不入；一说"志愿者"，人们都会再问一句，啥是"自"愿者？而今天大家一看见红马甲就会围过去，"你们是志愿者，我能加入吗？"为了持续做好公益，2015年我注册成立了临淄区志愿服务中心，带领爱心人士走上了扶弱助困、邻里守望、生态环保、青少年关爱的公益之路。留守儿童在希望小屋有了志愿者的陪伴，养老院里传来了欢声笑语，居民在家门口也都有了自己的小圈子，楼宇驿站手工制作、帮帮团、形体模特班等等，有了自己的爱好，解决了小烦忧。而我也靠自学取得了社工证，成了值得百姓信赖的"热线大姐"。

亓艳红（右一）与残疾朋友交流评估需求

就在上周，皇城的吴大叔冒雨送来了自家种的玉米。只因我们帮助他30岁身体残疾、性格孤僻的儿子找到了工作，让他能够靠自己的双手挣钱养活自己，吴大叔有说不出的感激。今年的5月我也收到了一份大惊喜，曾经参与志愿活动的学生策划的项目获得了全国最佳志愿服务项目！我们只是搭建了社会实践的平台，孩子们走进高校用实践经验做出了为社会服务的好项目！

身边的朋友说，这些年你失去的太多了，放弃了经营十几年的诊所，值吗？我不知道我失去什么，但深深地懂得得到了什么！儿子从小小的个子提着大大的蛋糕走进养老院，到现在自己组织班级同学开展图书漂流、用自己的压岁钱完成同龄伙伴的微心愿，他体会到了帮助别人的那份快乐和满足。

亓艳红（左一）为青少年开展志愿服务宣讲

也有人说，亓艳红，你现在已经是红人了，荣誉也一箩筐了，什么山东省最美志愿者、感动淄博十大人物，你为啥还要继续做呢？

是啊，从一开始为了父亲做，到为了帮助更多人，一直到今天，我才明白父亲说的"人活着，有人用得着你，你就没白活"的真正意义，我为什么不做呢！10年时间，我早已把做公益当成了一种生活方式，做公益已经成为我的一种责任和情怀。荣誉对我来说，是一种鞭策和提醒。我想通过自己和团队的不懈努力，让更多的人知道：因为公益，社会更和谐，生活更美好！

肖玉爱的“爱”

淄博市淄川区委党校讲师 刘金华

肖玉爱，一个土生土长的下端士村人。年轻时，她“拼命”想离开这个“穷山村”。小时候家里很穷，几乎吃不上一顿饱饭，甚至还要讨饭过活。她16岁就开始经营企业，26岁入了党。在外打拼的这些年，搬过砖，睡过大马路，跟着大货车跑过长途，吃了很多苦。可她就是有着一股不服输的劲儿，创办服装厂，到山西做煤炭生意……敢闯敢拼的她，终于战胜各种困难，赚得了一笔足以使后半生衣食无忧的财富。

年过半百，事业有成，儿女孝顺，本该是享受天伦之乐的时候，她却选择回到下端士村当党支部书记。

这还要从2013年说起，肖玉爱本想回家乡养老，可回来后眼前的一切让她触目惊心。30多年过去了，村子几乎没有变化，年轻人大多外出打工，留在村里的多是老人和孩子，山和地都荒了。肖玉爱看在眼里、急在心上，一股为家乡做点事的念头油然而生，她下定决心留在村里，着手在荒山上栽植果树，成立农产品专业合作社，带领乡亲们致富增收。

2015年，村里准备换届选举，镇上书记找到她，希望她能接下这一重担。可肖玉爱犹豫不决，村子的情况她很清楚，要钱没钱，要物没物，村里的工作都是难啃的硬骨头。而且自己没有文化，如何做得好书记？她的儿子也劝她，都已经这个年龄了，在家看看孩子，享享福不好吗？肖玉爱一直拿不定主意。

一天，她在山上整理承包的果树林，干着干着就忘了时间，忙活中，听到一位大婶气喘吁吁地叫她：“闺女，该吃饭了。刚摊下来的煎饼，还热乎着呢，你这孩子，忙起来啥也顾不上。”只见一位70多岁的大婶，怀里揣着3个煎饼，爬到山上送给她。当时，肖玉爱心里涌出股股暖流，眼泪一下子涌满了眼眶。乡亲们的这份亲情、这份爱护，深深地感动着肖玉爱，她暗暗对自己说，还有什么可瞻前顾后的？这辈子能真正给乡亲们干点事，我肖玉爱，值了。

于是，她不再犹豫。2016年，经村民党员现场投票选举，肖玉爱全票当选为下端士村新一任党支部书记。上任伊始，她就从群众最关心的修路入手。要致富先修路，可是修山路，太难了，肖玉爱愁得睡不着觉，晚上就开始算经济账："1里路5万元，修3里路，20万应该够了吧。"为了修山路，肖玉爱不分白天黑夜地辛苦，费尽了心力，村里终于铺成了一条平坦的水泥路。可老天似乎就想跟这个女人多开几个玩笑，当肖玉爱与乡亲们还沉浸在喜悦的心情中时，"利奇马"台风席卷而来，汹涌的河水瞬时就把进村路给冲毁了，看着几个月的心血付之东流，肖玉爱紧皱的眉头像是锁在了那张脸上，手里一个记录灾情的本子，攥紧了又松，松了又折，旁边的人说："肖书记，这路您已经尽力了。"可肖玉爱摇了摇头，坚定地说："这路，我一定能修成。"她重振旗鼓，去政府要政策，努力筹措资金，把村里的所有小道都铺上了漂亮的青石板路，还修建了环山观光路，而这也成了乡亲们的致富路。

虽然修好了路，可村民的收入还是太少了，一年下来积攒的钱十分有限，一旦家里有变故，更是囊中羞涩。为了带领乡亲们脱贫致富，肖玉爱在荒山上种下了幸福花——万寿菊。几百亩的地，几万株的菊花，都是肖玉爱带领着村民一棵一棵栽种

肖玉爱在百亩花田手捧盛开的万寿菊，洋溢着幸福笑容

的。第一年，还没引水上山，她便跟村民一起用扁担一桶水一桶水地往山上挑。每天回到家脱衣服，都连着将肩膀上磨掉的皮一起撕掉了，滋啦滋啦地疼。好了再磨破，磨破了再好，可种花的干劲却一直磨不掉。为了把村里的好产品推销出去，肖玉爱又紧跟时代潮流，开起了直播间，在直播带货的镜头前，60多岁的她操着一口浓浓的家乡话，直夸自己的桃子、萝卜好，看到有人买她推销的产品，一口大白牙瞬时露给你看。

当书记这些年，肖玉爱几乎没睡过囫囵觉，她不怕苦，不怕累，始终把群众的利益放在心上，抓在手上。在她的辛勤努力下，如今的下端士村，高山花海，瓜果

肖玉爱采摘"状元红"桃子，下端士村荒山成了致富"银行"

飘香。村子变美了，村民有钱了，都打心底里感谢他们的肖书记。

借工作的机会，我来到下端士村，终于见到了这位巾帼女书记。只见她头戴一顶草帽，身穿白花点缀的黑色棉衫，沾染泥土的牛仔裤，手拿着镢头，刨着黄土地，正带领着一帮六七十岁的老大姐们种花栽树。肖玉爱见到我们非常热情亲切，就像邻居家的朴实阿姨。我们就席地坐在凤凰台的一处平地上，山风夹杂着花香，周边绿树环绕。我忍不住问道，种这么多花、这么多树，你要是不干了怎么办？她笑着说，前任栽树后人乘凉，我种上这些花、这些树就是留给子孙后代的。

肖玉爱为我们描述着她的美丽乡村梦，她要把旅游搞得热火朝天，要让花海开得万紫千红，要让老百姓的腰包满满当当。在她看来，只要用爱浇灌梦想，大胆去闯，下端士村就一定会有一个美好的明天。

小区里激浊扬清的"红色扩音器"

淄博市临淄区雪宫街道办事处居民　张方兴

我叫张方兴，今年86岁，1961年加入中国共产党。1996年退休后，心系社区居民精神文明建设，以临淄区雪宫街道怡兴园小广场为主阵地，创办了"红夕阳讲坛"，主讲百年党史、党的路线方针政策，讲述中国故事，传播中华优秀传统文化，特别是进一步宣传习近平新时代中国特色社会主义思想。宣讲活动目前已坚持26年之久，获得社区居民的认可。

我的事迹被中央电视台、《人民日报》、山东电视台、《大众日报》等各大媒体进行报导，我被中组部授予全国离退休干部先进个人，被中国石化集团公司评为精神文明建设标兵、感动石化人物，被山东省评为百姓终身学习之星、山东省讲师团优秀理论宣讲员，多次荣获市区优秀共产党员称号。2021年，我收到了中宣部为我颁发的"基层理论宣讲先进个人"荣誉证书，这是对我多年来义务宣讲的一种认可和肯定。荣誉代表过去，启示未来。回顾过往，不论面对逆境、顺境，只要不忘初心，坚定信念，保持定力，就会勇往直前，奉献人生。

我毕生的理想就是为党奉献，知党恩、跟党走，凝心聚力，勇毅前行。86年的人生历程，从抗日战争、解放战争，到新中国成立、改革开放，从党的十八大、十九大

张方兴（右一）在社区广场宣讲党的十九届六中全会精神

胜利召开，到迎接二十大的到来，我们国家从站起来、富起来到强起来，直到向实现民族复兴、社会主义现代化强国迈进，全部历史证明，只有中国共产党才能救中国、建设中国、复兴中国。听党话、跟党走，走在前、开新局成为我的人生信条。

1996年，我退休后，发现有些群众对党的方针政策不了解，处于一种茫然之中，特别是当时"法轮功"等邪教人员多，事件极端，舆论复杂，影响极其恶劣。如果不干预，放之任之，群众就会对社会产生怀疑，更有甚者会对我们党产生怀疑，作为党员干部的我必须站出来，以党的先进理论为指导，坚持既依靠群众，又教育引导群众，向邪教组织正面回击，用好声音、正能量大讲共产党好、社会主义好，通过宣讲让人心聚集，浊气溃败，邪气匿迹，社会风气得以激浊扬清。此后，我创办的"红夕阳讲坛"人气大增，参加听讲的居民由十几人增长到几十人、上百人，逐渐发展为每日必修课。一年四季，严寒酷暑，风雨无阻，我都会出现在怡兴园小公园为居民宣讲。来听宣讲的除了本小区居民，也有来自各机关的退休职工、退休教师等。"红夕阳讲坛"的影响力和覆盖面不断扩大，齐鲁石化公司党委作出"向张方兴学习"的决定，"红夕阳讲坛"成为中国石化公司的特色宣讲品牌。

为了让宣讲的内容更贴近实际、贴近群众，我深入到农村、学校、机关、工厂进行调研，查阅海量的图书资料，从马克思主义理论原著、中国特色社会主义理论体系，到古籍诗书、时政要闻都广泛涉猎。我紧随时代的发展，还学会了使用电脑、手机等现代化工具查阅筛选信息资料。26年来，我坚持每天手写宣讲稿，累计六百多万字，用坏了3台电脑，发布了十几万条有价值、有深度的文章信息。每天晚上7点，我和我的老伴儿会准时坐在电视机前收看中央《新闻联播》，了解国际国内大事，特别是重要会议期间，我会认真学习并记录会议精神，只有自己学懂弄通才能更好地讲给听众。

与此同时，为进一步增强宣讲活动的趣味性和可参与性，我认真思索，借鉴其他地区经验，成功实现了让听众从被动接收到主动思考的转变。"宣讲不是照本宣科，而是一场生动说教。"这是我与其他宣讲员们交流时经常挂在嘴边的一句话。为此，我提出了宣讲要做到"三结合"，即要与党中央的声音相结合、要与中华优秀传统文化相结合、要与中国故事相结合。基层宣讲不仅要将理论政策讲清、讲明、讲透，还要把听众说乐、说活、说动，这样基层群众才能在欢声笑语中学到知识，思想受到潜移默化的影响。除此之外，我还积极探索新方法来提高宣讲的吸引力，让学员坐得住、听得进。由身边的案例引出理论问题，引发大家思考，最后用党的理论来解答问题，这种宣讲方式深受群众欢迎。

张方兴（中）正在进行党史专题宣讲

征途漫漫从头越，扬帆逐梦向未来。26 年的宣讲经历让我收获满满，体会到了奉献的快乐，收获了鲜花、掌声和荣誉。随着党的二十大胜利召开，作为一名基层理论宣讲员，我将一如既往，更加尽心尽力地做好党的基层理论宣讲，在平凡岗位上发光发热，用自己的力量为社会作出贡献！

心怀梦想，折翅也能飞翔

淄博市新阳光残疾人互助家园会长　聂淑杰

　　我是一个高位截瘫的残疾人，同时还有很多的身份：我没有自己的孩子，却是很多孤残孩子口中的妈妈；我没有翅膀，却成了别人心目中天使的模样；我没有力量，却被很多残疾兄弟姐妹们当作榜样。正因为如此，我才有了动力，每天驾驶着我的"小四轮"，努力奔跑在追梦的路上。常常有人问我："淑杰，你这么忙活，不累吗？你的身体都这样了，在家躺躺不舒服吗？"说实话就我这个身体状况吧，躺着真不如坐着舒服。

　　在1岁的时候，我被查出患有腰椎管及胸腔肿瘤。因为年龄小，胸腔肿瘤距离心脏特别近，如果手术，风险极大，如果不手术，活下来的概率也很低。那种感觉，就像是老天爷给你了一枚硬币，拿到手是反面，翻来过，哎，怎么还是反面？

　　权衡再三，家人终于决定还是手术。很遗憾，手术没有成功，不但胸腔肿瘤未能有效切除，而且手术过程中损伤了腰部神经，导致我终生瘫痪。

　　从那一刻起，我就开始了在病床上单调而乏味的日子，透过窗户的那一小方天地，就成了我的全世界。那些年，我记忆最深刻的，就是透过窗户看到同龄的小朋友，每天背着书包，蹦蹦跳跳地去上学。我问母亲："妈，我能去上学吗？"母亲的回答是满脸的无奈和转身偷偷流下的泪水。后来父母帮我借来了课本，我开始认拼音，学汉字，算数学，一笔又一笔，把灰暗单调的人生，涂上五彩斑斓。

　　可学习不是一厢情愿，每当遇到瓶颈，我就梦想着，能够听老师讲讲课该有多好啊！正所谓念念不忘，必有回响，2006年9月，残联的职业技能培训，不仅圆了我的上学梦，也让我掌握了人生中的第一个技能——

平面和网页设计。到现在我还清楚地记得参加培训时的情景，那时从家里到学校的路程，步行要走45分钟，母亲天天推着轮椅接送我。因为身体原因在学校上厕所不方便，我不敢多喝水，口渴就强忍着，实在忍不住了就喝上一小口润润喉咙。而比这更糟糕的还是褥疮的复发，由于在轮椅上一坐就是一整天，褥疮的腐烂程度很严重，那种深层次的溃烂让我苦不堪言，有时候疼得实在忍不住了，我就跪在轮椅上听课。我对自己说：为了理想，一定要坚持。培训结束后，我鼓足勇气向家里人说出了我想要自己创业的想法，但是我妈妈却总是说家里不缺我的一口饭，我反复地和妈妈沟通，我说总不能只为了一口饭活一辈子，以后的生活我要靠自己，你就让我试试吧，母亲终于被我说动了。

沐浴着残疾人自主创业政策的春风，在父母、亲友、残联领导以及社会各界的帮扶下，我开启了自己的第一家工作室。我记得很清楚，第一天的收入是33元6

聂淑杰（中）成立社区残疾人服务站

角，尽管很微薄，我却激动得一夜未眠。那一刻，我真切地感受到了人生的价值，也开始明白，生命的意义不在于长度，而在于宽度和厚度。

有了第一次的成功，我前进的步伐也愈加坚定：我开通了淄博市第一条残疾人免费服务热线，义务为他们读新闻，找工作，做心理疏导；我创立新阳光残疾人互助家园，结合自身体会和多年助残经验，打造出"成蝶计划""E农计划""小蜗牛双向赋能计划"等13个助残公益品牌，为肢体、视力、智力等多类别残障人士提供帮扶。我的帮扶对象陈大姐，因从小患有先天性肢体障碍，心理自卑不愿与人交流。我对她进行心理和技能双向赋能帮扶，慢慢地陈大姐脸上的笑容多了起来，现在的陈大姐不仅有了稳定的收入，还通过我的介绍与赵大哥组建了幸福家庭。和陈大姐一样，在志愿服务活动中我也收获了属于我的幸福。

我还带领着团队登上央视舞台，向全国的亿万观众展示了我们乐观向上的生活状态和精神风貌。我先后荣获山东省五四奖章、淄博市十佳自强模范等荣誉。

聂淑杰（前排右三）组织残疾姐妹排练轮椅舞《世界有我们更好》

鲜花和掌声只在终点，前进的道路却是铺满泥泞与荆棘。30多年来，我经历了无数的困难与挫折，印象最深刻的是2018年底，因为资金和思路的问题，我负责的一个项目陷入了僵局，一旦崩盘，我带领的70多位残疾人兄弟姐妹都将面临灾难性的后果。那段时间，我一度处于崩溃的边缘。一次偶然的机会，我在电视上看到习近平总书记在走访南开大学时，与学子们交流的一段话，他说："我们要把学习的具体目标同民族复兴的宏大目标结合起来，为之而奋斗。只有把小我融入大我，才会有海一样的胸怀，山一样的崇高。"这几句娓娓道来的话，恍如一声惊雷，轰散了笼罩在我心头数月的阴霾，是啊，有国家做后盾，有中国梦做支撑，为何不打开格局，放手一搏！终于，在变换了思路之后，项目顺利落地，我们成功了！

回顾这些年的经历和进步，感激之情溢于言表：感谢父母的不抛弃不放弃，更感谢党和国家的好政策。我是一个普通人，更是一名共产党员，愿以我的星星之火，助力中华民族伟大复兴的中国梦的实现。不因希望而去坚持，是因坚持才有希望！

做乡村娃娃的"点灯人"

淄博市临淄区齐陵二中教师　杨志伟

2011 年 8 月，我来到齐国故都淄博市临淄区齐陵中心小学任教，从此扎根齐陵教育，成为这所乡村学校的"孩子王"。至今，我还记得第一次走进校园的情形：一面鲜艳的五星红旗飘扬在校园中央，简陋的三排平房挨着黑色炭渣与米色沙土铺成的跑道，整座校园略显空旷。但，简陋的环境却掩盖不了学生们眼神里的光。"这里需要我！"那一刻，青春的热血在我心中燃烧起来。

在 11 年的乡村教学生涯中，我扑下身子，和学生们一起成长，陆续获得了区优质课一等奖第一名、市教师基本功一等奖、省课程资源一等奖等一系列荣誉，先后获评全国德育先进实验教师、省家庭教育名师人选、市优秀教师、市骨干教师等，并在全国家长学校建设经验交流会、全国德育年会上作典型发言……近日，又入选为"全国乡村优秀青年教师培养奖励计划"候选人。

杨志伟（左二）在为学生示范民间美术技法

记得在工作之初，学校领导把学校特色项目"儿童装饰线描与民间美术"的研究交给了我。肩负着信任与责任，我带领课程组成员认真研究学习民间美术在中小学教育的发展，并结合学校的实际情况，经过日复一日的探索和实践，终于开创出具有自身特色的民间美术线描教学新模式，并成功出版特色美术教材《民间美术与齐文化线描》。在学校特色课堂中，每一位学生都非常喜欢民间美术，在课堂之余，学生主动拿起画笔画画，经常在课间围着我讲述民间美术的绘画技法。因为孩子们的喜欢，也因为我的热爱，我和这些孩子们先后举办民间美术服装走秀活动、中国梦民间美术线描画展、青花瓷主题系列画展、中国龙主题系列画展……就这样，山东省特色课程培育示范学校、淄博市特色课程建设实验学校等荣誉纷至沓来。

"师者，所以传道授业解惑也。"由于工作出色，少先队大队辅导员、德育主任等工作落到了我的肩上，我夜以继日地研究如何结合乡土文化开展思政教育实践，常常与孩子们围坐在一起探讨他们喜欢的活动形式。于是，我和孩子们一起策划了"走长征路，励少年志""乐做人梯通大厦，甘当绿叶托红花""最美午餐中队""走进四王冢，探寻齐文化""走进颐康养老院"等思政教育实践活动，将一些看似枯燥的思政要求，变成了无形的渗透和正向的激励。在循序渐进的实践活动中，学生们的品质得到了升华，同时也将区域德育活动推向了高潮，带动了临淄区乃至淄博市的德育活动发展。

2017年9月，我被安排到更加偏远的齐陵二中负责小学部工作，我深知：我的担子更重了！红色教育是少先队员成长必不可少的营养课程，我常常和学校的党员老师、团员、队员们一起探讨党团队一体化教育，因为我们是九年一贯制学校，实现"红色赓续"有着先天的优势，于是"三有三引"党团队一体化品牌建设的蓝图诞生了！我们成立了"三有三引"党团队一体化活动组织，绘制了"红心传承"党团队一体化活动流程图，打造了"红心研习"党团队一体化精品课程，开辟了"红心践行"党团队工作路线，健全了党团队一体化保障机制和评价机制，形成了九年一贯制农村学校独有的党团队品牌。学校的党团队工作研究，成功立项市重点课题，并召开了全区党史教育工作现场会。革命精神和红色教育在孩子们脑海中留下了深深的印记。

一大早，在学校的精和农场里，几个"小农场主"们就在和我谈论着农场里的新鲜样态。而像这样深入农场参与种植、养护、观察、收割等全过程的管理要持续一整年。我深知劳动教育的重要性，在全区劳动教育的大环境中，我提出了劳动教育要与"数学、工程、科学、技术和艺术"等多方面相结合，在劳动教育的中实现养德、培智、健体、育美，于是学校的《STEAM+劳动教育大课堂》新农教课程诞生了，我用"STEAM"教育理念鼓励同学们围绕复杂的、来自真实情景的项目主题做劳动小课题……这样的劳动课程把课堂搬到了大自然、田园中，学生获得了新技能，还提升了自己观察能力和信息中和处理能力。

就这样，德育工作在齐陵二中绽放了生命之花，《启心研学·四季育人》《红色节日润心灵》《STEAM+劳动教育大课堂》蝉联三届淄博市德育品牌，数量居全市之最，同时学校德育实施方案、研学课程先后被省教育厅表彰推广。

杨志伟（右二）在指导民间美术社团

"勿以善小而不为"，这是我恪守的处世信条。身为教师，那些因家庭贫困、突遇变故等原因导致上学困难的学子始终是我关注的对象。在我组织的民间美术社团内，有的学生虽然喜欢画画，但是家庭条件却比较困难，买不起画纸画笔，我拿出自己的工资，长年累月为家庭困难的孩子购买画材，我想只要孩子们喜欢，花再多钱也是值得的！8年前，我组织部分老师、学生成立了"孝行周末"社团，我认为，孝行周末不仅仅是孝敬自己家的老人，更应该"老吾老以及人之老"。"孝行周末"社团足迹遍布齐陵街道40余个自然村，定期为村内、社区里的孤寡老人家里清扫卫生、按摩、做饭、捐助，让更多的孤寡老人感受到了家庭的温暖、存在的价值和生活的意义。

　　记得我刚来到位于全区东北角的这所学校时，面对的是学校常年的"积贫积弱"，教学成绩长期落后。于是，我每天都抽出时间联系家长，深入学校片区的各个村落，了解家长的实际情况。我在教育笔记中这样写道"我们孩子的家长很辛苦，需要我们更多地帮助和付出！"为此，我开始成立家庭教育跟踪指导服务队，定期诊断家庭教育问题，定期入户跟踪。与此同时，我深入课堂教学和教育管理，每日围着老师和孩子们转，在日常中吸收老师们的诸多看法，经常和老师教师们促膝相谈，经过一段时间的调研后，夯实强基培优工程、构建"互动生成式"课堂、挖掘"草根式"改革经验……一系列举措相继出台。终于，在全校师生的付出和践行中，孩子们的学习兴趣高涨，学校教学质量走到全区同类学校前列，部分学科呈现高水平发展态势。家长们的笑脸多了，也经常有家长给我打电话："咱们学校的老师真是又负责、又优秀！在咱学校上学就俩字——'真值'"！

穿"石膏靴"的园长

枣庄市台儿庄区运河街道中心幼儿园教师 李红梅

我要讲述的是一位穿"石膏靴"的园长的故事。她叫张孝芝，1994年参加工作，从教已有28年，从一名普通的教师到幼儿园的园长，从繁华的市区到条件艰苦的基层，无论在哪儿，她始终保持着一颗热爱孩子，热爱教育事业的赤诚之心，用自己的实际行动诠释着怎样做一名好老师、好园长。

2015年秋季开学，班里来了一位小男孩，从进幼儿园的大门就开始哭闹，只要老师靠近，就对老师又打又撕，多次拉扯她的衣服，抓破她的手，拒绝入班、饮水、就餐、上厕所，每天数次尿裤子。经过多次与家长沟通得知：孩子爸爸因大儿子出海沉船去世后，精神变得不正常，多年后这对高龄夫妻才生育这孩子，又早产……面对这个内向且多动的孩子，张老师十分心疼，她清楚地知道，每个特殊儿童的背后都有一位愁苦心酸的妈妈。于是，她思考分析孩子的状况，给孩子制定教育个案：每天早晨入园时给他折个小礼物；平时只要他有一点点进步，就在男孩手臂上印一颗小红心；鼓励他和小朋友一起做游戏，当众表扬他，让小朋友拥抱他；放学后带他一起在幼儿园到处转转熟悉环境。慢慢地孩子性格开朗起来，从哭闹不止渐渐转为安静，从不想入园到渴望入园。看到孩子的进步，妈妈感动地说："多亏你呀，张老师！"那一刻她也止不住流下泪水。

2021年她到台儿庄区运河街道中心幼儿园工作，这是一座新建的幼儿园，她克服园所设施不全、水电不通、资金人员严重不足、条件艰苦等困难，带领9名老师自己动手购买石子、水管，建造水池，收集旧材料、物品、轮胎等进行环境创设，制造玩教具。

张孝芝用旧轮胎为孩子们制作游戏教具

2022年4月的一天，她想把园内建筑工地上一些废旧的砖块利用起来，给孩子们在种植园铺设一条小路。说干就干，那天天气阴沉，一副要下大雨的样子。中午，她简单吃了几口饭就急匆匆地赶到幼儿园，想趁下雨之前赶紧把砖铺好。她一趟又一趟地把旧砖块码好搬到种植园。当她又一次把一摞砖抱在怀里，转身迈步的时候，脚踩到了两块散落的砖，一个趔趄，抱着的砖哗啦一下子掉在地上，左脚脚后跟也咔

腿伤没有痊愈，张孝芝爱人每天背着她上下班

嚓一声响，自己当即摔倒在地上，瞬间撕心裂肺的疼痛袭来，她的额头上渗出豆大的汗珠，整个左脚脚腕扭了过来。看到旁边有个废旧的轮胎，她努力撑起自己的右手，一点一点地挪动自己的身体，费了很大的力气最终才让自己勉强坐到了轮胎上。她看着自己移了位的脚腕，忍着疼，用手一

点点按摩，试着想把那脚踝慢慢地扳回来。这时老师们陆续来上班，大家七手八脚地把她送到了医院。医生说是韧带撕裂和骨折，必须石膏固定再长期静养。然而她心里牵挂着幼儿园建设，在家只休息了3天就又回到了工作岗位。

自己无法行走，就让爱人开车把她送到幼儿园大门口，然后再把她背进办公室。因脚受伤，她工作起来非常吃力，需要把一条腿放在一把椅子上，另一条腿再放在另一把椅子上，整个腰背和腿成直角才能工作。一天下来整个腰椎特别疼痛，只好下班后在家做针灸进行缓解。出车祸胯骨粉碎性骨折还未痊愈的母亲坐轮椅过来照顾她，一边给她端面条，一边看着浑身扎满针的她，心疼地直抹眼泪，说："闺女，你何必这样折腾自己？"她却对母亲说："娘，没事的，很快就好了。"她就这样穿着厚厚的石膏靴一直坚持着工作。

她是一位普通的园长，却又是一位伟大的园长！她的精神让人感动，她的认真让人敬佩。她先后获得省级玩教具创作二等奖、市级幼儿教师技能大赛二等奖、区级骨干教师优秀教师等荣誉。她用自己的一言一行、一点一滴诠释着学高为师身正为范的职业信仰，表达着对祖国深沉的爱与无限忠诚。

张孝芝在给孩子们讲故事

老兵的新事业

枣庄市薛城区退役军人就业创业促进会会长　褚福鹏

我出生在薛城区沙沟镇一个普通的农民家庭，湖南科技大学毕业后经学校推荐参军入伍。进入部队后，我苦练军事技能、专啃硬骨头，很快就成了战备训练"明白人"，先后荣立二等功、三等功各一次，两次被评为"标兵营连长"。2018年，参加"陆军信保尖兵大比武"，个人被评为"陆军优秀教练员"，带领的团队获得总分第一。一天下午，5岁的儿子打来视频电话："爸爸，我怕！""怎么了蛋蛋，发生什么事了？不要怕，有爸爸呢。""爷爷把自己绊倒了。"坏了，家里出事了！我赶紧给所有亲人打了一遍电话，大家好像商量好了似的说：老爷子是病了，但没什么大事，你就放心上班吧。当得知父亲脑梗进了医院，我陷入了两难：一边是心爱的军装，一边是赋予生命的父母，父亲一直是我人生的航标，曾经借遍了所有亲戚朋友的钱，顶住"这两口子疯了"的闲言碎语，坚持供我们姐弟三人上大学，可是今天他倒下了，需要人照顾，怎么办？在报国和尽孝的两难中，我最终提交了转业报告。

回到家，看到父亲佝偻着侧躺在病床上，我强忍着哽咽，轻声说"爸，我回来了！"他慢慢转过身来，苍白的脸上没有一丝血色，颤颤巍巍地说"谁让你回来的，我不要你养……"是的，这是一位父亲在最无助时的倔犟。

父亲病情稳定出院后，气色也好看了很多。我开始考虑自己该做些什么——当初为了不给政府添麻烦，我选择了自主择业，可将近40岁从零开始谈何容易。一天深夜，高中同学打来电话："老同学，孩子太难管了，你肯定有办法，快来帮帮我吧。"我到的时候，他爷俩正在楼下争吵，我拉孩子坐到花坛边，听他诉说委屈、跟他解释父母的期盼，又给他讲了很多我在部队的生活和回家孝敬父母的事情，这个"叛逆的孩子"从暴躁转为平静，再后来抽泣着跟我说："今后不会再这样了！"这个事情给了我很大触动，我看到的不只一个父亲的无奈，更看到了现代青少年可能普遍存在的问题。我想：这也许正是我退役回乡的价值所在。

说干就干，于是我就和几个志同道合的朋友，创办了"赤臂苍狼"和"行以践知"公益培训品牌，推出了"苍狼飞虎队""父母讲堂"等公益活动。2019 年夏，第一次开营我们就迎来了 43 个小营员，这对我们来说绝对是大喜事，可是接下来却并不是我们想象的那么容

2018 年褚福鹏参加陆军"信保尖兵大比武"

易：闷声内向的婷婷、当面一套背后一套的小帅、油盐不进还故意欺负别人的小涛……让我们措手不及，如何面对这些孩子成了最大的考验。我们静下心来，坦诚与孩子交流、认真分析原因、因人施教。短短三天两夜，我们过得就跟在部队参加比武一样累，但结营时孩子们的蜕变和家长们的赞许让我们忘记了所有疲倦和委屈，我们走出了第一步！成功的喜悦并不长久，我们就遭遇了百年不遇的疫情，居家、防控、禁止聚集，公司一下子冷清到了冰点。我们想了很多办法，可是除了坚持的情怀还得有生活，几个创业伙伴都陆续离开了，我并不怨他们，谁都有一家老小，我也不忍心把他们留下跟我一起硬抗。我也一度消沉，想着关门算了——直到一个孩子的出现改变了我。他是我带黄河路小学军训时最头疼的孩子之一，他是老师和家长眼里的"坏"孩子，因为经常惹事，是学校教导处的"常客"。军训的第一天他就很不服从管理，拒绝参加训练，甚至指着教官的鼻子说"有种你打我呀"。当我来到他面前时，他歪着脑袋瞪着我说："你想打我吗？我不怕。""你为什么觉得我会打你呢？""我感觉……"就这样

我们坐在跑道边上聊了起来，当他知道我曾经是一名军人时，他两眼放光，激动地问："真的吗？"说自己从小就对军人特别崇拜。从那天起，他经常找我聊天，变得特别开朗，也有了纪律性，最后还主动要求参加会操方阵，一副阳光少年的模样。军训结束后。我仍然特别关注这个孩子，他知道我在做公益，有一天给我打电话："教官，我们5个同学看到临山脚下一个拾荒的老爷爷，只穿一件破单衣，我们想给他买件棉衣……"这句话震撼了我！这个曾经大家几乎放弃的孩子，现在这么关爱老人，让我觉得曾经的努力都是值得的，不管这条路有多难，我都该坚持下去！

组织新生军训（左一为褚福鹏）

4年过去了，我先后组织了500余场训练活动，影响着近万名少年成长成才、帮助多所学校优化创新，先后被评为"山东省身边最美退役军人"；又被中管院吸纳为"入库人才高级团建师"。我坚信始终如一的坚守，一定能够影响更多的青少年！

褚福鹏（后排一）组织红色教育进社区活动

那抹家乡的味道

枣庄市实验小学教师　赵敏

"春季到来百鸟唱，夏季一片青纱帐，秋季里来五谷香，冬季里来雪茫茫，这就是我的家乡……"经常听爸爸唱起这支歌，每次他总是满脸幸福的样子。而我总在心里嘟囔："家乡有什么好，我一定好好学习，走出枣庄！"可渐渐地，我也和爸爸一样爱上了我们的家乡——山东枣庄，也开始恋上了那抹家乡的味道。

我出生在枣庄市峄城区，小小的县城里有我童年最美好的记忆。不大的院子里，有姥姥种的3棵枣树、几株葡萄树。平整的菜畦里，一年四季有着数不清的蔬菜：黄瓜、西红柿、茄子、土豆、芹菜、豆角、辣椒……儿时的记忆里，跑渴了，就去摘一根黄瓜，有时去摘一个西红柿，摘来是和小伙伴们分享还是自己吃了，已经记不得了，只记得那黄瓜清脆那西红柿酸甜。

调皮的我，最喜欢的就是拿着梯子去摘葡萄。茂密的枝叶向四面展开，就像搭起了一个个绿色的凉棚。青的红的葡萄挂满枝头，馋得我直流口水，每天都要"光顾"一番。

喜获丰收大枣挂满枝头

进了9月，树上的枣儿从起初的浅红，开始红遍全身。姥姥便会手持一根长长的竹竿，瞅准目标，一竿竿打去，那颗颗红色的"玛瑙"便如骤雨般叭叭落下。我也学着姥姥的样子打枣，一边打，一边拾，心里乐开了花。姥姥还会把选出来的鲜枣晒干后储存起来，等到过年的时候，用来蒸枣卷子、枣窝窝、枣糕等，那浓香的枣味儿甚至飘出了家门！

故乡的枣树种植面积达 1300 余亩，房前屋后，沟坎河畔，路旁村口，田间地头，到处都有它的影子。近年来开发出红枣饮品、枣干、枣茶、蜜枣、枣点心等大枣衍生产品 50 余种，形成了一套完整的产业链。姥姥笑呵呵地说："还是你们年轻人有头脑，敢干能干！带着乡亲们一起致富！"

枣庄人把客人称作客（kēi），把有客人到访叫来客了。小时候家里来了客人，斟茶，端水，上水果，给孩子们准备甜点，反正家里最好吃的，这时候一定会用来招待客人。

农忙时节的乡亲都会互相换工，民风淳朴，邻里和睦。小时候姑奶奶家开豆腐坊，我问她卖一板豆腐能赚多少钱？她说不挣钱，只是剩下豆腐渣喂猪。我说："你不赚钱图个啥？你没算算，你不仅搭上了人工，起早贪黑，而且耗用了水、电、燃料，那不是亏本经营吗？"她说："我没考虑那些，我想都是一个村住着，乡里乡亲的，赚他们钱我觉得过意不去。"对她的做法，我觉得她可敬，不图私利；又觉得她似乎有些傻，该赚的钱不赚。一个普通的小山村村民能有如此情怀，这和小山村淳朴的民风是分不开的，是祖辈传下来的风气。

现如今，无论是小村庄还是枣庄城区都发生了翻天覆地的变化。宣传牌上展示的传统文化知识、科普知识，洋溢着健康向上的气息。在枣庄，再高的楼，也隔不断邻里间的嘘寒问暖，随处都有"搭把手"的助人为乐，淳朴善良的民风民俗已成为最动人的风景，洋溢着浓浓的家乡的味道。

文化如水，润物无声。记得在儿时跟着老师一起到青檀寺春游的情景：在悬崖峭壁之上，一株株青檀从岩壁石缝之中拔地而起，青葱繁茂，傲然挺立。老师说："青檀生长环境恶劣，但它不屈服，能钻破石岩，茁壮成长。希望你们能学习这种'青檀精神'。"

长在石缝里的青檀古树

儿时的我，懵懵懂懂，好似明白，又没放在心里。当我长大后再次漫步青檀寺，我似乎读懂了儿时老师语重心长的话。哪有一帆风顺的成长，哪有不遇困难的改革？青檀享受不到温室暖棚的舒逸，扎根于瘠岩薄崖，在恶劣环境中生存并茁壮成长，靠的正是咬定青山、立根破岩的意志，顽强不屈、百折不挠的精神。虽历尽严寒酷暑，饱经风霜雪雨，终与岩石融为一体，成就"檀石一家"的人间奇观。而这种坚忍不拔、顽强奋发的"青檀精神"不正是枣庄发展的写照吗？无论面对怎样的环境，枣庄始终以最蓬勃的力量向上生长，推动历史的车轮缓缓向前。

历史，坚定了自信。现实，彰显着自强。千秋家国情，天地英雄气；追梦赤子心，遍开文明花……枣庄始终以博大的胸怀，养育了勤劳朴实的枣庄人。作为枣庄人，那抹枣庄的味道根植于心，不会忘记。作为青年一代，我们必将接过接力棒，苦干实干加油干，为"工业强市、产业兴市"贡献自己的力量！

我的"枣庄情结"

枣庄科技职业学院教师　赵燕

10 多年前，因为爱情开始认识枣庄。8 年前，因为家庭最终与枣庄情定终身。

我的家乡在泰安，是一座美丽的旅游城市，泰安因泰山而得名、因泰山而闻名天下，我热爱我的家乡。2014 年，我怀揣着对未来生活的美好憧憬和对一座新城市的无限遐想，泪别亲人，在一行人的簇拥下，伴随着喜庆的音乐和响彻天际的鞭炮声来到了枣庄滕州，来到这个看似熟悉其实陌生的城市。那一天我想了很多，想到了宽敞的马路、错落有致的建筑群，想到了嫁到滕州后称心的工作，惬意的生活……每每想到这些，就想趴在被窝里笑。

组织学生参加学校中华经典诵读大赛（中间为赵燕）

美好的事情在现实中并未如期而至，一直期盼的舒适工作迟迟没有到来，但是生活不能等待，时光不可浪费，耐不住清闲的我开始了找工作的经历。我考过公务员、考过教师，可是失落的心情影响了心态，几次努力都毫无收获。那时心情复杂、情绪烦躁，感觉人生非常迷茫，疲倦的身体已无法前行，似乎再有一根稻草就能压垮已经精疲力竭的身躯，可是我没有放弃，终于迎来了转机。2020 年 5 月，我成功通过了枣庄科技职业学院辅导员招聘考试，成为新时代辅导员中的一员。

指导学生参加暑期社会实践

工作后，熟悉的大学校园，忙碌的辅导员工作，让我重新找到人生的舞台，焕发出无限的激情，并立志做好本职工作，将青春奉献给光荣的教育事业，将才华贡献给枣庄这片充满希望的沃土。刚开始工作的时候，我便接了 2018 级的一个班，虽然进行了培训，做好了充分的思想准备，但是面对这些已具有独立思想、和自己年龄相差无几的学生，特别是他们进校比我还早，心里难免有些紧张，面对学生习惯了之前老师的管理方法、不服从管理，同学之间出现纠纷等问题，工作上有些手忙脚乱。但是我坚信：只要有温度、有爱心，是铁也能被融化。有一天，一名学生找到我："老师，我不想上学了，实在浪费时间，还不如外出打工赚钱。"与学生家长联系也被告知家里尊重学生想法，他不想上就不上。但是我并未放弃，主动发现学生的闪光点，鼓励他积极发挥优势，我对他说："你是一个特别有想法、善于思考的学生，专业课成绩很优秀，如果这时候退学，咱们国家岂不是损失了未来优秀的建筑师吗？"接着，我结合自己的经历与其谈心谈话，引导学生珍惜韶华，用知识武装头脑，树立正确的价值观和人生观。在我的耐心引导下，学生打消了退学念头。在接下来的日子里，我继续关注他的学习生活。我了解到，这名学生家境贫困，生活困难，性格和心理都曾出现过不同程度的障碍，于是，我帮助他申请了国家助学金。同时，引导其积极参加校园文化活动，培养乐观、向上的性格，展现青春朝气的精神面貌。

慢慢地，他变了。他积极参加各大企业招聘活动，搜集资料、投递简历、准备面试，一改过去的消极颓废，呈现的是积极乐观，即便失败也不气馁的精气神儿。我根据他的优势，向他推荐了枣庄本地一家知名企业，通过努力，他最终获得了工作机会。刚进入企业后，他还是一名小小的实习生，我跟踪关注了解到，他勤勤恳恳地做好自己的分内工作，遇到问题主动迎难而上，积极解决，作出了出色成绩，得到大家的一致认可。转眼一年过去了，一天下午，学生打电话给我："老师，告诉您一个好消息，我现在做经理了，月收入1万多，现在全家衣食丰足、生活宽裕，幸亏听了您的话，我才有勇气继续走下去，老师，是您给了我生活前进的方向和动力，真的很感激您，我一定继续奋发图强，不辜负学校和单位给予的机会。"从他的声音里，我听到了他的自信、阳光以及对未来生活充满了希望。瞬间，我不由地感叹：能有这样的优秀青年奋斗在枣庄市这片沃土上，未来的"工业强市"一定能再上新台阶。

在一次外出购物中偶然遇到他的家长，他的妈妈激动地牵着我的手说："老师，我孩子现在工作做得很好，工资提高了，我们家再也不像过去那样困难了，以前我还给您打电话不让孩子上学呢，真是不该啊，幸亏您的不放弃，才有了孩子的今天，真心感谢学校，感谢您啊！前段时间，邻居还在为孩子报考哪所学校犯愁呢，我直接告诉她，就报咱们枣庄科技职业学院。"听到这些，我激动地红了眼眶，一位家长简短的感情流露，让我的内心久久不能平静……

学校专业课程的调整、教师教学质量的提高，为莘莘学子提供了专业技术支撑；学校校企合作平台的搭建为广大青年提供了便捷的就业渠道和广阔的就业前景，为枣庄市各大企业输送了专业人才，为更快更好地帮助群众脱贫贡献了力量。

深入实施"工业强市、产业兴市"战略以来，枣庄市正以文明之城、绿色之城、活力之城、魅力之城的姿态，展现在大家的面前！枣庄市委、市政府带领人民抱着国家复兴的必胜信念、秉着乐于奉献的牺牲精神、迈着前景广阔的坚定步伐，在中国特色社会主义道路上奋勇前进，为实现中华民族伟大复兴的中国梦拼搏不息，切实增强了群众的幸福感、获得感和安全感。

是的，这正是我 8 年前理想中的城市，在这里，我每天的生活都那么丰富多彩，幸福指数爆棚，不知不觉，枣庄已成为我热爱的第二故乡。想到这儿，我忍不住想高呼：枣庄啊枣庄，我为您骄傲！我为您喝彩！我为您点赞！

小村大道

枣庄市人民防空办公室干部　陈官胜

2019 年 10 月，全市从市县乡三级机关、事业单位集中选派一批优秀干部到村担任党组织书记。作为市人防办一名干部，我主动要求驻村扶贫助力乡村振兴，被安排在薛城区邹坞镇罗岭村任党支部书记。

都说新官上任三把火，可我到任后却一时犯了难。罗岭村是薛城区有名的贫困村，位于邹坞镇东部，和市中区搭界，因村内多贫瘠的岭地得名。全村 138 户 512 人，其中贫困户 4 户。当时全村没有一条水泥路，晴天一身土，雨天一身泥，村子里垃圾遍地，几乎没有绿化。村两委人员年龄偏大，党员干部带动能力差，缺乏凝聚力，邻里纠纷不断，是一个名副其实的"老大难"村。由于组织软弱涣散、集体经济薄弱、德孝缺失，罗岭村的考核成绩始终都在全镇后 3 名的"吊车尾"位置。更有甚者，单位领导来村里慰问，被不明就里的村民围堵；扶贫款拨到了村里，贫困户因怕担责任，没人敢领钱；"户户通工程"政策不清晰惹来村民的不满。面对观念僵化的群众，面对扶贫难扶志的贫困户，面对工作方法简单的村干部，罗岭村的出路在哪里？我陷入了深深的思索之中。

2020 年初，突如其来的新冠肺炎疫情没有给我太多思考的时间，疫情之下我快速上了"火线"。村书记就要有村书记的样子，疫情面前我"舍弃"自己的小家庭，毅然决然地驻守在村口防疫一线，一守就是 105 天。"关键时刻我们心里装的应该是罗岭村的百姓。"我始终用这句话要求自己。原先对我抱有怀疑态度的村干部变得心服口服，支委一班人像绳子一样拧成一股劲。疫情面前我用"舍小家顾大家"的实际行动，凝聚了人心，让群众重新对村两委产生了信任，这无疑是罗岭村脱贫的一个好开端。

为了进一步提升村民文明素质，罗岭村创办了薛城区第一个村级传统文化"孔子学堂"和"道德大讲堂"。一开始，村民不愿意去听课，都在观望，我就一遍一遍地到村民家里去请。志愿者为学生、村民讲《弟子规》《三字经》《大学》《道德经》等经典书籍；讲做人的八德"孝、悌，忠、信、礼、义、廉、耻"；讲古今孝道、讲积德行善、讲邻里和睦的重要性；讲做人之道，讲家和万事兴，讲幸福靠奋斗，村民们越听越想听。道德、良知、人心逐渐成为村民评判是非的标准，村里慢慢形成了"说好话、行好事、做好人"的氛围。村里加强精神文明建设，积极开展"好婆婆""好媳妇""好村民""十大孝子"等评选活动，村民的正能量被激发出来了，乡村振兴的内生动力被激发出来了，民风越来越好，人心向上向善。慢慢地我成了村民最亲的人，成了村里老百姓最信任的人，我也早已把罗岭村当成了自己第二故乡。

经过3个多月的逐户走访，我摸清了群众"心结"，村内没有一条像样的路，环境脏乱差，用水用电难，致富没门路。必须急群众所急、想群众所想。为了尽快完成群众期盼，"五加二、白加黑"，我一个部门一个部门跑，一件事一件事去落实。我"软磨硬泡"争取了

陈官胜组织罗岭村志愿者对全村进行全面消杀

140多万元资金，先后对村内8400多平方米道路进行高标准硬化，对村办公室进行了翻新，新建了能够容纳50人的"道德大讲堂"。全村顺利实施了自来水升级改造工程，对全村电网进行了全方位改造，实现了安全用电、标准用网，群众关注的用水用电问题也得到了全面解决。还疏通了村内污水管网，彻底解决了"三不通"难题。村内新建入村门楼，安装了村内路灯80盏，对村内主干道两侧2600米进行了绿化美化，建设文体广

场 2 处，安装健身器材 2 套，群众有了休闲娱乐的去处，生活环境全面改善。

为发展壮大村集体经济，带动村民致富，我们争取了 50 万元中央扶持资金，优选种植有机生态地瓜和大蒜，探索"党支部＋合作社＋农户＋互联网"共赢模式，建设"合作社＋村集体＋公司"的运营模式，流转土地约 100 亩，成立枣庄薛城区罗岭村通合种植专业合作社，签订了收购协议，共盈利 6.6 万。2020 年村集体经济收入 10.2 万元，比 2019 年增收 7.36 万元；2021 年村集体经济收入达到了 15.68 万元，比 2020 年增收 5.48 万元，实现了村集体经济"过十攀百"目标。

新修入村道路，全面实现户户通（右二为陈官胜）

罗岭村的发展，正是当前中国无数个乡村的缩影，无数的基层党组织书记就是乡村振兴的铺路石。下一步，我将初心如磐继续前进，建功新时代、奋进新征程！

党支部领办合作社，壮大村集体经济收入

用平凡书写精彩

枣庄市城市公共交通集团有限公司职工　李媛媛

"欢迎乘坐 2 路公交车，下一站是中央广场。"这是一句很常见的公交报站广播语。

晨曦中的公交车整装待发

对多数人来说，对公交的印象总是停留在那 10 米公交车、大大的方向盘、长长的公交站，甚至是那一成不变的报站语，一圈圈、一天天、一年年，平凡而又普通。而公交与我的缘分，是父亲带给我的。

我的爸爸，曾是一名公交修理工。儿时的我，对爸爸的印象是模糊的，因为在我成长中，爸爸总是缺席。曾几何时，我甚至讨厌爸爸，讨厌他身上难闻的汽油气味，讨厌他那长满老茧的双手，还会在老师要求写题为"我的爸爸"的作文时，固执地改成了"我的妈妈"。

记得那是在我上中学的时候，爸爸生病住院，在医院陪护期间，我守着爸爸，从最初的自顾自发呆到和爸爸聊起了他的工作。说到工作，爸爸似乎变了一个人，好像身上会发光。也是从那时起，我第一次知道了身为一个公交车的修理工，我的爸爸都在做些什么。"下地沟、钻车底、扒轮胎、抬变速箱"这些我平时从未听过的词语，却是爸爸几乎每天要完成的工作。我似乎明白了，这么多年，爸爸对我的缺席，都补在了那 10 米公交车，补在了公交车的每一零件甚至每一颗螺丝钉上。那一刻，他虽然躺着却显得异常伟岸，他虽然平凡却显得无比伟大。

公交车修理工人正在认真维修车辆

因病情严重，爸爸接受了眼球摘除术，也因此无法继续他心爱的修理工作，看着他沮丧的神情，一股坚定信念在我的心中油然升起。

大学毕业后的我，毅然决然地走进了公交行业，也成为了这其中平凡、普通的一员。

从一名乘务员、站务员，再到今天的管理人员，我历经了公交公司的多个岗位，公交公司也见证了我的成长，从不谙世事到为人妻、为人母。如今的我成了多年前的爸爸，而我的儿子，终将也成为了那个等候我回家的"公交孩子"。

迎着朝霞，伴着月光。检查车况、发动、挂挡、缓缓转动方向盘驶出站台，目送着熟悉而又陌生的乘客上上下下，这是公交驾驶员最寻常的一天，也是他们最熟悉的一年。只有行程，没有终点，易被忽视，常被遗忘，而平凡普通的公交人，却用自己的行动一次次地刷新大众的印象。

自 2020 年开始，反反复复的疫情，无时无刻不在影响着我们的生活，在这场没有硝烟的战争中，有人剪去长发，有人背起行囊，有人提起工具，有人立下军令状……而身为公交人的我们，也没有退缩，成为了抗疫战场的一分子。

公交人积极投身抗疫工作

转运中、高风险人员，运输核酸采样工作人员，接回返乡民工，接送转校师生，运送防控用品，承担医务人员的接送任务，为多家厂矿企业提供通勤服务。枣庄公交全体干部职工，闻令而动，昼夜奋战，手握方向盘，身穿防护服，公交"大白"化身城市最美逆行者。这说起来很简单，不过寥寥几十字，可是，在疫情肆虐的时候，在大家谈疫色变的时候，枣庄公交人坚守岗位、勇往直前，逆行而上、义无反顾，累计出车两千余台次，封闭值守百余天，转运人员近万人。为了节约防护服，为了抢抓时间，尽量不吃、不喝、不上厕所。当日任务结束，顾不上吃饭还要对车厢进行深度消毒。方便面是我们的餐饮标配，而加一根火腿肠就很奢侈。累了就在转运地打地铺，会议室、学校食堂、医院的观察室都有过我们的身影。我们记得自己是一名公交人，却忘了也是父母、是儿女、是家中的顶梁柱。

那段时间我几乎很少给家里打电话，不是不想家，而是害怕。害怕妈妈的那句"吃饭了吗？累不累呀？"害怕儿子用那稚嫩的声音说出"妈妈，你什么时候回家啊？妈妈，我想你！"更害怕，他会像儿时的我厌烦父亲一般厌烦我！因为作为妈妈，我对他的陪伴，确实少得可怜！也是在那时，更懊恼自己小时候对父亲的误解，也才真正理解了，当年爸爸对我陪伴的缺失，是那样的身不由己和责无旁贷！

不是不爱家，只是担当在前，舍小顾大；不是不害怕，只是使命优先，不能退缩。或许正是出于这种平凡的担当，才书写了无数别样的精彩！

还记得那是儿子 3 岁生日的时候，我因为工作加班到深夜，轻手轻脚地回到家却还是惊醒了儿子，睡意蒙眬的他突然说了句："妈妈辛苦了，妈妈真棒啊，长大后我也要去上班，像妈妈一样。"我不记得儿子还说了什么，因为当时我早已泪流满面。那一刻，我感觉到，自己所做的一切都是值得的！那一刻，我好想紧紧地抱住儿子，告诉他："妈妈好爱你！"

平常人不常体验的生活，却是我们的日复一日，没有英雄的事迹，只有出行的轨迹，这就是我们最普通、最平凡的公交人。相信在如今高速发展的新中国，身处各行各业的同仁们，也同样正在自己的岗位上努力着，奋斗着，坚守着，奉献着。虽平凡，亦精彩！

河海存证

东营市自然资源和规划局河口分局职员　刘江文

　　人的一生应该怎样有意义地度过？东营市自然资源和规划局河口分局原党组书记、局长李俊兵同志，在河与海之间的河口大地上，用他风华正茂的生命，作出了铿锵的回答。

　　两年前的夏天，2019 年 8 月 21 日，是李局长上任的日子。李局长穿着白色的衬衫，双目炯炯有神，像一位拥有多年农耕经验的青壮农民，看到自己新分到的上等田，摩拳擦掌，跃跃欲试，准备大干一场。人们都说新官上任三把火，我们这位李局长，他没有豪言壮语，没有慷慨激昂的动员，只在笔记本上郑重地写下几句话。

　　"干事创业没有尽头，只有不断奔跑。"这是李局长常挂在嘴边的话，早晨 7 点半，那辆奔波于两地的车，准时停在办公楼前；晚上 6 点，当忙碌了一天的职工准备回家时，发现这辆车还是安静地停在原地。抬头望去，三楼东首第二间办公室的灯依然亮着。2019 年，刚刚合并的自然资源和规划局，面对新的职能，一切都要从头布置。那时每每中午去汇报工作，经常看到李局长的桌上有未吃完的泡面。"来来来，快进！"容不得我们半点迟疑，他一抹嘴，又开始了工作。清晨的车，夜晚的灯，李局长以身作则激励鼓舞着百余名战友们，大家从没有抱怨过辛苦劳累，因为大家心中清楚，那辆车就安静地停在那。

　　国土指标资源，是河口区的显著优势，受限于政策、市场等条件，指标交易的空间始终打不开。"自己多为群众们跑跑腿，机会说不定就出来了。"抱着这样的想法，李局长踏上了四处奔波的行程。这一跑，足迹就踏遍了山东省各个县市。2021 年 5 月，刚做过肠息肉手术的李局长，还没有完全恢复，就赶赴济南协调相关事宜。据同行人回忆道："当时看着李局长在车上脸色发白，双手紧紧抓着座椅，努力保持身体稳定。可他一路上硬是紧咬牙关，什么都没有说，一直坚持到顺利签完交易协议，到东营时已是凌晨1点多钟了。为了工作，不顾自己，看着真是让人心疼。"

功夫不负有心人，2020年5月28日，河口区与龙口市达成指标交易协议，看着协议书上的签字，李局长笑得像孩子一样。

李俊兵（右三）与龙口市自然资源局领导研究指标交易工作

初心和现实的距离有多远，李局长用自己的脚步丈量着。他的脚步，走遍了帮扶村的角角落落。找项目，谋出路，一心一意谋发展，新建蔬菜大棚、销售老粗布，让村集体见到了真金白银。在他的强力推动下，河口区20多个住宅小区历史遗留问题全面化解，16000余名群众顺利办理了不动产登记。一串串数字、一项项荣誉、一份份成绩背后，是李局长对共产党员使命的牢记与坚守！我很幸运遇到了这样一位领导，他教会了我兢兢业业，认真做事，就是对岗位最好的回报。

2021年12月初，李局长发现自己时不时地发烧、感冒，因年底工作繁重，连轴转的李局长对治疗一拖再拖。

12月17日，"局长，2022年的工作计划请您审核。""可以，各领导审核后按程序上报。"这时的他，发着高烧。12月19日，"局长，环境打造工作方案请审核。""辛苦了，工作完成后早回去休息吧。"这时的他，在办理住院手续。12月20日，"局长，这是咱们局参加学习强国视频挑战的风采展示视频，请过目。""挺好的，要是气势再强一些就更好了。"这时的他，即将进入重症监护室。

李俊兵住院期间打着吊瓶依旧坚持工作

2021年12月28日清晨，略有薄雾，离2022年的元旦还有3天，李俊兵，这位河口分局的好局长，因长期带病坚持工作，突发病毒性脑炎，抢救无效，不幸离世，年仅47岁。

璀璨的奋进岁月，如流星般划过，闪亮夜空。千余名河口区干部、群众，自发前来为他送行，泪水打湿了双颊，有亲人离世的悲痛，有深情缅怀的哀思，更有对一位光荣共产党员的深深敬仰。"魂飞万里，盼归来，此水此山此地，百姓谁不爱好官？"什么是好官，李局长，用他短暂的一生，作出了回答。

此时此刻，在2270平方公里的河口大地上，你用忠诚谱写的故事，全局和你并肩奋战了857天的战友们，为你鉴证！

你用热血守护的初心，全区21万人民群众，为你鉴证！

你用生命铸就的忠诚，你35岁宣誓的那面党旗，为你鉴证！

朴素的信仰

东营市胜利锦华小学教师　王慧慧

六一儿童节，班里的"小树苗"们有了一个新的身份——少先队员，我郑重地为他们佩戴上鲜艳的红领巾。嘹亮的呼号声中，我的耳畔回荡起父亲经常挂在嘴边的那一句话："中国共产党万岁！"两个声音交织在一起，父亲忙碌的身影在我眼前清晰起来。

父亲年逾六十，一辈子在田地里摸爬，看起来比实际年龄要苍老许多。他早年出过车祸，右腿有些残疾，身形就更加佝偻。他和母亲拉扯着我和弟弟长大，家中日子很是清贫，但是印象里，父亲乐观得很。农忙时节，因父亲身体的缘故，家里的活计总是比别家慢上许多，他和母亲总是要早出晚归。我那时年幼，等焦了难免抱怨，父亲就打开了话匣子："有粮食收多好咧，再累也高兴啊。共产党分给咱这么多地，你老爷爷那时候哪见过这么多粮食咧？"

王慧慧父亲正在为蔬菜喷药

父亲对待我和弟弟一向大方，而自己的吃穿用度却省了又省。因为营养的缺失加上车祸后遗症，他得了慢性病。每天的口服药，让本就不宽裕的家境雪上加霜。村两委知道情况后，照顾我们一家，安排给父亲一个清洁工的活计，每月可以有些微薄的补贴。父亲很感激这份差事，每天天蒙蒙亮就开始打扫村里的路。寒冬腊月，天真冷啊，父亲扫一段路就停下来呵几口气暖暖冻僵的手指头。上学的路上，迎头碰上父亲，他的眉间早已经结上白白的冰花。我劝父亲等暖和一点再扫，父亲边挥舞扫把边笑："早上扫，空气好，劳动人民有力量。"他眉间白白的冰花和那唰唰的清扫声，住进了我的梦境，他身上的乐观和勤劳浸润着我的童年。

父亲脾气温和，甚少冲我发火。记忆里唯一一次"拳脚伺候"是因为我逃课。那年我读初三，父亲的病越来越厉害。看着病痛中的父亲，看着还年幼的弟弟，我无心再读书，只想去打工。班主任家访，父亲才得知我的情况。那晚，父亲格外生气，粗糙的手掌一下一下落在我的背上。我知道上大学是父亲对我最大的期望，我怎么能让他失望呢？他说了什么，我早已经记不清了，只是后来我没有再逃过课，并且如愿考上了自己心仪的大学，还享受国家助学政策，申请到了助学贷款。农家孩子读上了大学，父亲眉间舒展了许多许多。

大学毕业后，我成为一名教师。父亲高兴，也不忘时时嘱咐我：教孩子们学问，更得教他们记住共产党的好，长大了报效祖国。因为离家很远，我总是不放心他的身体。许是看着我长大成人能安稳生活的缘故，父亲的病渐渐趋于稳定了。我劝父亲不要再种地了，太累。父亲这样说："你老爷爷那辈人，就盼着能种上自己的地。现在咱种地一分钱不交不说，国家给咱青苗补贴。粮食有国家兜底，年年卖个好价钱，共产党想着咱老百姓，咱更得听党的话，可不能让好农田荒了。""你就是闲不住。"我微笑着抱怨。

去年，父亲高兴地打电话来说，镇上给他办了一张就诊卡，他现在吃药不花钱了。"那你更得按时按量吃药，快点好起来，别给国家添麻烦。"我高兴地劝他，父亲听了更是爽朗地大笑。

每次回村，闲聊时大家都会感慨如今的好日子。邻家奶奶今年百岁了，精神矍铄，"你看咱又没给国家做啥事，国家还给咱发老年钱。咱不得猛活啊。"老有所依，老有所乐，真好。

响应国家乡村振兴战略，镇党委依托本地林丰果茂的优势，招商引资，加工副食品的乡镇企业如雨后春笋，老农人多了更多的创收路。学成归来的新农人创新进取，老乡村旧貌换新颜，成了时髦的打卡地。林外鸣鸠春雨歇的时节，新的道路两旁，杏花开放得如火如荼。游人们聚在杏树下，记录着春天的影子，麦苗青青的尽头，整齐划一的新房沐浴在温柔的阳光里。"以前种杏树是为了吃果，现在开花都能引着大家来看。生在蜜罐里的孩子们可得记住共产党的好。"父亲笑声朗朗。

王慧慧的父亲眉目含笑，诉说着如今的好日子

我父亲，正是亿万中国人民的一个缩影。朴实憨厚的他们，无不有着一颗向党的红心，而这颗红心恰是由中国共产党百年历程的点点滴滴汇聚而成。臧克家说："他活着为了多数人更好地活的人，群众把他抬举得很高，很高。"淮海战役数十万民众推小车支援前线是如此，疫情三年来亿万人民听党号召牺牲小我同心抗疫也是如此。

习近平总书记在党的十九大报告中说："人民有信仰，国家有力量，民族有希望。"耕于田间的父亲，耕于讲台的我，将来还有我耕于各行各业的学生，亿万中国人民，深信着党，深爱着党，这份朴素的信仰在传承。

特教筑梦　花开有声

东营市特殊教育学校教师　李爱国

2022 年 4 月 8 日，习近平总书记在北京冬奥会、冬残奥会总结表彰大会上深情讲述道："听障演员的圆舞曲、手语版国歌、盲童合唱团的歌声、视障运动员的点火……，这些意蕴隽永的场面在人们心中留下了美轮美奂、直击人心的深刻印象，激发了海内外中华儿女万众一心、接续奋斗的昂扬激情！"

在总书记提到的手语版国歌演出方阵中，有一位叫刘力的姑娘，她就来自我的工作单位——东营市特殊教育学校。虽然从小听力障碍，但她身残志坚，参加各种特长学习，她演出的舞蹈《我们的梦想舞台》获省级大奖，还获得山东省中小学生电脑制作大赛二等奖、山东省残疾人茶艺比赛第三名。2021 年在东营市第八届残疾人运动会上她荣获女篮第一名、飞镖第二名、铅球第三名的好成绩。先后被授予东营市新时代好少年、省级优秀毕业生等荣誉称号。

北京冬残奥会开幕式手语版国歌演出方阵（二排左六为刘力）

1993年，我师范毕业来到东营特校，转眼29年，我见证了学校的发展变化，也见证了刘力在校园里的每一步成长。多年来在市委市政府的关怀下，我校教学设施不断完善、校园环境越来越美，刘力和她的同学们在这里感受到生命的尊严、成长的快乐，并取得常人无法想象的成绩，而优异成绩的背后离不开老师们的辛勤付出。

全国"特教园丁奖"获得者田秀云，是刘力的任课老师。她是一位老党员，从教31年，一直用微笑和爱心，无微不至的关怀、温暖着刘力和她的学生们，用温柔坚韧、善良慈爱践行着入党初心，兑现着爱的承诺。

"特教园丁奖"获得者田秀云老师在给孩子们上课

她开发的校本课程资源分获省市级一、二、三等奖，主持山东省重点课题10多项。白天，教学、管理让她忙个不停，晚上，她还要在台灯下研究和写作。虽然工作繁忙，可是只要一有时间她就会和孩子们在一起，因为她知道，身体上的残障，很容易出现心理问题：自卑、自闭、偏执。不把这些乌云驱散，孩子就可能被压垮；不把这些禁锢心灵的冰块融化，孩子就可能与社会格格不入。于是，教室里、操场上、晚风中、灯光下，她和这些孩子们促膝长谈。春风化雨中，孩子们紧闭的心扉被打开，冰封的梦想被点燃，紧锁的眉头被灿烂的笑容所替代。那一刻，田老师也露出了会心的微笑，修补残缺的心灵，塑造健全的人格，这是孩子们健康成长的第一步啊。

刘蕾是刘力的舞蹈启蒙老师，她把全部的爱都给了学生，成为学生心中的"妈妈"。舞蹈课上，她带领听障孩子用肢体动作体会音乐的美好。由于孩子们听不到声音，所以需要成百上千次的重复训练，枯燥而乏味，但孩子们的眼中却散发着异样的光芒，因为她让孩子们寻找到了人生的意义。当这些"折翼天使"捧回全省比赛一等奖的奖状时，在无声的欢呼中，可爱的孩子们扑到刘蕾老师的怀中，师生相拥而泣。这是快乐的泪水，是初心酿成的蜜。那一刻，孩子们明白了，只要努力，她们也能成功！

作为一所综合性的特殊教育学校，我们面对的都是一些有着各种障碍的孩子，除了缺乏基本生活技能外，有的学生在知识的接受程度上，也非常缓慢。要培养这些学生，不仅需要学校投入更多的成本，也需要老师付出更多的耐心、关心和爱。在我们学校，平凡而感人的故事每天都在发生。全校教职员工牢记初心，用奋斗耕耘、用奉献播种、用汗水浇灌，用一生去诠释特殊教育的内涵。从伦敦残奥会上奋勇拼搏、勇夺银牌的袁义志，到北京残奥会在演出方阵中闪耀的刘力，一批批学生从这里重振受伤的羽翼，腾飞、翱翔。

习近平总书记指出："让广大残疾人安居乐业、衣食无忧，过上幸福美好的生活，是我们党全心全意为人民服务宗旨的重要体现，是我国社会主义制度的必然要求。"深情的话语，为我们所从事的特殊教育事业指明了方向！

中国梦是民族梦、国家梦，是每一个中国人的梦，也是每一个残疾青少年的梦。作为人民教师，我们将牢记嘱托，勇担使命，建功新时代，奋进新征程，用知识和爱的力量，让广大残疾青少年，在绚丽的阳光下，灿烂地绽放、健康地成长！

星光闪烁　余热生辉

东营市河口区河口街道河宁社区党委第一书记　王玉清

"我们不是太阳，也不是月亮，我们就是一颗颗小星星，依然灿烂晶莹。"这是我经常挂在嘴边的一句话。我现任东营市河口区河口街道河宁社区党委第一书记、区"五老"志愿者协会副会长兼秘书长。退休后，我立足基层、扎根社区，尽心竭力为群众办实事、做好事、解难事，得到组织和群众广泛认可，荣获全国离退休干部先进个人、全国优秀党务工作者、全国关心下一代工作先进工作者、全国敬老爱老助老模范人物、山东省优秀共产党员等称号。

我从工作岗位退休后，被某企业聘请为副总，经济待遇优厚。可就在我任职仅 3 个月的时候，东营市河口区河宁社区负责人找到我，希望我到社区参与离退休干部党建工作。我二话不说就辞去企业任职。对此，周围很多人不理解。社区工作琐碎繁杂，不好干不说，也没有什么经济补贴。可我认为，只要党还需要我，觉得我还能做点事情，我就要一直干下去。当时正值河口区鼓励大批党政机关离退休干部党员进社区，社区党员数量猛增到六百余名，再加上社区工作人员少，党建工作千头万绪。到任后，我凭借几十年的工作经验，仅用了 15 天的时间，就完成了社区内所有离退休干部党员的摸底调查。通过和社区老党员们交流沟通，我有了一个逐渐清晰的思路，打破原来按照楼宇位置设置党支部的模式，按照党员的年龄结构、兴趣爱好、专业特长来设置党支部。每个支部赋予一个活动品牌，由共同爱好专长、不同年龄层次的离退休干部党员组成。

经过精心的筹备组建，永康、艺苑、法援、平安、劝业、和谐、环保等 14 个各具特色的离退休党支部陆续建立。离退休干部党支部要想有生命力，就要开展活动。开展活动是花钱的事，没有经费寸步难行。我多方协调，为河宁社区争取了每年40万的党组织为民服务专项经费，并将党支部活动经费列入其中。近年来，永康支部开展大型义诊活动34场，服务群众1.2万余人次；法援支部为社区居民提供法律援助68人次，调解矛盾纠纷18次；艺苑支部成立了社区夕阳红艺术团和4支文体志愿者队伍，每年到农村、社区、学校、敬老院等进行文艺汇演30余场，观看群众达4万余人次。

王玉清（左二）和支部党员一起在小区内宣传疫情防控政策

河口街道河宁社区是东营市河口区最早成立的社区之一，老年人多，其中有很多人孩子不在身边。经济条件好了，老年人不愁吃喝，缺少的是关爱。以什么方式发挥离退休干部党支部的作用，带动更多人来关爱老年人，是我经常思考的问题。在我的倡导下，河宁社区党委带领各个离退休干部党支部开展了"温馨十送""老人互助、居家照料"等活动。相对年轻的离退休干部对高龄、特困、孤寡、空巢等特殊弱势老年人开展居家养老、民生服务等活动，上门为老年人提供免费理发、帮助购物、冲电卡气卡等服务，并在节庆日送上祝福。这些事看似是不起眼的小事，却温暖着社区老人的心。

王玉清（左一）带领支部开展"温馨十送"活动

随着活动的开展，越来越多的社区居民、学生和家长加入到志愿服务队伍。目前，社区志愿者已发展到 3200 余人，累计提供各类上门服务 1800 多次，呈现出队伍不断壮大、活动蓬勃开展的良好态势。一位 80 多岁的老人曾拉着我的手，感动地说："你年纪也不小了，却还这么有激情，有爱心，我要是能年轻 10 岁，也加入你们的队伍！"还有一位老人的孩子专门从北京给我打电话表示感谢，说："我在北京工作不能常回家，是你们帮我解决了后顾之忧，让我能够安心工作。现在父亲一打电话就夸你们，我发自内心地对你们表示感谢！"

"社区工作牵两头，一头是老人，一头是孩子。"在为老人献爱心的同时，我也在考虑为孩子们做点什么。紧邻小区的海宁路是东营市河口区的一条主干道，路旁就有几所学校，上学放学时显得尤为拥挤。看着穿梭于来往车辆中的孩子们，我心里有了组织成立"五老"护学队的想法。说干就干！我和离退休党支部的老党员开始商量具体对策，制定方案。2010 年 9 月，一支由社区老党员、"五老"志愿者组成的 64 人的护学队伍成立。在我的带领下，护学队伍从最初的 64 人发展到现在的 97 人，安全护送学生 2200 万人次。除此之外，我还带领宣讲报告团成员，深入学校开展宣讲教育，受教育青少年达 3 万余人次。

王玉清在"五老"护教岗执勤

　　我还尤其关注生活困难儿童这一弱势群体。在我的带动下，我所在的关爱支部与河口街道中心小学结成帮扶对子，协调发动爱心单位、企业、个人对学校的困难学生进行帮扶。截至目前，已协调帮扶资金31万元，资助生活困难学生296名。多次组织开展"圆梦在河宁"爱心活动，帮助32名学生圆了"微心愿"。当我听说有的孩子因为家庭困难，从来没见过大海，就组织30多名小学生和老人一起去观海，圆了他们的一个大海梦。在我看来，用自己的一份爱心，圆孩子们一个小小心愿。事虽小，但这举手之劳，也许会在孩子的心里种下一颗爱的种子。

王玉清（二排右一）帮助社区老人孩子实现看海"微心愿"

　　不忘初心献余热，拼搏奉献谱新篇。我将继续做一颗闪闪发光的小星星，用我的不懈努力，将周边离退休干部的力量汇聚起来，展现新时代老年人"不服老、能干事"的风采，照亮、温暖身边千千万万的人。

一家三代人的黄河故事

利津县凤凰城实验幼儿园教师　陈婧文

我出生在黄河入海口，最靠近大海的位置，在我们家小院里能清楚地听到大天鹅的叫声，常有灰鹤等鸟类到家里偷吃粮食。

陈婧文（左三）在培养孩子们的阅读兴趣

我爷爷年轻的时候，响应国家"发展林业、绿化祖国"的号召，成为林场设立时最早的一批职工。周围人都说我爷爷傻，可是爷爷说，跟着党走准没错。

那个时候黄河还是从刁口入海。直到1976年，为了便于胜利油田的开发建设，国务院批复黄河人工改道清水沟，也就是现在的入海流路。

黄河改道，河水退去。大面积的新淤地成为一千二林场开发建设的新战场。爷爷他们一帮老林场职工用牛车马车拉着行李，趁着海水退潮的间隙，穿过一条条沟沟汊汊，又借助皮筏渡过刁口四河，垦荒种地、植树造林，就此在那里安了家。说到刁口，有一句话很流行，就是"过了挑河桥，不是傻就是苕"，苕在我们那里就是脑子缺根筋的意思。我爷爷他们去的时候挑河还没有桥，但是他们不仅过了挑河，也就是大河，还一口气越过二河、三河、四河。他们就凭着那股傻劲儿、苕劲儿，从搭地窝子到土坯屋、砖瓦房、办公楼……开辟了美丽富足的新家园。踏着爷爷的脚步，大伯、二伯、我父亲、四叔，一个个都成了林场人。父亲说，你爷爷那辈人最苦，那时没有成立保护区，林场人既要搞建设又要谋生存，不停地垦荒、种树、种地。

相对来说，我父亲这代就好过多了。一毕业就到了林场，那时林场早已走上正轨，特别是到 1994 年成立保护区，国家有专项经费，他们也不用再种地了，主要任务变为保护和修复生态，我就是在那一年出生的。母亲也是林场职工，我们住在林场的一个平房小院里，一家三口其乐融融。

然而，好景不长，1997 年 "8·20" 风暴潮，让林场人经历了一场生与死的考验。听父亲说，那时他正在检查站值班，一时间狂风暴雨，铺天盖地的海水席卷而来，冲垮了四河桥，灌进了检查站，直到与办公桌齐平。他跟站里的同事挤坐在桌子上，外面汪洋一片，有的地方水深达两米多，哪里也去不了，只能无助地焦急、等待。家里也进了水，桌椅都漂了起来，冰箱、电视都泡进海水里，妈妈只得抱着我躲进场区办公楼。翻滚的海浪接连不断，小小的办公楼就像飘荡在海上的一条小船，满载着林场人无限的恐惧和期待。那一刻，在大自然面前人类显得何其渺小，林木、田地全部被海水吞噬，林场人所有的一切全部归零。但是，风暴总会过去，他们并没有被肆虐的海水吓倒，灾后，自救迅速展开，很快就恢复了正常的工作生活秩序。

怀着对林场的无限热爱，我父亲成为一名义务护鸟员。他对保护区各种鸟儿都很熟悉，通过观察鸟的姿态、颜色，或听鸟叫声，就能知道是什么品种的鸟类。曾经，他最骄傲的一件事就是，上级调研他们管理区域的鸟类种类、数量的时候，他的数据是最准确、最权威的。他每次出门巡视，都会带上望远镜和笔记本。二三十年来，他观鸟资料就记录了几十本，望远镜也用坏了十几个。

周边群众对他都很信任，每当遇到有人偷猎，人们总是第一时间通知他，谁发现有鸟儿受伤，都会抱到他那里治疗。他说，鸟类是人类的好朋友，是反映湿地生态状况的"晴雨表"。这些年来，保护区对野生鸟类的保护管理力度不断加大，建立了鸟类视频监控网络，能够适时掌握鸟类资源动态变化及分布信息。防护堤、输水渠、挡潮坝、生态鸟岛等一系列配套设施，让湿地面积不断扩大，鸟类生活的环境越来越好。

从小父亲就喜欢给我讲爷爷的故事、黄河的故事，现在我也成了喜欢讲故事的人。出生成长在人烟最稀少的入海口新淤地，但我的童年一点儿也不孤单，因为我的世界是一个充满了千奇百怪的花花草草和野生动物的童话世界。长大后，我成为一名幼儿园的老师，我经常给孩子们讲黄河入海的故事，讲丹顶鹤、大天鹅、黑嘴鸥的故事。

陈婧文在给孩子们讲父亲护鸟的故事

如今，黄河流域生态保护和高质量发展已经上升为国家战略，黄河口国家公园建设如火如荼。新时代，新征程！习近平总书记亲临黄河入海口考察，为我们描绘了更加壮丽的画卷。我要把黄河生态文明的故事，像一颗颗种子一样埋进孩子们的心中，与她们一起发芽成长，让黄河故事代代相传！

1001 封家书

胜利油田石油开发中心科研所原党支部书记　王　清

提起家书啊，大家会说："现在谁还写家书啊？电话不行吗？电子邮件也行啊，费那劲儿干啥？"今天我就从家书的故事说起。

20世纪90年代，胜利油田实施"走出去"战略。我曾作为胜利油田外闯国际工程项目的一员，参加了中东产油国科威特的石油工程建设项目。当时的休假规定是在国外工作满一年半才能与家人团聚一次。那个年代，国际长途很贵，从科威特打到中国3分钟的国际长途要花去我半个月的工资；电子邮件，由于网络不稳定，常常收不到；更没有智能手机可以让我们视频聊天，而写家书成了我们这些海外人员与家人倾诉思念的唯一方式。

王清（右一）在科威特沙漠工地现场

说起这段经历，至今我还清晰地记得出发前的那个晚上，妻子一边默默地为我收拾行装，一边悄悄地抹着眼泪，我抱着8个月大的女儿心里满是不舍。其实我明白：我这一走就是一年半，妻子在国内既要做好自己的工作，又要照顾好老人和孩子，十分辛苦。可我是一名石油工人，更是一名共产党员。我只能一遍又一遍地叮嘱她："你自己要多保重。"而妻子说的最多的一句话是"到了国外，别忘了给我来信……"

科威特的工作环境与国内大不相同，我们时常处于战火一触即发的氛围中。我们的工地与科威特的军事基地同在沙漠中，我们每次进入工地都要经过两道军事哨所。一天，我们像往常一样，天不亮就驱车赶往沙漠工地，可当我们走到第一道哨所时就被拦回了。后来才知道，那一天正是美国发动"沙漠之狐"行动的第一天。说心里话，处在这样的环境中，党不紧张、不害怕那是假话，但我们必须迎难而上。事后我在家书中写道："'沙漠之狐'行动已结束，平安，勿念。"

国外的工作，并不轻松。除了处在战火纷飞的环境中，还要忍受47℃的酷热高温。一天，我们像往常一样，在酷热的施工现场忙了一上午，身体已经严重透支。到了午饭时间，年过半百的施工部副经理许登嵩依然和我们在讨论着施工图纸。我们对许总说："这么热的天，忙了一上午了，先吃午饭吧。"许总说："你们先去，我忙完就去。"然而，令我们万万没有想到的是，当我们返回时，发现他已经倒在了办公桌旁……我在当天的信中写道："我的老战友许大哥突发心脏病，在国外施工现场去世了，我们心里非常地悲痛。"许总逝世后的第三天，项目临时党委在施工驻地为他举行了简朴的追悼会。科威特并没有火化的习惯，许总便只得下葬在了科威特的公墓，他才54岁，却永远地长眠在了异国他乡。

就这样，在科威特工作的1500多个日日夜夜中，我给妻子和女儿写下了约77万字共计1001封家书，就好像阿拉伯神话中的1001夜。尽管科威特的自然环境和人文环境如此恶劣，但我们在国际项目临时党委的坚强领导下，克服了一个又一个常人难以想象的困难，终于完成了这个具有里程碑意义的国际项目。

回国后，应有关单位的邀请，我把1001封家书的故事进行宣讲，先后走进了企业、学校和部队等单位。

王清在胜利油田石油开发中心机关党支部主题党课上宣讲

往昔钻机轰鸣处，今朝东营美家园。2021 年 10 月 21 日，习近平总书记考察调研胜利油田时强调："石油能源建设对我们国家意义重大，中国作为制造业大国，要发展实体经济，能源的饭碗必须端在自己手里。"

如今，仍有一大批胜利石油人战斗在我国新疆和蒙古、科威特等国内外石油工地，他们走出国门，为国找油，舍小家，为国家，展现了一片丹心报国的家国情怀！新时代的胜利石油人在新征程上正牢记总书记的嘱托，坚决保障国家的能源安全，端牢能源的饭碗，为党和人民再立新功，再创佳绩。

只为爱的传递

广饶县委党校讲师　张海云

　　前些天，我家收到一封特殊的来信，信中写到："在提笔给您写这封感谢信时，早已泪流满面，是感动、感恩的泪水，也是这一路走来心酸、心疼的泪水，感谢您的无私奉献，让我7岁的儿子得到重生的机会，我代表全家感谢您的爱心善举，让我们整个家燃起希望……"

　　写信的人是湖南一位素不相识的7岁小男孩的妈妈，这个小男孩是我丈夫捐献造血干细胞的受捐者。我的丈夫刘国强，是东营市第二人民医院的一名骨科医生，也是全国第12791例、东营市第54例造血干细胞捐献者。

刘国强，全国第12791例、东营市第54例造血干细胞捐献者

　　在来信中，这位妈妈写道："2021年8月31日，本该是孩子去学校报到的日子，却在入学体检中查出异常，后来确诊为再生障碍性贫血极重型，孩子因为血小板低导致口腔出血不止，看着血水在孩子嘴里凝结成血块又吐出来，我的心好像被无数针扎，好疼、好痛，恨不得自己去代他承受那份痛苦……"

111

　　我给自己的两个孩子读这封信时，已是泪流满面，他们不约而同地问我："妈妈，你怎么哭了？"我说："妈妈是心疼的，这个生病的小朋友太不幸了。"小儿子贴心地给我擦去脸上的泪水，我情不自禁地把他抱在了怀里。

　　说实话，我之所以跟这位母亲感同身受，是因为我也是一名母亲。在我孕育两个孩子的时候，都患有妊娠期血小板减少症，在孕期血小板指数会毫无征兆地急剧下降。我曾为孩子们的健康担心不已，也为此专门去医院血液科住院，做骨髓穿刺和各项检查，抽了无数次血，打了无数针维生素 B_{12}，不管有多疼，都咬牙坚持，只要孩子能平安降生，我愿意承受所有的痛苦和苦难。

　　2017 年 10 月，小儿子临产时需要紧急备血小板，但和东营市血站联系得知，我所需要的 A 型血小板处于周期性缺乏，加上国庆期间捐献人员少，需要互助捐献才能满足用量。我们先后联系了 20 多位亲戚朋友赶往市血站，但都因为种种原因达不到捐献要求。就在这焦急万分的时刻，我丈夫所在医院院长李春花得知情况后，在职工微信群里发出了紧急倡议，符合捐献条件的同事们纷纷伸出援助之手，很快解决了燃眉之急，我才得以顺利生产。从那时起，我和丈夫就约定，我们也要像他的同事们一样，将爱心传递下去。

　　在此后不久，我们两个人都先后加入了中华骨髓库。

　　2021 年，我丈夫接到了广饶县红十字会的再动员电话，得知自己的骨髓与湖南一名患者初配成功，他毫不

张海云（左二）陪同丈夫刘国强（左一）启程赴济南前合影

犹豫地作出了捐献决定。从得知配型成功，到签订同意捐献协议书，再到血液高分辨比对和进一步体检，他一直努力锻炼身体，时刻做好捐献的准备。

2022 年 2 月 17 日，我陪丈夫去济南解放军第九六〇医院进行捐献。在连续 5 天打了 9 针动员剂后，他感到腰酸背痛，浑身不舒服，晚上睡不好觉，我心疼地一边给他按摩缓解不适，一边问他："是不是感觉很不舒服啊，要是实在扛不住你就哼几声。"可他却说："这点难受对我一个大男人来说不算什么，幸亏这次捐献的是我不是你，如果是你我才心疼呢！"

2022 年 2 月 22 日，正月二十二，星期二，在这个被网友们戏称千年不遇的大好日子里，历经 4 个小时的采集，从我丈夫体内成功分离出 200 毫升造血干细胞混悬液。这"生命种子"，连同我们对患者的美好祝福由志愿者火速送往湖南，为那位 7 岁的小男孩点燃生命的希望。

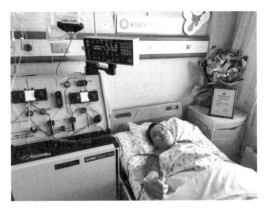

刘国强在进行造血干细胞采集

很多朋友在看到我丈夫捐献的新闻后，纷纷打来电话，关心他的身体健康。有的朋友问："兄弟，你为什么要捐献呢？"我丈夫总是坚定地回答："救死扶伤本来就是我们医务人员的天职，如果用我自己一点微薄的力量，能换回一个年轻的生命，这点付出，值！今后如果再有这样的情况，我还会毫不犹豫地去做，因为我坚信：爱是一盏灯，在越黑暗的地方越光明，而照亮别人的路，就是璀璨自己的人生！"

在那封感谢信最后，小男孩的妈妈说："从现在起，我们教育孩子要向你们学习，长大后要尽自己最大的力量去帮助需要帮助的人，要做一个正直、勇敢、善良，懂感恩，有大爱的人。"

愿爱继续传递下去，愿天下所有的孩子都平安、健康！

"橙"风破浪　力挽狂"蓝"

龙口市通海路消防救援站政治指导员　张加振

　　我是龙口市通海路消防救援站的政治指导员，也是一名已经入职 12 年的消防"老兵"，我要与大家分享的，正是我们消防员自己的故事。

　　相信大家也曾看过这样的照片，消防员抱着燃烧的煤气罐冲出火场，我们看不清他们的脸，也不知道他们是谁，网友亲切地称他们为"抱火哥"。其实我们消防队有很多"抱火哥"，我自己也算一个吧！

　　有一次，一个杂货店着火，我们到场后发现了一个被废墟埋压的煤气罐，瓶口一直喷火，烈焰包裹着罐体，内部压力越来越高，随时可能爆炸！在这千钧一发之际，我本能地冲进火场，用尽力气举起压在气罐上燃烧的木梁，烈焰把我的手套烧得滚滚发烫，我忍着疼、咬着牙将煤气罐抬到安全区域。事后才发现，我的手上已经被烫出了好几个水泡。

　　每个消防员都是一名战士！在灾难面前，我们临危不惧，在生命面前，更要勇往直前。

　　2021 年 1 月 10 日下午 14 时，栖霞市笏山金矿发生爆炸事故，导致井筒和梯子间损坏，井下 22 人被困失联。烟台消防救援支队以灾为令，第一时间调集全市精干力量，火速前往现场救援。1 月 13 日，当时烟台地区刚刚下完雪，气温骤降到零下十几度，此时已过了"黄金 72 小时"的最佳营救时间。在那个寒冷的下午，救援行动到了举步维艰的紧要关头，22 名被困者生死未卜，井下险象环生，怎么办？"我下去！"烟台支队战训科副科长张辉主动请缨。指挥部研判后，派遣张辉、王小龙 2 名同志，从发生爆炸旁的通风井，下井侦查搜救。当时的井内到处充斥着爆炸浓烟，各类管线错综复杂，十分危险。张辉 2 人做好安全防护，乘坐罐笼缓缓下降，20米、50米、100米、200米……只能听到罐笼摩擦井壁的"吱吱"声和自己心跳的"砰砰"声。张辉冒着生命危险站在罐笼边缘，用激光灯、扩音器搜寻被困者，并通过专业设备，将井下图像上传到地面，实现了井下音视频的首次传输。

张辉正在深入井下开展侦查搜救

当下降至320米的深度时，罐笼下方被障碍物堵死，无法继续下降，指挥部在评估后，下达了升井命令。上升到240米时，意外发生了！由于井内空间狭小，罐笼与井壁槽钢发生碰撞，挂在一起，但绞索仍在向上吊拉，部分障碍物被撞落井底，在密闭空间发出声声巨响，整个罐笼摇摇欲坠，随时面临倾覆危险……张辉立即通知地面人员停止吊拉，迅速调整罐笼，开展清障作业。经过紧急处置，最终成功脱险，安全到达地面。

时间就是生命，救援仍未结束。1月15日至17日，我们提前谋划给养投放工作，现场更新装备器材，以最快速度搭建起一条"生命通道"，为后续持续为被困者投放给养物资提供了先决条件。17日13时54分，3号井贯通5中段，救援人员开始敲击套管，14时14分，井下传来敲击回应。一共9声，敲击声响彻现场，余音不绝。"他们还活着！"救援现场沸腾了！事不宜迟，我们立即开展投放工作。23时40分，井下工人传回一张纸条："望救援不停，我们就有希望。谢谢你们了。"

看到这张纸条，所有救援人员忘记了身体的疲惫，谁也没有怨言，谁也不曾退缩。我们昼夜奋战，不眠不休，在泥泞和汗水中点燃了被困者生的希望。1月24日，11名幸存矿工全部升井，被困14天后重见天日，创造了矿难救援史上的奇迹。

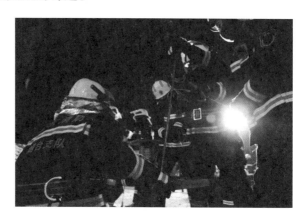

救援人员给被困者开展给养投放工作

救援过程经历三次雨雪，297名消防指战员，转战3个井口，投送给养设备2500余件，累计投放距离5万多米。我们在风雪中坚持战斗，付出百倍努力换来一线生机，用行动诠释了"人民至上，生命至上"的崇高誓言，彰显了消防指战员"对党忠诚、纪律严明、赴汤蹈火、竭诚为民"的忠诚底色，省委、省政府特此授予锦旗，并表彰我们为全省"攻坚克难奖"先进集体。

当看到挂在阳台被我们及时救下的孩子，看到被我们徒手刨出激动地下跪致谢的老人，看到无数被扑灭的火场和被挽救的生命，我更加坚定了从事消防救援事业的信念。正如习近平总书记要求我们的那样，在人民群众最需要的时候，冲锋在前，救民于水火，助民于危难，给人民以力量。

井下传回的纸条："望救援不停，我们就有希望。谢谢你们了。"

强国复兴必定有我，我们无惧风雨，破浪前行！

渤海深处守岛人

烟台市公安局海岸警察支队南长山派出所民警　方雷举

　　我是烟台市公安局海岸警察支队南长山派出所的一名民警，我的工作地点在山东省唯一的海岛区长山列岛。

　　2010年7月6号，我第一次登上了"长岛丹珠"号客船，驶向了那陌生的海岛，这一干就是12年。在经历了4300多天的守岛生活后，我这个生长在浙江杭州的南方人，成为了一名地地道道的海岛人。

　　12年来，我相继在远离大陆、位于渤海深处的大、小黑山岛，大、小钦岛和南长山岛工作。7年前，我的妻子也辞去了浙江杭州的一家国企工作，带着1岁多还不会走路的孩子来到了这里，现在海岛真正成了我们的家。

方雷举（左一）一家人守岛

　　记得刚来岛上时，真的很不适应。从大陆到最远的海岛，要航行六七个小时，开始每次坐船，几乎都要晕船，晕得分不清东西南北。那时岛上还经常停电，首先要学会的就是手摇发电。冬天气温低至零下十五六度，水管冻得硬邦邦，吃水都成了问题。每天还要步行巡逻，攀爬陡峭的石梯，到山顶最高处检查设备。山路崎岖，很多地方还没有路，一下雨便泥泞不堪。曾经一度我也有过畏难情绪。但是，南隍城岛一位有着20多年党龄的老民警的话让我永远记在了心里。他说，我们都是在党旗下宣过誓的，最苦最难的事，一定是我们这些共产党员冲在前面去干，要不然怎么对得起党员这个身份。而他自己，在渤海最深处的南隍城岛和北隍城岛，一待就是14年。吃苦不言苦，知难不畏难，就是凭着这样的劲头，我们一代代海岛警察、一批批共产党员把根深深扎在了这里，用青春和生命护卫海岛，时刻准备献出自己的一切。

2017年7月22日的傍晚，那是我人生中离死神最近的时刻，也是我作为一名共产党员最自豪的一天。

那一天，辖区无人岛上的一位渔民受了重伤，急需抢救。但因无人岛面积狭小，加上大雾弥漫，直升机无法救援，更不具备出海航行条件。开船去救？十分危险，甚至会船毁人亡。可我们是受伤渔民的最后希望，当时想就算是豁上命，也要上！因为是无人岛，没有航线，离岛越近，礁石密布，稍有不慎，船就有可能触礁。当时我一直站在船头负责瞭望，指挥着巡逻艇左右躲闪、艰难前行。原本单程只需半个小时，当天却用了两个多小时才到达。对于这次危险却又成功的救援，岛里的老渔民都说，这简直是个奇迹。危难时刻看担当，作为一名共产党员，就是要"平常时候看得出来，关键时刻站得出来，危难关头豁得出来"。

我们守岛民警把海岛当成了家，岛上的百姓也把我们当成了亲人。记得有一年冬天，岛里遇到了罕见的恶劣天气，连续停航了27天，补给也送不进来，辖区的一名老大娘给我们送来了蔬菜，我们再三推辞，大娘却说："小伙子，你们为我们做了那么多，有我们一口吃的，就不能让你们饿着！"从此，我的信念愈发坚定：共产党员就要做一盏温暖的明灯，为百姓带来光和热，用行动践行初心和使命。

群众的急难愁盼，就是我们攻坚的重点。"渔家乐"是我们长岛居民重要经济来源，每年的旅游旺季，游客多，随之也会产生许多纠纷，我们经过反复走访，总结出了集"服务、管理、宣传"为一体的"八个一"渔家乐管理新模式，大大降低了辖区案事件的发生率。我们的努力付出，让游客高兴而来，满意而归。在海岛上交通不方便，渔民来派出所办事比较困难，我们开通了"爱民直通车"，给群众送去实实在在的便利。

扎根海岛 12 年，我无怨无悔，但是对家人我亏欠了太多。2020 年，我的父亲突然离世，我正战斗在抗击疫情一线，却又赶上大风停航，没能赶回去见老父亲最后一面，这成了我终生的遗憾。但是我知道，父亲不会怨我，因为每次离家分别时，他都会对我说："你守岛是为了国家，有国才有家，我感到很光荣。"

方雷举在"向人民报告——山东省'最美公务员'
和'人民满意的公务员示范单位'发布仪式"上

对海岸警察来说，"固守海疆"是我们肩负的重大使命，更是每一名共产党员的政治责任。走在前、开新局，我们海岸警察责任重大、使命光荣。一个党员就是一面鲜红旗帜，一个支部就是一座战斗堡垒。我们将传承和发扬守岛精神，让党旗在海岸一线高高飘扬！

一个残疾姑娘的写意人生

烟台市芝罘区残联专职干事　龙婧文

1986年12月,我出生在一个普通的教师家庭,跟其他孩子不一样的是,我双手手指先天畸形,我的出生,没有带来喜悦,反而让全家人流尽了泪水。

1岁之前,即便是夏天,妈妈也从来不给我穿短袖衣服,更不愿白天带我出门,因为她不愿意自己的孩子被围观、被议论;2岁时姥爷姥姥就开始训练我捡豆子、用筷子,每天捡500个豆子,筷子能夹起多少食物就吃多少饭;3岁父母让我学着系鞋带、钉纽扣,买鞋专门买需要系鞋带的……邻居们都在议论,说这家人对孩子太狠心了,应该替她做事。可我妈妈却说:"若我活得比她长,我可以替她去做一切,可我始终会比她先走,她至少得能够自己照顾自己!"就这样,我白天练习做事,晚上认字背诗,到了4岁上幼儿园时,我成了让老师赞叹的好孩子。也就是从那时候开始,我的一切不太需要别人的帮助,基本实现自理。

上小学的龙婧文

　　大学时候，听老师说，导游是很能锻炼一个人综合能力的职业，一个人能把导游做好，就不会惧怕做其他任何工作。所以大学期间，我就考取了导游证，并顺利找到了工作。可一个路痴，自己都辨不清东南西北，如何能带着游客观光游览呢？我思来想去，也只能勤来补拙了。一个月的时间，我步行走遍了青岛、威海、蓬莱的大街小巷，早上五点出门晚上八点才回去，一个面包、一个背包、一瓶水，一街一巷是用步子丈量出来的，光自己画的地图就有 200 多张，一边走一边背词儿一边做标记……就这样，我顺利地成为全社第一个上团的实习导游，后成为能带给游客最高服务标准的地接导游。

　　由于沿海旅游有淡旺季之分，我开始思考淡季这半年时间我又能做什么呢？一颗创业的心，开始怦怦怦地跳，我要开饭店，自己做老板！那时的我 23 岁，义无反顾地辞掉了旅行社的工作，开始自己创业。为了学烹饪配方，我独自一人，舟车颠簸，跑遍了东三省，学习取经；为了找开店地址，我一天跑一个县市区，考察推敲；终于，技术到位、店铺到位，饭店可以开张了。店铺就在蓬莱区中心，我永远都忘不了那一天，为了省出一张从烟台市区到蓬莱当时售价 17 块钱的汽车票，我把自己连同新店开业的所有物资，一股脑儿塞进了朋友拉海鲜的集装箱大货车。烈日炎炎，车厢内一片黑暗，海鲜的腥臭混杂着闷热的空气简直让人分分钟窒息，一上车，我心里就后悔了，可是想到可以省下 17 块钱，我又坚持下来。汗水夹着泪水，从烟台到蓬莱流了一路。

　　清扫、刷墙、定制门头、工商税务全是我一人搞定，我常问自己那时候哪里来的这么大勇气自己去包办一切，其实答案很简单，我怀着随时准备和一切危险同归于尽的决心。正是这种义无反顾的决绝，照亮了我艰辛的创业路程。采买、改刀、服务员、厨师、洗碗工……我身兼数职。寒冬腊月，冰水刺骨，也要坚持把碗洗得干干净净；忙的时候恨不得脚下生风，有的老客人晚上 10 点半来敲门吃饭，也要开门接待。为了省钱，我就住在店铺二楼。房间没有暖气没有空调，一天我晒被褥的时候才发现，铺盖卷儿由于海边的潮湿阴冷已经长出了绿毛。条件上的艰苦，我都能抗，但是有时候生意冷清，闲下来更是心理上的折磨，大雪纷飞中，别家饭店有人生意，我家饭店空落落，我趴在窗户上，哭了一场又一场，孤独、劳累、寒冷、萧条，每一个词儿都足以把一个年轻姑娘的信念彻底击溃。但哭过了，生活还要继续，因为，创业是我自己的选择！

龙婧文参加山东省"千牵万·互联网＋"残疾人就业创业扶贫大会

我是一个残疾人，这是不可逃避的事实，但我一直把自己当作一个正常人，我没有因为残疾而自暴自弃，没有因为残疾而借故退缩，没有因为残疾而手心朝上要救助。相反，我一直都走在追梦的路上，踏实而坚定！

孩提时挥汗自立，花季时含泪绽放，青年时披荆斩棘，我接受自己的与众不同，拼尽全力去书写属于我的平凡传奇，虽然我生得不漂亮，但我一定要活得很精彩。正如习近平总书记说的那样："青春孕育无限希望，青年创造美好明天。""希望广大青年学生把自己的人生追求同国家发展进步、人民伟大实践紧密结合起来，刻苦学习，脚踏实地，锐意进取，在创新创业中展示才华、服务社会。"心有所向，何惧路长，愿我们在新征程上，携手并肩，逐光而行，翻越山海，乘风破浪，勇立潮头。

让世界矿车用上"烟台造"

烟台兴业机械车间副主任　徐福昆

我是烟台兴业机械的一名技术工人，在公司我主要负责矿山设备像铲运机、碎石机、运矿卡车等的装配调试等工作，这些设备大家可能都比较陌生，但是地下采矿没有了这些设备，不但矿工们的安全没有保障，工作效率也很低下。我们的工作就是不断研发制造各种矿山设备，帮助国内外的矿山企业提高产能，为矿工们的安全保驾护航。

徐福昆在车间工作

2020年的时候，由于新冠疫情的发生，国外好多技术和设备都进不来，我们的很多客户都急迫地想要寻找一些国内替代设备，凿岩车就是其中的一种。这是一种在岩石上钻爆破孔的设备。过去钻爆破孔都是由人工完成，钻孔的时候很危险，稍不留神，很容易被上方滑落的大石头砸到。以前，企业都是出高价从国外购买，虽然大大提高了工作效率，但是后期维修、维护成本很高。如今，企业急等着生产，怎么办呢？于是我主动向公司请缨，没有设备咱们就自己造，缺少技术咱们就自己学，不能一直看着外国人的"脸色"！

兴业机械车间

在公司的支持下我们迅速成立了研发小组，铆足了劲儿，就是要研发出自己的凿岩车。说起来容易，但是没有技术支撑该如何下手呢？这成了摆在我们面前的一大难题。那段时间为了收集一手资料，我们经常到1000多米的井下实地考察。地下1000多米是个什么概念？咱们都知道世界第一高楼，162层的迪拜塔才高800多米，而我们要下的地方，最深处有300多层楼那么高，光是乘坐提升机下井就需要五六分钟的时间。井下温度高达40多摄氏度，设备运行时还会伴有大量的粉尘，危险系数很大。在这样闷热的环境下，身上的汗水不一会儿就像下雨似的往下掉。记得有一次下井的时候，爆破产生了大量的碎石，碎石块哗哗地往下落，好像要塌方了一般，我的心都提到了嗓子眼上，双腿不由自主地打颤。这是我第一次亲身经历到那种"地震"的感觉，升到地面后，我一下子瘫坐在了地上。这件事，也激发了我要研发出更安全的爆破设备的决心。我们不断努力，整整花了三四个月的时间，我们才把主体结构、工作结构这些知识点吃透。接下来，我们就紧锣密鼓地开始装配调试，一遍遍地数据测试，都记不清有多少次推倒重来，终于制造出了属于我们自己的凿岩车。我到现在还记得当时的场景，当最后一项数据测试成功后，我们兴奋地拥抱在一起，那一刻，我觉得所有的辛苦和付出都是值得的。外国人能造出来的东西，咱中国人也一定能做出来！

蓄电池铲运机（左）及运矿卡车（右）

敢与国外产品"打擂台"一直是我们公司的标签，我们就是要制造出世界一流的机械设备！让世界看看我们中国的设备不比国外的差。记得那是 2015 年，公司要研发 30 吨运矿卡车，这个机型当时在国内属于首台，没有任何技术可以借鉴，很多技术难点都需要经过上百次的尝试才能完成，但是凭着一股不服输的韧劲儿，30 吨运矿卡车还是被我们造出来了。当我们满心欢喜地把做好的设备运到南非后，客户却不是很满意，提出要加警示灯、开门制动等，这让我们犯了愁，那不容易运来了，总不能把设备再运回去吧？为了让车辆尽快投入生产，我们决定在当地对设备进行升级改造。在南非人生地不熟，有时为了买一颗特殊螺丝钉，我们要辗转几十家店铺才能找到合适的，语言不通我们就手脚并用地比划。为了满足客户的要求，一次次的试验，一次次的改造，一直无法通过验收，兄弟们难免有些心灰意冷，但我坚定地鼓励大家："既然来了，咱们就不要想着把产品再带回去，咱们不能丢中国人的脸呀！"经过上百次的实验，车辆终于通过了南非矿方的验收。他们纷纷竖起大拇指，对中国制造和永不放弃的精神大加赞赏。2018年，我们制造的30吨运矿卡车荣获了"省长杯"工业设计大赛的银奖。现在，我们正在制造50吨运矿卡车，这在国内也是绝无仅有的！

50吨地下运矿车

习近平总书记说过："技术工人队伍是支撑中国制造、中国创造的重要力量。"如今，我们公司正在推行智慧工厂的建设，推动企业智能制造，用核心技术来提升竞争力，用核心技术来赢得市场。作为一名技术工人，我将勤学苦练，用工匠精神擦亮新时代奋斗者底色，为制造强国战略贡献自己的智慧和力量，让世界矿车用上"烟台造"！

一条腿的"犇"跑者

烟台市高新区大犇公益发展中心理事长　龚钰犇

10 年前的一个早上，我和同学在上学的路上遭遇一场车祸。当时，我的右腿就没有了，我躺在血泊之中。我记得很清楚，那天是周六，我穿着一双新买的球鞋，约了同学下午放学后一起去打球。可是，这场意外让我永远离开了我热爱的篮球场。

经过一天的抢救，我捡回了一条命。右腿没了，左脚也仅剩 3 根脚趾，整个左脚缝了 200 多针，大家见过长汗毛的脚吗？我的脚就是，因为整个脚上的皮都是从全身各处移过去的。那时，躺在重症监护室里的我，终日见不到阳光，整个 ICU 里，只有我一个人能说话，不知道第二天醒来哪张床就空了，也不知道自己会怎么样。那个时候，我只有 18 岁。大家的 18 岁是什么样子？想必是充满青春、欢乐、笑容，而我的 18 岁则深陷疼痛、恐惧、挣扎之中。

医生说我以后不一定能站起来了，我不相信，难道你说我站不起来，我就站不起来了吗？谁说 3 根脚趾的人就不能站起来呢？医生说我身体情况不能参加高考，我不听他的。我的父亲推着轮椅，带我坐高铁回老家参加高考；他们说我是残疾人，不一定能上大学，我也没放弃。我的努力没有白费，后来山东工商学院录取了我，学校领导知道我的情况还专门到济南看我，允许我延迟入学，我在黑暗中看见了光。

在病床上吃喝拉撒 11 个月，我终于出院了，直接从医院来到了学校。入学不久，我就遇见了我的创业导师——周金刚。当时他问我，你有没有想过毕业之后干什么呢？我有些畏缩地回答："没有。"他说："你应该考虑一下你未来要干什么，毕竟你的身体情况和别人不一样，这是现实。如果你愿意做点事情，我可以教你电商创业。不是说毕业之后一定要当老板、赚大钱，我们就一个目标，毕业之后不坐着轮椅到处求人找工作，靠自己的本事养活自己。"

就这样，我从大一就开始了电商创业，在网店上卖女装、做校园二手书等，后来注册了自己的公司，做烟台农副产品营销服务。过程当然不是一帆风顺，我经历了好几次失败。现在我在做自己的电商平台"大犇心选"，为大家精选全国好物，我要成为一个对社会有用的人。

如果说创业是柴米油盐，那么，公益就是我的诗和远方。也是在 2020 年，我接触到一个孩子，他叫小海。他 7 个月的时候，妈妈生病去世，爸爸丢下他跑了，家里只有姥姥一个人，就这样祖孙二人相依为命。在小海 3 岁半的时候，幼儿园老师对小海姥姥说，这个孩子和其他孩子不太一样，你带他

龚钰犇为烟台农副产品做营销

去检查一下吧。医生检查之后说，这个孩子得的是孤独症。年近 60 的姥姥就问医生，什么是孤独症？

孤独症是世界公认的不治之症，不知道发病原因，没有治愈方法，发病就意味着这个孩子无论是 5 岁 10 岁还是 30 岁 50 岁，可能一直离不开人照顾，终生不能自理。小海已经 5 岁了，还经常咿咿呀呀，性格有些狂躁，经常哭闹。姥姥绝望地跟我说，哪天自己撑不住了，死之前就抱他跳养马岛大桥，不然她走了撇下这个孩子谁管？这句话让我心里一颤："孤独症不能治愈就不治了吗？不行，至少我得做点什么。"

小海坚定了我做公益的决心，从那时起，我决定尽力去帮助这些孩子。2020 年 8 月，我的公益团队正式开始帮助小海，照顾他、找专家给他治疗，

公司盈利了就马上投入到公益中。去年寒假的时候,我带小海去龙湖沙滩玩,突然一个瞬间,他叫了我一声"爸爸"。那一刻,百般滋味涌上心头,我觉得一年半的努力值得了。

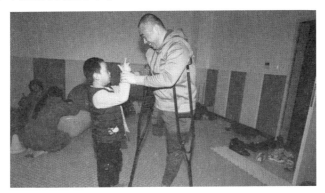

龚钰犇陪伴孤独症儿童

到现在为止,我们大犇公益发展中心已经为 24 个孤独症患者家庭免费提供了 2703 次公益指导,花费 50 万左右,资金有社会捐赠的,有我们自己自筹的,资金困难的时候恨不得一块钱掰成两半花,但我们都坚持过来了。

龚钰犇荣获"最美基层高校毕业生"

习近平总书记指出:"青年一代有理想、有本领、有担当,国家就有前途,民族就有希望。"新征程上,作为新时代青年,我要用自己的实际行动诠释当代高校毕业生的坚定信念、爱国情怀和使命担当,用自己的实际行动影响更多当代新青年,与爱同行,将温暖持续传递下去!

"倔老头"和他的升旗仪式

国网高密市供电公司变电运维中心变电运维　祁泰龙

今年 87 岁的嵇旭春是高密市井沟镇前店村人，也是我们公司彩虹共产党员服务队的"编外指导员"，已经在家里升了 25 年的国旗。今天，我就给大家讲一讲这个"倔老头"和他的升旗仪式的故事。

他的第一次升旗是在 1997 年，那年是他刚退休的第二个年头，7 月要举行香港政权交接仪式，刚一听说这个消息，他就和家里人商量，想在自家院子里升国旗。儿女们都劝他："连咱们村的村委都没有旗杆，你升哪门子旗？别弄得让人家笑！"没想到老人的倔劲儿上来了："我不管，我一定要把旗升起来！"家里人知道犟不过他，就只能由着他，他去镇上的废品收购站买了两根钢管，找人焊成了一根 10 米长杆，又仔仔细细地上了好几遍油漆，这就是升旗的旗杆。有了旗杆，还得有国旗。那个时候周围压根儿就没有卖国旗的，老人骑着自行车跑了县里四五趟，最后终于托同事的爱人从县百货大楼买来了一面五星红旗。那面红旗整整花了 36 块钱！这个价格，老人的儿子至今还记忆犹新，当时，呼家庄集上的炉包一块钱 4 个，36 块钱能买多少炉包？为了保证播放国歌的效果，普通的磁带他看不上眼，专门去买了台 VCD，亲自挑了光盘，加了个音箱放到院子里。终于可以升旗了！7 月 1 日升旗那天，嵇老师家要升旗的消息传遍了整个村，甚至连邻村的人都跑来看热闹，本来就不大的院子里塞得满满当当。就这样，伴着《义勇军进行曲》和孩子们嘹亮的歌声，在全院乡亲的注视下，小院里的第一面五星红旗冉冉升起。

稽旭春（左一）在升国旗

这是老人第一次升旗，而这一升就是25年，这25年来，他风雨无阻，每逢"七一""十一"或者"两会"召开这些重要的日子，他都要在院子里升国旗。光升旗的绳子就磨断了3根，国旗换了4面。不仅自己升旗，他还要求家里人都得来看，哪怕现在他的孙子已经在潍坊定居，不能来看他升旗，他都得生气。

今年"七一"的这次升旗，可能是他到现在升得最难的一次。今年6月份，之前从来没生过大病的老人得了心肌梗死，吐血，腿肿得老粗，甚至眼睛都看不见了，在医院里面待了20多天才开始好转。老人身体状况大不如前，思维也没有之前那么灵敏，可即使这样，他心心念念的还是他生病前定制的横幅，他不停地念叨"横幅做好了吗？得早点挂上去！"病还没养好，他就待不住了，他得回去，他还得升旗。老人的儿子很生气，命都快没了，还一心想着升旗，可是对这个倔老头，儿女们拿他也实在没办法，只好把他接回了家。升国旗那天，天还下着蒙蒙细雨，地上有些湿滑，老人拖着还没有完全消肿的双腿，在儿子的搀扶下，慢慢地挪到旗杆前，系国旗的手法比较特殊，这件事他交给谁都不放心。老人眼睛不好，手也不太听使唤了，他一边喘着粗气，一边弄了好久，他知道，自己身体已经越来越差，这升旗，升一次，就少一次。熟悉的国歌声中，大家静静地站在院子里，看着红旗再一次升起。

前几天，我们去看望老人，为他送去了崭新的红旗。和他聊天时，他说他觉得最可惜的是自己这次治病花钱多了点，今年能额外交的党费可能得少点了，而这些年来他上缴的额外党费加起来已经有 5 万多了……临走的时候，我看着院里飘着的国旗，觉得格外鲜艳。

稽旭春（中间）讲授党史故事

我曾经问过稽爷爷，是什么让他有了升国旗的想法，而且这么多年把升国旗仪式一直坚持了下来。老人对我说："香港被帝国主义占领，是中国共产党把它抢回来了，我要感谢共产党。"我想对于稽爷爷以及经历过那段旧时代苦难岁月的人来说，"打倒帝国主义"不只是一句口号，"一生跟党走"也绝不只是一句誓言。这位曾经的国家二级运动员，年轻时可以一天在高密和诸城之间跑个来回的老人，他的一生，都在用不同的方式紧跟我们的党一起奔跑。我希望我们年轻人也能像稽爷爷一样在心里有一面飘扬的五星红旗！如果有机会，也欢迎大家来我们高密见一见这位"倔老头"和他的升旗仪式。

传承好家风

高密市豪迈小学中年级级部主任　吴倩文

在抗日战争的时候，爷爷一家人因为饥饿徘徊在生死边缘，是八路军留下的一袋黄豆救了命。如今爷爷最爱吃的就是崩黄豆。后来我懂得了，爷爷嘴里嚼着的不只是黄豆，更是一种温暖的记忆。爷爷常说，祖国对于他们那辈人而言，就是一家人吃得饱、穿得暖、过上好日子。

后来爷爷参加了革命工作，"从此跟党走，棒打不回头"。新中国成立后，爷爷成为了一名消防军人。在他的背上有一大片烧伤，那是在一次救火任务中留下的印记。多少次遭遇险情，他都冲锋在前；多少次面临生死考验，他都从未退却。我曾问爷爷："看到熊熊燃烧的烈火，您不怕吗？"爷爷说："怎么不怕呀，但是怕也得救，这是我的职责。"是啊，这是爷爷的职责，是国家交给他的任务！他用一颗感恩之心守护着国家和人民的财富，用生命书写着最质朴的爱国情怀：不畏牺牲闯火场，此身许国报党恩。

爷爷对祖国的这种情怀，传承给了我父亲。我的父亲1985年应召入伍，开始了他35年的军旅生涯。父亲曾驻守东北的一个边防哨卡。那年寒假，我10岁，妈妈带着我去探亲。到了山前我心头一紧，那是一片茫茫的林海雪原。穷冬烈风，雪花如刀，父亲他们迎着风雪

吴倩文父亲参军旧照

巡视边界，人刚走过，身影就消失在茫茫风雪之中，就连脚印也消失得无影无踪。极度严寒，呼出的气立刻凝结成冰，回来的时候他们都几乎成了冰雕。无人监管，自律如一；日日如此，坚守如一。如此艰苦，也要军歌嘹亮；如此艰苦，也要国旗飘扬。只为心中那份红色的坚守，只为心中那份对党对国的忠诚。巡边不畏风和雪，一片丹心向红旗。

从爷爷和父亲的身上，我懂得了爱党爱国，学会了刚毅和自律，学会了坚守和奉献！

新的时代有新的使命，爷爷和父亲都当了一辈子的战士，保家卫国；而我成了一名光荣的人民教师，为党育人，为国育才。岗位不同，但忠诚和奉献不能改变。我把从爷爷和父亲那里继承下来的精神，投入了我的教师生涯中。

2020年的秋天，新生入学第一天，我就发现了欣欣的特别。她的身材像个小不点儿，动作总是慢半拍，我微笑着喊她，她却躲闪着不敢看我。我立刻觉察到问题，于是打电话和欣欣的妈妈沟通。欣欣妈妈告诉我，孩子去年查出患了严重的糖尿病，突然的打击让原本开朗的孩子变了。不愿和人交流，不愿参加集体活动，非常敏感，有时没缘由地就大发脾气。我对孩子的遭遇很是同情，也很理解欣欣妈妈的心疼和无助，于是我对欣欣的关怀倍加细致。

2020年突发新冠疫情，学生不得不居家线上学习。有次视频家访，欣欣的言谈之中流露出对生活的悲观消极。作为一名学过心理学的教师，我觉察到欣欣正处于敏感期，她需要我的帮助，她需要我和她共同面对人生的难题。于是，我每天都和她视频通话，关心生活，鼓励学习，分享我们彼此的快乐。

在这期间，我还咨询专家，查阅资料，设计了一次别开生面的云上沙龙——假如知道生命的期限，从而引发了一场"你将如何度过余生"的热议。在我的鼓励下，欣欣开始大胆地发言。她跟大家分享的是渐冻人院长张定宇的故事。张院长身患渐冻症，面对生命的倒计时，他追赶时间，用残缺的身体燃烧出生命之光。欣欣说："其实我也患有疾病，曾经抱怨命运对我的不公，常常将自己的痛苦发泄到爱我的人身上，现在想想是多么不应该。生命的逝去是人生确定的事，但我们要选择自己活着的方式，这才是了不起的！"我在屏幕前听着欣欣的发言，热泪盈眶，我的付出终于有了最美好的回报。

因为这场心理抗争，我见证了一个生命由内而外的起立！每个生命的成长必然要面对躲不过的坏消息，教育者只有和孩子一起正视它，面对它，甚至愿意谈论它的时候，我们才有可能去对抗它，战胜它！一次特殊的教育，唤醒的是孩子对生命的尊重和热爱！

吴倩文（中）和孩子们谈心

为孩子们建立成长档案，留存精彩瞬间；开展丰富多彩的实践活动，寓教于乐；讲革命故事，传承革命精神……作为一名学生成长的路上的引路人，学生的事就是我最大的事，学生的健康快乐成长，是我一生最大的追求！

"爱国、自律、忠诚"的家风涵养了我的家国情怀，我要用爱的阳光，温暖孩子的内心，用智慧的雨露，点化孩子的精神世界，一点一点化育孩子的心灵，一点一点催开生命的花朵，我们会看到祖国的花朵，姹紫嫣红！

舅舅的返乡创业路

王尽美党性教育基地服务中心教师 杨薇

如果有人问你，大学毕业了，你面临两份工作的选择，一个是国有企业的技术人员，薪资稳定有保障，另一个是回到家乡从零开始，从事生猪养殖，带领乡亲们共同致富，你会选择哪一个呢？可能很多人会毫不犹豫地选择前者，而我的舅舅，就作出了不一样的选择。

时间回到 1988 年，这年夏天他以优异成绩考入了山东轻工业学院也就是现在的齐鲁工业大学，作为村里的第二个大学生，在那个小山村里引起了不小的轰动。1992 年大学毕业的他被分配到一家国有大企业工作，并很快成为单位的技术骨干，每月的工资能拿到 1000 多元，从此舅舅也是端上"铁饭碗"的人了。

时间久了，一成不变的安逸日子让他心里空荡荡的，好像有许多劲儿没使出来，总想自己创业。后来他了解到养殖生猪投资少、操作简单、效益高，是一个很有发展前景的产业。

想到老家耕地多，可种出的玉米卖不上高价，而一些地方对生猪的需求量很大，2000 年以前生猪行情最好的时候能达到每公斤 9.2 元，他更加坚定了自己内心的想法，毅然决然地回乡创业。

1998 年的除夕夜，他火急火燎地回到了老家，还没等年夜饭上桌，他就把自己已经辞职回家想要建养猪场的打算告诉了家里人。话还没说完，姥爷就拍着桌子："咱庄户人闯进城里容易嘛，你倒好，把'铁饭碗'弄丢了！我跟你娘养你这么大容易吗！"此时姥姥坐在旁边一言不发，她知道儿子是个有主见的人，他做的决定谁也劝不动。

就这样，春节刚过完，舅舅拿出自己所有的积蓄，租下村里的 20 亩地，开始建养猪场。放着好端端的工作不干回家养猪，他在亲戚朋友眼中可算是"出了名"。一时间流言四起，乡亲们说他是不是读书读傻了，风言风语就像刀子一样戳进他的心窝。

他知道开弓没有回头箭。顶着重重压力，养猪场正式运营，没有经验的他忙着到省内省外的养猪场四处取经，从加工饲料、喂猪到清理猪粪、翻晒粮食……身边没有一个帮手，每天连续工作 14 个小时，炎炎夏日，猪舍里闷热无比，气味难闻，让人头昏脑涨……

孟宪良在闷热无比的猪舍精心喂养良种猪

日子苦的看不到一点甜头，但舅舅他咬牙坚持，坚决不认输，一定要干出个样子叫大伙看看！功夫不负有心人，养猪场在他的精心打理下越来越成规模，两年时间就净赚了 20 多万。乡亲们看到养猪场挣了大钱了，都说舅舅的书真是没有白念，因为他有文化懂得科学养猪，他知道如何防疫、如何处理疾病。乡亲们也都来咨询他如何养猪挣钱，流言蜚语也随之消失了。

大家听到这或许会想，他的创业之路就这么顺利吗？答案当然是否定的，一切都渐入佳境的时候，养殖场迎来了致命的打击：2005 年，口蹄疫全面暴发，小猪死亡率高达 30%，直接亏损 30 多万元；还没等缓过劲来，2008 年又爆发了蓝耳病，80% 的母猪流产，猪仔死亡率高达一半。

此时舅舅心里的痛只有他自己知道，持续的亏损导致资金链断裂，一夜之间就赔了个底朝天，猪场眼看维持不下去了，姥姥姥爷苦口婆心地劝他："孩子，咱不干了，转行吧。"舅舅也有过放弃的念头，但是心里就是有股不服输的劲儿支撑着他。于是舅舅厚着脸皮找亲戚们借了一些钱，还得到了政府大力扶持和优惠贷款，渡过难关，猪场借此获得重生。

舅舅说："我一个人过上好日子算什么呀，我得带领乡亲们共同致富。"于是他带领村里广大养殖户们搞绿色生态养殖、高端养殖，无偿为养猪户们提供养殖技术，帮他们建造标准化养猪场，还多次自掏腰包聘请科研专家为养殖户们传授养殖技术。养殖户出栏的杂交猪，他都以每公斤高出当地1元的价格收购，然后发往南方各大城市，为养殖户打开了销路，增加了收入。舅舅响应村里的号召，帮助村里没有工作的困难户，让他们来自己的养猪场工作，每人每月工资能发到4000多元。

孟宪良返乡包下村里的 20 亩地建起养猪场

鲁迅有言："有一分热，发一分光，就令萤火一般，也可以在黑暗里发一点光，不必等候炬火。"从白手起家到客户盈门，从养殖业的门外汉到行家里手，从无人看好到带头致富……20 多年热情不减，舅舅不断践行以奋斗"小我"，来建功"大我"。在他脸上晶莹的汗水里，透出来的是中国特色社会主义的道路自信！

今天，我们站在新时代新征程的新起点，只要我们心中熔铸脚踏实地的实干力量，就一定能在建设社会主义现代化强国的新征程上留下无悔的足迹！

身体“断了电”的人

安丘市青云城市建设投资发展有限公司职工　孙小诺

从小爱蹦爱跳、喜欢探索的朱铭骏没有想到，长大后老天跟他开了这样一个大玩笑。19岁的时候，他加入了消防队，这是一个高危行业。训练要求1分钟爬上4层楼，他40秒就能做到，引体向上一口气可以做70个，远超队友。

一次训练，他像往常一样在双杠上锻炼拉伸，但是意外发生了。他从2米高的双杠上滑落，颈部着地。再醒来，他已经变成了别人口中的“植物人”，浑身上下只有眼睛和嘴巴能动。这对于有着强烈自尊心的他来说，简直生不如死。他曾出入火海救人于危难之间，怀揣着高度自觉和奉献精神的朱铭骏在成为消防员的那一天，就做好了随时牺牲的准备，他可以为了人民、为了国家付出生命，却没办法接受自己苟延残喘地活着。

被医生宣判再也无法站起来的朱铭骏想过自杀吗？他想过无数次。他曾经要求妈妈把呼吸机拔掉，让他死去。但是妈妈做不到，这是她的亲生儿子，她只是不停地哭。他想绝食自杀，但是也做不到，营养液一直通过血管维持他的生命。他曾经尝试狠狠地用牙齿咬断自己的舌头，最后舌头咬断了三分之一，血流了一枕头。被发现后他被强制带上了口栓，以防止他再次自杀。

朱铭骏想，就这么等着吧，距离医生给他做的诊断预测，也剩不了几年了。

如一潭死水般的生活开始出现转机，是一名心理咨询师网友的出现。这名网友看到朱铭骏发布在网络上的遭遇，主动跟他聊天，并给他发心理学的通俗书籍，提醒他可以给自己作一个躺在病床上的、不一样的人生规划。

"无法改变世界，那就改变自己"，朱铭骏知道自己高位截瘫的事实已经无法改变，那么他所能做的就是改变自己活下去的方式。他开始捡起一旁的书，细读史铁生、霍金等人的传记，看他们如何看待生死，如何扭转人生。在一次次阅读和反思中，他向死而生。

日子一天天过去，朱铭骏对痛苦命运的拷问和抱怨，渐渐转变成了更具体更现实的规划。他那股不甘人后的倔强被唤醒了。那个渴望被强烈认可的朱铭骏，回来了。

从病床上一睁开眼就开始盯着屏幕学习，一直学到凌晨两三点。就连护士都跟他开玩笑："你这是要考清华吗？"通过学习，他考取相关证书，实现了自我救赎的第一步。他建立了自己的心理咨询工作室，取名"亮霖"，专门开导对生命持有怀疑态度的人。有因为压力想不开的职场人士、有因为感情寻短见的女孩、还有处在叛逆期的高中生⋯⋯

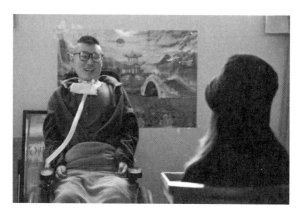

朱铭骏（左一）正在给咨询者做心理辅导

在过去的两年时间里，有100多位咨询者走入他的房间，在旁边的小凳子上坐下，和他倾诉自己的遭遇，这其中很多是年轻人，惊诧和同情毫不掩饰地出现在咨询者脸上。以前他最怕别人同情他，最怕听到"残疾人"这三个字，但现在他重视别人的同情，运用共情去建立信任关系，对方会因为他的积极状态受到鼓舞，朱铭骏也因为跟他们的交流，反向治愈了自己。

除此之外，他还开始接触现实世界。他第一次坐在轮椅上被推出了家门，来到青云山广场做心理咨询演讲。起初还有些紧张，不敢直视陌生人的目光，但是被推到广场中央，开口讲第一句话后，他逐渐放松了下来。在强调我是一名心理咨询师时，语气里有掩饰不住的自豪，这对朱铭骏来说是一次挑战，更是一次跨越。

朱铭骏（左一）在青云山广场做心理咨询演讲

演讲反响热烈，他深受鼓舞。不少人在听了演讲之后，留下来与朱铭骏聊天，加他微信。在安丘这座县级市里，朱铭骏成为了一位特殊的心理咨询师，通过线上或者线下，治愈着全国各地的青少年和残疾人。从自渡到渡人，他把越来越多的同类人从黑暗拉回到光明。

我怀着一种崇高的敬意去采访朱铭骏，他说：经历了这一切，我仿佛重新活了一次，感谢稳定、包容、开放的社会环境，让我找到了实现生命价值的渠道，可以为他人、为社会尽一些绵薄之力。

芸芸众生，身心健全者众，仍终日为苦闷所困。但总有那么一群人，曾坠入无尽深渊，仍能向光而行。

消防员朱铭骏救赎生命，心理咨询师朱铭骏救赎心灵。距离受伤已经过去8年，和死神的这场对战，他已经赢了8年，病床上的朱铭骏，已然开启了人生的新征程。

先锋班的平凡事

山东海化集团有限公司职工　徐宏英

时代发展，需要大国工匠；迈向新征程，需要大力弘扬工匠精神。今年4月27日，首届大国工匠创新交流会召开，习近平总书记致信祝贺；4月28日，我们热电分公司检修部锅炉本体班被授予"全国工人先锋号"荣誉称号，这是时隔9年，海化集团的基层班组再获"国字号"殊荣，群情振奋！

检修部锅炉本体班被授予"全国工人先锋号"荣誉称号

我就是这个先锋班组的一员，今天我想跟大家说说我们这个立足岗位创新创效，在苦脏累险的锅炉检修岗位默默耕耘的班组。

锅炉本体班，这个名字大家可能有点陌生。热电公司主要担负供汽发电任务，锅炉是高温、高压、作业环境恶劣危险的设备设施，是火力发电厂的"心脏"。而我们锅炉本体班就是维护这颗热力"心脏"健康运行的"全科医生"。

在我们班组墙上有这样一句话："敬业是最平凡的奉献，因为它是每个人都可以做到的，而且应该具备的。"这是班长王如生的话。班长从业33年，同事都知道他认真细致爱钻研。

一次跨年的大修，班长给我上了一课。记得是我刚进班组那年，春节假期正赶上 6 号炉大修，大年三十的礼炮在天空绽放的时候，我们正在50 多米高的锅炉顶上校验安全门。手脚冻得发麻，耳朵被安全门的起座声振得嗡嗡直响。已经连续干了 4 个小时了，校验中其他指标都合格，只有压力阀的压力与标准值差 0.1。班长和袁向忠又从头到尾开始检查，我不耐烦地嘟囔："差不多行啦，春晚都结束啦。""差一毫都不行！"我话音未落，班长厉声说道，"安全门是保护锅炉的，如果压力阀数值有误差，到了指定压力，安全门打不开无法泄压，锅炉就有爆炸的危险。再测！必须精准！容不得半点马虎，一个'差不多'就会酿大祸。"直到大年初一凌晨 3 点，所有数据完全精准了我们才收工。从此，在班长面前我再不敢说"差不多"。那天，我懂得了对职业的敬畏和一丝不苟。

班长话不多，但爱琢磨，琢磨把活儿怎么干得又快又好又省力气。他改造下渣管的传奇在班里传为美谈。下渣管堵塞是燃煤锅炉的老大难问题。以前每当下渣管堵塞，班长就会带人从排渣口一侧，用 5 米长的扁钢向上捅，滚烫的炉渣像钢水一样倾泻而下，温度高达 900℃，一不小心就会被飞溅的炉渣烫伤。"不能总这样，必须要解决。"一股子闯劲顶上了头，班长与袁伟泉、王立军几天几夜吃住在工作间，查资料，搜信息，细琢磨。经过反复研究，他们决定在高于风帽 10 厘米处焊接上一段下渣管，解决"凹地"积炉渣问题。开始先用一台锅炉测试，不等炉膛里的床温完全冷却，班长就迫不及待地爬进去查看。时间一长，工作鞋都烤化了。虽然堵塞有所减轻，但效果没有预期的顺畅。"改造方向没错，是下渣管焊接高度的问题。"经验丰富的班长做出判断。随后 1 厘米 1 厘米地下移、改进、焊接，最终将下渣管高度确定为高出风帽 5 厘米。经过几个通宵的忙活，下渣管堵塞问题被彻底解决。袁伟泉开玩笑说，班长的改造，让我们彻底享受不到捅炉渣的"快乐"啦。在班长的带领下，自主创新的吊挂管防磨喷涂、水冷壁鳍片下延等二十多项成果被成功运用于生产，锅炉厂家和周边的热电企业也纷纷来学习取经。技术改造不仅减轻了劳动强度，还创下了锅炉安全稳定运行240天的纪录，创效2000多万元。2019年，我们班被评为"潍坊市职工创新型班组"。

检修部锅炉本体班袁向忠在进行清灰作业

班长常说：吃苦长本事。这话不假。在高温、高空、粉尘、灰烬、油污、急难险脏累的抢修任务历练下，我们班能人辈出，"登高健将"耿德帅、"活图纸"李明东、"及时雨"杨军、"十佳模范"袁向忠、心灵手巧的李乐勇……爬30多米高的脚手架，检查水冷壁针尖大小的磨损，从双腿打颤到健步如飞；在30公分管排空里为省煤器冲灰，顶着50℃的高温，用高压水枪作业，用消防水降温，出来像泥人一样；维修汽包人孔门泄露十小时；疏通冷凝管冻结一通宵——再热再险再高再难、冲在最前面的总是年过半百的班长，他总说："我有经验，我来！我是党员，我上！"大家紧紧跟随，毫无怨言。30年的师带徒规矩，30年的安全零事故，30年荣誉无数，不骄不躁、一如既往，能攻得了技术的关，更吃得了脏累的苦。这就是我们的先锋班，工作平常但却又不普通，因为我们的付出关乎着千家万户的光明和温暖、幸福与安宁，关乎着制造强企、制造强国的"海化梦"。

在海化集团，像王如生这样的工匠还有很多，有全国五一劳动奖章获得者，有山东省首席技师、变频专家，有压力容器设计和制造专家，他们创新、专注、精益求精的实干，镌刻出爱岗敬业、一丝不苟、追求卓越的海化工匠形象。新时期的海化集团正勇立潮头，逐梦深蓝，我们定将以匠人之心，琢时代风华，不辱使命、不负时代。

扬声器中的信仰

潍坊农村干部教育实践中心文化宣传科科长　崔永明

我是牛头镇抗日武装起义陈列馆的一名教员。记得那是 2019 年的夏天，陈列馆的建设改造工作进入尾声。天气很热，馆里密不透风。我对布展和讲评工作进行了整整一个上午的梳理校对，工装已被汗水浸湿了大半。

12 点左右，上午的实训任务结束、准备闭馆时，一位满脸沧桑的老爷子，拄着一个破拐棍儿，穿着皱皱巴巴的布衫，边角都已经全都磨白了，在小孙女儿的搀扶下，一瘸一拐地走了进来。

我赶忙迎上前去，对老爷子说："大爷，建设工作还没有完成，现在暂不对外开放，您要不过段儿时间再来？"老爷子满脸堆笑："小伙子，我保证不打扰你们工作，在边儿上随便看两眼就走，年纪大了，来一趟啊，不容易！"说真的，我可受不起年纪这么大的老爷子恳求，我说："好嘞，那我陪您转转！"

事实上，那是我调任陈列馆教员后的第一场讲评，对那段党史和故事细节的刻画都显得十分生硬。老爷子步伐很慢，听得很是入神，全程都没怎么说话。要不是偶尔冲我点点头，我甚至怀疑他会不会因为耳背，压根儿听不清我在讲什么。直到叙述的时间线来到 1939 年 10 月五井战役后八支队回乡征兵，老爷子突然像个受了莫大委屈的孩子一样，蹲在地上号啕大哭。

我一下慌了神，觉得自己很纠结，我是应该走上前去，宽慰老爷子几句？还是应该背过身去，让老人家自己平复心情？一旁的小女孩儿跟我一样不知所措，把手默默地环在老人的脖子上，小声喊着："爷爷……不哭……"

145

牛头镇抗日武装起义陈列馆中挂满烈士遗像的缅怀厅

事实上，我什么都没有做，就那么静静地陪着这爷孙俩。那天原本45分钟的讲评，我讲了整整两个钟头。临近结束，在挂满烈士遗像的缅怀厅，老爷子打开了话匣子。牛头镇抗日起义之后，八支队一路征战鲁中，回乡那会儿，老爷子还是儿童团的娃娃兵，硬是赖着同乡的几个堂哥随部队去了沂蒙。身上那皱皱巴巴的布衫，是爹娘被日军打死后，几个堂哥送给他的唯一的衣裳。再后来，他被流弹炸伤了腿，这才退伍返乡，然而同村的堂哥、兄弟、叔伯，哪怕是遗骸，都没有回来。

防疫隔离点志愿者为隔离群众发放三餐

老人离开时，抹了把眼角的泪珠，咧开嘴冲我笑了笑。他用拇指在我的党徽上擦了一下，说："党员，真好！"然后在孙女的搀扶下，又那么一瘸一拐地往外走。走出五十米左右，小女孩儿飞也似的跑回来，把一块儿糖放在我的手心里："爷爷说谢谢你。"

乾坤本为烈士定，谁见烈士享太平？从那一天起，我觉得我的职业并不平凡。对许多像那位老人一样的学员，只要你想听，只要我懂……总要有人铭记和传承这些本该是我们这一代所有人都耳熟能详的历史。我上！我觉得，能做传承红色基因的希望也是一种荣幸。

2023 年 3 月的寿光打了一场疫情阻击战，时间仿佛又回到了两年前……有着 110 万常住人口的蔬菜之乡的生活仿佛被紧急按下了暂停键。我们单位是全市的防疫隔离点，于是在那些天里，我穿好防护服，和一群不知道从哪儿冒出来的志愿者一起，为隔离群众定时消杀、发放三餐，从接收、运输到逐层逐房送达，体力消耗非常大。有个牛头村的"大白"，每天都帮着我一块儿抬箱子，怕防护面具起雾，所以我们从不聊天，全靠眼神传递默契。

防疫任务结束后潍坊农村干部教育实践中心志愿者队伍合影

那天，"大白"换衣服的时候，我瞟见他胳膊上裹着一条黑色的孝带。于是，搬箱子的时候，我在他的肩膀上拍了拍，他则伸出手冲我摆了摆。

再后来，交接班的时候，我又看到了 3 年前那个给我糖对我说"谢谢"的小女孩儿。我心里咯噔一下，小女孩儿对着大白一声"爸爸"脱口而出，我知道，那个步履蹒跚、对红色历史充满虔诚的老爷子，不在了，难怪抬箱子的时候撑着门的那根儿破拐棍儿看起来那么眼熟呢……

曾经我想要的生活，是"既能朝九晚五，又能浪迹天涯"，是"脱下皮靴，换成跑鞋，离开格子间，去向山野"，比起那些"愿以血肉染国土，换我山河如故"的老一辈革命者，比起那些"除却君身三重雪，天下谁人配白衣"的抗疫先锋，我是不是太自私了？老爷子，词儿我背熟了，明年花开，你还来不来？

如今，陈列馆的布展愈加完善，来自四面八方的参观者，像老爷子一样，跟随我们的脚步，走进当年的硝烟和战场，去感悟革命先烈的使命与担当。

如今，教员队伍日渐壮大，我和我的"战友"会戴好那枚鲜艳的党徽，心怀敬畏，迎着朝霞，向更远的地方宣扬红色的力量。

有时，陪伴我们的，只有肃穆的陈列馆和一座座烈士的雕像。但是，那配挂在腰间的扬声器，发出的却是"铭记历史，告慰先辈"的点点星光。

以前，我称它们为"希望"！

现在，我终于明白，这些星光，叫做"信仰"……

红心向党　根植乡村

潍坊市坊子区坊子工业发展区实验学校教师　王洪新

2011 年的秋天，坊子区坊城街办来了一位 60 多岁的大爷，他骑着一辆破旧的大金鹿自行车，后车座上绑着鼓鼓的一袋花生。停下车子后，他提着花生径直走向了党政办。

说起这大爷啊，大家都不陌生，他在当地可是出了名的。此人爱认死理，2003 年，村里土地重新规划、老屋拆迁重建，他跟邻居因宅基地问题产生纠纷，自那时起便开始了他的上访之路，每次到街办都吵着要找书记。可这次来，他一进门，没有找书记，而是找小王，给小王送他新收的花生。一名上访户来给小王送花生？大家都很纳闷儿，只有我心里清楚，因为小王就是我。

我是王洪新，一颗红心永向党的洪新。2007 年，21 岁的我光荣地加入了中国共产党，成了我们村第一位女共产党员，感到自豪的同时，我也牢记了党"全心全意为人民服务"的宗旨。2010 年，响应国家选聘高校毕业生到村任职的号召，通过考试，我成了坊城街道后宁家沟村的一名大学生村官。

记得第一次去村委，门卫大爷拦下我问道："你是来做啥的？"我说："大爷，我是咱村刚分来的大学生村官。""哦，来村里当官的啊。"大爷一边嘀咕着一边给我放行。"不，大爷，党组织派我们到这里是让我们熟悉基层，心贴群众，促农村发展，为农民服务的，可不是来当官的。"大爷对"大学生村官"的理解给我提了醒——只有扑下身子，当好百姓的服务员，才能改变他们对"村官"的误解。于是在跟老百姓打交道时我都保持微笑，以一颗真心来赢得百姓的信赖。不多久，党组织把我调到了街道党政办，主要负责来人接待工作。

开头说的大爷就是我接待过的比较特殊的一位。第一次见他时，他那让人畏惧的、仇视一切的目光给我留下了深深的印象。他一来就吵着要见书记，我连忙招呼他坐下，倒上一杯温开水递给他，微笑着说："大爷，您别着急，先跟我说说啥情况，我给

2010 年，王洪新成为坊子区坊城街道的一名大学生村官

您联系书记。"于是他便打开了话匣子，我认真地倾听他说的每一句话。有时书记联系不上或是有事外出，他在我这儿"发泄"完就离开了。他三天两头地来，每次我都以微笑接待，并跟他拉点家常，一来二往，了解到他的妻子早已改嫁，一个女儿也嫁人，他一个人生活，因性格怪异，没什么朋友，心灵极其孤独。于是我时常跟他拉拉心里话，给他排解苦闷，并不时地跟他讲解村里的土地规划政策，让他明白自身存在的问题。慢慢地我发现他的目光变得友好不再让人害怕了，我也成了他可以倾诉衷肠的朋友，于是就有了给我送花生的那一幕。当然，我也不能白要人家的东西，我买了一些桃子和苹果回赠给他。当我递给他的时候，我发现他接过去的双手是颤抖着的，目光中有感动，有不好意思，或许他现在缺少的就是这种亲人朋友般的关怀和温暖吧。其实，再硬的坚冰都能被融化，何况是人心呢？只要我们用一颗真心对待群众，服务群众，他们就会把我们当亲人。习近平总书记曾指出："全党同志要把人民放在心中最高位置，坚持全心全意为人民服务的根本宗旨，实现好、维护好、发展好最广大人民根本利益。"作为一名党员，这也一直是我做事所奉行的准则。2012 年，我被区委组织部授予"坊子区优秀大学生村官"荣誉称号。

也是在这一年，区里面向大学生村官定向招聘教师到村任教，学习师范专业的我，能把自己所学所长用在村里孩子们身上，何乐而不为？我抓住这个机会成了一名乡村教师。

家住高新区，工作在坊子眉村，尽管每天上班要早出晚归，来回奔波 50 公里，但我无怨无悔，因为校园里有我最深的牵挂。任教第一年秋天，一次意外导致我右侧锁骨骨折，整个右臂打上了石膏，动弹不得，于是我用左手板

王洪新（中间者）成为一名乡村教师

书、批改作业，坚持给学生上课，没有请一天假；2014 年冬天，看到班里一名女生总是冻得小手通红，在了解到她的父亲因车祸去世、家境贫困的状况后，我买了一件羽绒服送给了她，让她的身心得到一丝温暖；2020年 5 月，在经历了大规模的新冠疫情后，初三年级复学，因疫情尚未完全稳定，寄宿制学校实行封闭管理，我把 6 岁的儿子和 3 岁的女儿交给公公婆婆后，搬进了学校，与学生同吃、同住、同奋斗，一连 15 天没有回家……因工作踏实认真，我被授予"潍坊市优秀乡村青年教师"的称号。

一眨眼，36 岁的我已在乡村服务 12 年，也践行初心 12 年。12 年来，我见证了农村的巨大变化，路面硬化、街道绿化、旱厕改造了，自来水、天然气入户了，学校硬件设备跟城市没啥区别，老百姓在家门口就能享受到优质教育了，从他们那由衷的笑容中我感受到了满满的幸福感。如今，站在新的起点，踏上新的征程，我们每个人心中都充满着奋进的激情！我也将继续在这片充满希望的沃土上，扎根基层，服务群众，坚定不移跟党走，同心奋进新征程！

情洒边疆支教路

济宁高新区崇文学校教师 轩辕言堂

这里有万祖之山巍巍昆仑，这里有千年胡杨万里沙漠，这里有灿烂的民族文化、绚丽的民俗风情。新疆永远是中国不可分割的一部分。我去过新疆，而且一去就是一年，但我的新疆之行的目的却不在于这些美景。

我叫轩辕言堂，1995 年，年仅 20 岁的我成了一名光荣的人民教师，至今从教 27 载，目前在济宁高新区崇文学校从事三年级语文教学和班主任工作。今天我来讲一讲我的支教故事。

轩辕言堂和维族学生们在一起

2018 年，我有幸参加了援疆支教活动，支教新疆维吾尔自治区喀什市英吉沙县第二小学。英吉沙县地处帕米尔高原和戈壁滩边缘，气候干燥，时常风沙肆虐。我刚到新疆的时候，嘴唇裂口，鼻子出血，眼睛睁不开、流泪不止的现象时有发生；水土不服导致严重的腹泻弄得我焦头烂额，苦痛难言。更有深夜2点无法入眠的时候，我围被而坐，不仅思念起家乡的父母，思念起远在家乡为我孝敬老母而辛勤劳作的妻子，还想起领导和同事的期盼。每次，当家人和我远程视频时，年近80岁的父母他们总是会凑得很近，睁大眼睛紧紧地盯着手机屏幕。当他们哽咽着说"儿啊，注意身体，注意安全"时，我常常很快地挂断电话。这不再像年少时是因为不耐烦父母的啰唆和唠叨，而是我知道很快他们将泪水涟涟。那满头的白发和白发下布满皱纹和泪水的脸庞，已是人到中年的我不忍直视和难以承受的画面。一人援疆，全家担当。

轩辕言堂进行语文教研培训

英吉沙县第二小学当时是一所新恢复的学校，基础设施、办学条件、师资力量、教学管理各方面都千头万绪，就是在这样的条件下，我带领孩子们认真学习，努力赶超，最终将英吉沙县第二小学的成绩带入全县第二名。学生对我的认可，不仅仅体现他们成绩的提升上，除了知识以外我也不会忘记学生的笑容，愿意多和我沟通，见到我时像遇见自己的伙伴一样和我打招呼，这也是我感到开心的时刻。南疆全面开展普通话教学始于2017年，这一改变对于从小讲维吾尔语的学生来说，每个人的适应程度各不相同。有的学生可以和我进行简单的交流，有的同学则只会说"你好""再见"。在教授"汗水"这个词语时，我在黑板上画一幅农民伯伯手拿坎土曼、头顶烈日辛勤劳作的图画，告诉学生们，我们的爸爸妈妈在田地里干了很久的农活之后，身体会流出很多水，而这些水，汉语中表述为：汗水。当看到学生平静的脸庞上流露出心疼、不忍的神情时，我就懂了，他们一定是明白了这个词语。如果讲完之后他们面无表情、波澜不惊，我习惯性地会问："大家有没有听懂？"学生总不会令你失望，齐刷刷大声地喊道："懂了！"而当我随机叫一个学生起来造句或者用自己的话来解释刚才讲过的词语，这时学生通常会支支吾吾答不上来。我就让他坐下，再微笑着说："没事，我们再一起来看一下刚才说的这个词语。"就这样我们耐心地一个字一个字、一个词一个词、一句话一句话地学习汉语。

我发现一位叫阿依巴丹的女生下课后总是静静地坐在自己的座位上，出神地望着远处的雪山。我问她："孩子，你怎么不出去玩呀？""我想我爸爸。""那你爸爸很忙吗？""我从小就没有爸爸。"阿依巴丹眼含着泪水说道。为了帮她疏解心结，我经常让她读课文，还表扬她音色甜美、情感充沛，以培养她的自信，并在她的一篇作文批注里写下："生活里有不幸，但也会有更多的温暖，要学着用美妙的读书声和动人的文字创造属于自己的快乐。"在我的努力下，她变得慢慢开朗起来，热爱读书，常常找我借课外书去读。但是，我发现学校图书极其匮乏。我带领援疆团队教师共同发出倡议，向英吉沙县中小学捐赠图书，此项活动得到了济宁市援疆指挥部等多个部门的大力支持，引发了济宁市各界的强烈反响，扩展为5省13地市数千万人参与的大型公益活动，最终募集图书165万册，用火车专列运抵新疆，解决了英吉沙孩子们课外阅读的问题。课余阿依巴丹和同学们捧着珍贵的课外书，围着我不停地问："老师，海的女儿美人鱼还能变回来吗？""老师，白雪公主和七个小矮人住在哪里的森林中呀？"……看着这情景，我欣慰地想：我们不经意地播下文化的种子，在不久的将来一定会破土萌芽，长成参天大树还会远吗？

这一路虽然走得艰辛，但每一分努力都在开花、结果。我带领援疆工作团队，大家团结一心，积极开展工作，同心同力，群策群力，有声有色地开展工作，获得了较好的口碑，成了教育援疆工作的一道亮丽的风景线。2020年1月，我被新疆维吾尔自治区党委和政府评为优秀援疆干部人才，并记功嘉奖。

轩辕言堂（前排左四）青蓝工程拜师

党旗飘飘重实践，不忘初心跟党走。从事教育工作以来，我多年都担任班主任，以一种敬业、乐业、奉献的精神，默默耕耘，始终把培养下一代作为自己至高无上的事业。援疆归来，我来到了崇文学校。新时代新征程，我又开启了我和孩子们的追梦之旅，我们踏实努力，我们淡定从容，我们且歌且行！故事在继续，未来很精彩，期待明年见。

唯以"匠心"润初心

山东曙岳车辆有限公司党支部书记、副总经理　薛朝华

我曾经是国企工人，也曾是下岗职工，三十多年职业生涯，我经历了从工人到国企干部，从到企业破产下岗，从民营企业再就业到任职上市公司国企高管，这一路走来，无论工作和生活发生多大的变化，我从来也没有忘记过自己是一名共产党员，也从来没有忘记入党时的初心使命。

2003 年，我从梁山农机厂下岗，成为一名下岗工人，那时我的两个孩子大的刚 9 岁，小的几个月，正是生活最艰难的时候，面对眼前的困境，经过一段时间的徘徊和迷茫，我告诉自己，与其坐等国家安置工作，不如振作精神自寻出路，也减轻国家的安置压力。

刚刚参加工作的薛朝华（右三）

那时的梁山，民营企业刚刚起步，我深感民营经济大有可为，2004年国庆节后，我应聘到梁山东岳挂车公司做了一名办公室文员。当时，梁山东岳挂车公司正处在业务最忙但职责还不太清晰的阶段，办公室只有两个人，我除了负责企业管理工作，还要负责党建、宣传、人事、工会等党

务群团工作，工作头绪多、任务重，对当时的我来说，是个很大的挑战。我既要适应民营企业一切为了发展的快节奏，又要做好党务群团工作。在上级党委和公司领导的支持下，我们在梁山的民营企业中第一个建立了党组织和工会组织。当时很多人对我的做法不理解，有人说我你去打工就务实地学技术、干销售、多挣钱吧，怎么还干这么务虚的工作？

在民营企业干党务就是务虚的工作吗？我深入到企业中调查研究，了解企业发展战略和公司的远景目标，了解职工群众的实际需求，把企业的长远发展和职工群众的切身利益结合在一起，把在国企开展党务工作的经验运用到民营企业，把务虚的工作当作务实的工作来干。

举办职工运动会

我们公司地处乡镇，当时五六百名员工基本上都是农民工，工作比较自由散漫，技术能力不强，我们一方面跑遍山东高校进行人才引进，一方面组织职工培训、技术比武、安全生产培训等活动，提高员工技能，加强企业管理。但是这些基础的工作在当时的农民工看来也是新鲜事，大家宁愿多干活也不愿意参加培训。公司利用工作时间组织培训，但老师请来了，培训课上座率还不足一半。原来大家认为今天不开工，都回家浇地去了。

员工学习意识不强，那就从关心职工入手，我们为职工配备了标准的劳动防护用品，教给大家如何做好劳动防护，为职工建设了洗澡堂、餐厅、宿舍，建设了可以阅读、娱乐、运动的职工之家，我们积极推动开展为员工办理社会保险等工作。2005 年，一次偶然的机会，我发现有一部分人离职的时候不办手续。公司规定凡是自由离职的，最后一个月的工资就不给结算，企业觉得应该这样，职工也都默认接受。我查了一下这种情况有100多人共20多万元工资，经过一段时间的思考，我认为虽然没有人来索要工资，但这关乎到员工的切身利益。因为担心个人对这事把握不好，我组织召开了公司党员大会，在党员会上，大家一致同意我的想法，主动给自由离职的员工补发最后一个月工资。于是，我冒着被老板误解的风险，以党支部名义，向老板提出要结清自由离职的农民工的工资。公司的岳增才老总十分认同，安排财务人员立即办理，并且提出，今后只要党支部搞活动，要钱有钱，要人有人。当时我们通过各种办法通知已经离职的农民工来公司领钱，大家都很高兴，在职的员工也很高兴，增强了大家的归属感和责任感。这件事影响比较大，我得到了老板的尊重认可，慢慢赢得了职工的信任。后来我们再搞培训学习的时候，职工的参与度就越来越高，我们的技术比武一做就是十几年，已经成为广受职工欢迎的盛会，职工的素质也越来越高。

2007年，在我们几家最早发展起来的专用车企业带动下，梁山县车企已经慢慢发展成为中国挂车专用车的产业集群，成了闻名全国的半挂车生产基地。我们公司被中集集团收购，成为中集集团下属企业，我们的职工已经成为在产业集群最受欢迎的人才，我本人也在2016年底被推选为梁山专用车产业联合会的工会主席。

多年来，我一直践行入党时的初心和使命，正是信仰的光辉照耀我的人生和工作之路。

2020年春节前后的疫情期间，为了让职工顺利到岗，我和筹备开工的党员同志们一起，在上级党组织的帮助下，挨家挨户地把复工通知送到遍布在全市各地的职工手里，我们成为全县第一批顺利开工企业之一。疫情期间，我组织公司党员、入党积极分子、业务骨干做疫情防控志愿者，同心抗议、捐款捐物，经过我们的共同努力，在疫情影响严重的情况下，项目一边建设一边投产运营，劳动生产率远远高于传统企业，公司也实现了真正意义上的转型。该项目也被评为山东省制造业示范平台。

为了贯彻落实新发展理念，济宁市委市政府作出了"以济宁能源为主体，以梁山港为龙头，组建济宁港航发展集团，整合全市港航资源，全力打造北方最大的内河航运中心"的重大决策部署。2022年2月20日，济宁能源发展集团与曙岳车辆园区合作打造高端港航物流装备制造基地，在这个新公司，我继续任职党支部书记和行政副总，在这个新领域，我们团队边学习边投入紧张的工作实践，为了实现新目标，从2022年春节过后，我们没有休息过一天。

参加山东省工会第十五次代表大会（右二为薛朝华）

我是高中毕业后参加工作去车间当工人的，知识不扎实，起点比较低，但在学习的道路上从没放松。40岁时我获得了工商管理硕士学位，考取了高级政工师职称。我还曾多次在山东管理学院企业干部培训班上做分享，把自己在多种经济体制内做党务、工会工作的做法、体会分享给更多的同仁朋友。十几年来，我见证了梁山专用汽车产业集群的蓬勃发展，自己也实现了和企业的共同成长进步。2013年，我获得了全国优秀工会工作者的荣誉称号，2014年获得全国五一劳动奖章，2022年当选山东省第十二次党代会代表。这些成绩的取得，源自党多年来对我的培养，让我在困难面前保持前行的航向，是党教会了我艰苦创业，奋发作为，让我在平凡的岗位上，以执着的工匠精神践行了入党时的初心。

我家三代治黄情

山东黄河东平湖管理局梁山管理局科员　王新宇

奔腾不息的黄河两岸，堤平树绿，风光秀丽，秩序井然，宛如一幅人水和谐的风情画卷。而这幅画卷的形成，记录了一代代黄河人在治理黄河路上的坚守与传承。

儿时的我，总喜欢依偎在父辈们的肩头，听他们讲过去的故事。那段岁月里，出现最多的词是"黄河"二字，我们家的治黄故事也在回忆里渐渐展开……

1968 年，我的爷爷从部队转业，走进了山东建筑机械厂汽修厂，成了一名技术工人。1976 年，他积极响应号召，回到了家乡，加入了"治黄大军"，来到了山东黄河东银铁路局工作，也开启了我们家的治黄故事。

爷爷的工作证封皮

那时候，黄河巍巍长堤上出现了一支浩浩荡荡的东银铁路修筑大军，漫天风沙里，机器的轰鸣声、民工的号子声震天响，他们不怕苦不怕累，"敢教日月换新天"的雄壮豪迈是对他们最好的诠释，每个人坚守职责，站好了完工前的最后一班岗。爷爷除了铺设轨道外，还要做好铁路运营前的各项检修准备工作，他每天穿着工作服戴着手套，站在机床旁测试各种火车、矿车所需的零配件，锉削、划线、研磨，修理火车换下来的每一个零件，在他灵巧的双手中，火车安全地把石料运往防洪抢险和各项防洪工程建设中去。

　　"快车工，慢钳工"，多年的测试工作，养成了爷爷一丝不苟的处事态度，更练就了一身娴熟的修理本领。一转眼 20 年时间流逝，爷爷从一个意气风发的小伙变为白发苍苍的老人，他见证了黄河维修技术的改变与发展。

　　时光来到了 1989 年，我的父亲接过了爷爷的"治黄棒"，成为家中的第二代黄河人。父亲的治黄梦是从最基层的机运车间东银铁路做一名火车司机开始的，他先后在黄河东银铁路局、山东黄河建材局、防汛石料供应处、东平黄河河务局等单位近 10 个岗位一干就是 31 年，从东银铁路的轨道拆除者、高温立窑水泥煅烧工、到绿树青山的捍卫者，艰苦的工作环境磨炼了他坚强的意志，多重身份的转换练就了他一身治黄本领。

1995 年父亲（左一）参与拆除东银铁路

　　2002 年体制改革，父亲来到出湖闸闸管所工作。辖区内的陈山口出湖闸、清河门闸、庞口防倒灌闸处于东平湖向黄河泄洪的咽喉位置。每年的汛期对于父亲来说都是一场硬仗，他冲锋在前，久久为功，每一次河道清查他都仔细谨慎，每一项启闭操作流程他都烂熟于心，关键时刻精准调度他应对自如，打赢了每一次洪水来临的保卫战。2009 年，父亲转战到水政科，他穿梭在山体保护与堤防管理中间，奔走在依法治水管水一线，巍巍百里长堤上有他匆忙的脚步，沿黄安全里有他辛勤的汗水。哪里有任务，他就出现在哪里；哪里有突发情况，他就第一时间赶到，他始终在与生态环境破坏者作斗争，战斗在一场场没有硝烟的战争前沿，解决了一个个长期历史遗留问题，啃下来一块块难啃的硬骨头。2017年，父亲荣获了"黄委劳动模范"称号，他的精彩故事、"清四乱"先进事迹也在人民网、中国水利网、中国水利报等多家媒体报道。现在，父亲已经从事工会工作了，但他仍和水行政执法人员齐手并肩，高擎法律利剑为黄河安澜保驾护航。2020年，洪水席卷而来，父亲所在的安全保卫组坚守泄洪现场30余天，他们在河道两岸堤防、防洪工程及涉水关键位置为沿黄湖群众的生命财产安全撑起了一把"安全伞"。

父亲（右三）参与"清四乱"专项工作

是的，奋斗是父亲恒久如一的底色，更是黄河人精神的薪火相传。

我自幼生长在黄河岸边，听着黄河的呼啸声、喝着黄河水、吃着黄河两岸的五谷杂粮长大，血管里流淌着的是黄河的血液，黄河两岸的白土和红胶泥更是我儿时长久的玩伴。长大后，我被黄河孕育下的千年文化深深吸引，结识了一位位为黄河兴利除害作出贡献的治黄英雄，体会着祖父辈跨越半个世纪治理黄河的奋斗故事，这些兢兢业业、无私奉献的黄河精神深深触动了我，更影响着我，一颗种子在我幼小的心中生根发芽。

2016年，我如愿以偿，考入黄河基层单位，成为家中的第三代黄河人，我对黄河这个大家庭更有了无法割舍的情愫。当我第一次以黄河人的身份站在东平湖围坝上时，我内心的心情是激动的，这条一眼望不到头的长堤，以后不仅仅是我的归乡路，更是我的逐梦路，在这里我树立了像祖父辈们一样扎根基层、服务单位、回报黄河的梦想。紧接着，我跟着同事们走进基层工程管理队伍，他们高规格的维修养护、夜晚暴雨紧急巡查、雨后浪窝抢修等等让我为之触动，他们的身影如同一束明灯，照亮了梦想前进的方向，这也成了我走进黄河大家庭的第一课。从任庄管理段，到办公室档案管理员、秘书岗位，转眼间我已经工作了4个年头。从最初对工作陌生青涩、一知半解，到如今规范整理各项文书资料，用笔触去记载黄河的变化，用镜头去记录每一个瞬间，用声音讲解黄河人的峥嵘岁月，踏实肯干、严谨认真是黄河培养我的品性，更是带给我的历练与成长。

王新宇（右三）参与工程养护

岁月没有抹平记忆，年代更没有冲淡情怀。前几天，我们一家人路过黄河大堤，看着窗外滚滚黄河水，父亲向我的孩子介绍道："这是黄河，是你老姥爷、姥爷、妈妈一起守护的大河。"孩子好奇又惊喜地望着这条一望无际的大河，83岁高龄的爷爷在一旁深情又专注地注视着，泪水渐渐模糊了他的双眼。是呀，治理黄河已经走过了肩挑背扛的艰苦岁月，走向了不断发展与变迁的崭新时代，技术日新月异，设备更新换代，环境焕然一新，但黄河人还是黄河人，治黄的赤子之心永远不变，治黄精神永远赓续相传。

一条大河，代代坚守，万家守护。这就是我们家与黄河大家庭的治黄故事，因黄河结缘，又随黄河传承，只因那句"让黄河成为造福人民的幸福河"，我们的故事会一直写下去。

霞光耀大义

梁山县韩垓镇人民政府研究室主任 马海滨

她的的确确很平凡：个头不高，穿着朴素，喜欢跳舞，爱好锻炼，就是一位普通的退休大妈儿。如果她不穿"梁山大义社工志愿者"的马甲，我们甚至很难在人群中一眼把她认出来。

她又的的确确不平凡：近年来，她用平实、质朴和执着的大爱情怀，抚慰着数百名孤独症儿童的心灵，点亮了近千个家庭的希望，也提升了水泊梁山这座忠义之城的温度。

她就是毕霞，梁山大义社会工作服务中心阳光助残服务队长。追溯毕霞的公益之路，事实上，已有近20年的光景。那时候，毕霞在梁山供销系统一个商场担任工会主席。因工作原因，经常需要组织一些志愿活动，例如敬老院慰问、困难儿童帮扶、景区捡拾垃圾等，"在组织参与这些活动中，我不但成了大家公认的热心肠，也养成了开朗的性格。那时候，什么志愿活动我都参与。"毕霞告诉我们，"专业关注关爱孤独症孩子，是因为我的侄子。"

毕霞的侄子是一名孤独症儿童。弟弟和弟媳的无助，深深刺痛了她的心，"当时，侄子在济宁做康复，弟弟和弟媳陪护，那种精神上的折磨不是常人能理解的。"这是毕霞极其痛苦的回忆，"特别是侄子上小学后，更是让我揪心。记得有一次放学回家，侄子的脸上被调皮的孩子们画得花里胡哨的，我在楼道里就抱着孩子痛哭。"

为更好地给侄子做康复训练、按摩治疗，2001年起，毕霞开始系统学习反射疗法，其间，有3篇论文在全国反射学研讨会上获奖，并做了典型发言。其中《足部反射疗法结合行为干预儿童孤独症1例报告》在

2004年足部反射区健康法全国研讨会上获得优秀科研成果奖。更令人欣慰的是，在她的精心照料和康复治疗下，侄子的病情有了很大的好转，并逐步融入社会，创造了孤独症儿童康复较为成功的案例。慢慢地，毕霞的这手按摩康复技能在梁山这个小县城越传越广，越来越多的家长慕名而来，寻求帮助，毕霞总是来者不拒、倾力而为、分文不取。

随着接触的孤独症儿童多了，毕霞的康复经验越来越丰富，思想也越来越焦虑：由于家长对于孤独症的认知程度有限，导致许多患病儿童错过了康复治疗的最佳时机，产生行为倒退，还有的甚至被家人关起来，与社会严重脱节。"从侄子身上，我深深理解孤独症孩子家庭的痛苦。其实，

毕霞（左一）在为孩子们做康复训练服务

这些孩子都是来自星星的天使，只是上天给他们开了一个玩笑。"毕霞说，"我要帮助更多的孩子！不仅要给他们做康复训练，还要让他们像我侄子一样融入社会！"

人说年过四十不学艺，可为了更好地帮助孤独症、抽动症、脑瘫等特殊儿童，年近50的毕霞又自费赴济南、郑州学习保健按摩等相关技能，先后考取了保健按摩师、反射治疗师、助理社会工作师等技能证书。2017年，毕霞退休后，为了专心致志地服务帮助这些孩子，谢绝了朋友公司不菲薪金的邀请，加入了当地有名的志愿服务组织——梁山县大义社会工作服务中心，担任了阳光助残服务队队长，负责"青苗成长"特殊儿童增能项目和"小脚丫"康复项目，重点关注7岁以下患有脑瘫、孤独症等特殊儿童面临的康复、学习和成长等问题。

就这样，4年来，无论是严寒酷暑，还是风霜雪雨，每逢周三和周六，毕霞都雷打不动地行走在志愿服务的路上，义务为杨营、小安山、馆驿三

个乡镇特殊学校 253 名特殊儿童做康复训练服务，并成了孩子心目中可亲可敬的"毕奶奶"。

2021 年 12 月 11 日，星期六，最高气温 8 度。尽管天气寒冷阴晦，但一大早，毕霞和志愿者宋蓉还是骑着自行车来到离家 18 公里外的小安山镇，为爱星特教学校里的 47 名"星星的孩子"做康复训练。

"毕奶奶来了！"毕霞一走进小安山镇爱星特教学校，孩子们便一窝蜂地涌上来。毕霞摘下厚厚的手套，把冻得发僵的脸庞揉热乎，然后熟练喊着每个孩子的名字，挨个儿抱起孩子亲脸颊，带领孩子们唱那首熟悉的《小星星》，这是毕霞和这些特殊孩子见面时必不可少的仪式。"这些孩子内心都比较抗拒与人亲密接触。每当听到孩子们说'奶奶，抱抱'的时候，是我最高兴的时候。"毕霞说，"这说明孩子们会主动跟人交流了。"

事实上，毕霞所服务的 253 个孩子都亲切地称呼她为"毕奶奶"。做一次足底按摩需要半个多小时，而每天一做就是七八个孩子，每一次康复训练，都是体力和精力的巨大消耗。尽管按摩已非常累，为了便于跟踪和持续服务，毕霞还是坚持记服务日记，

毕霞用五大本 6 万字记录孩子的点滴变化

每次都将时间、地点、参加服务的志愿者、服务儿童姓名、康复项目、孩子们的点滴变化，最后还有活动总结和个人感受都详细记录下来。日积月累，这样的日记已经足足写了 5 大本 6 万多字，光是对一个叫柯柯的孩子的服务记录就有 32 次。2018 年 7 月 21 日，第一次记录：柯柯长得非常可爱，会说话，能坐，就是腿部肌肉松软，无力，不能站立，不能走……2018 年 8 月 4 日，第二次记录：事前跟孩子（柯柯）的妈妈在网上交流

过，妈妈最近要了二胎，女孩，还没有出满月，没有太多时间照顾柯柯……
2018年9月22日，第三次记录：孩子（柯柯）性格特别内向，说话的声音非常小，比以前有进步的地方是，他可以站立了，虽然时间非常短暂，但也是非常了不起的进步……

毕霞说，夜深人静的时候，自己会翻翻记录本，看着一行行的文字，一张张孩子的脸庞就会浮现在眼前，"每次看到孩子的点滴进步，自己就有满满的成就感，也是自己最欣慰的时候。""看到孩子们一点点的进步，感觉自己再苦再累都是值得的。"其实，毕霞家庭经济条件很是一般：尽管丈夫是一名税务人员，工资稍微高些，但自己的单位效益并不景气。特别是2000年到2011年的11年间，母亲患上了严重的糖尿病，父亲身患急性白血病，公公突发心肌梗死，婆婆又患上脑萎缩生活不能自理，一时间4位老人都需要照顾，女儿还上大学。那段时间，毕霞的精神、经济压力可想而知。就是这样，毕霞还挤出时间，奔波在3个特殊学校之间。2021年国庆前夕，毕霞去青岛帮女儿筹备婚礼，仅仅在青岛待了5天就匆匆赶回来了。不顾路途劳累，第二天一早她就出现在馆驿镇的特殊学校，"我实在挂记这些孩子们啊，再说孩子们现在也打心眼里离不开我。有次一位家长有事需提前接孩子回家，孩子听了哇哇大哭，'不行，我要等毕奶奶来做按摩，做完按摩再走'，我听了非常感动，就暗暗下定决心，没有非常特殊的情况，一定不能让孩子们等待，让孩子们失望。"

除了一辆能折叠的自行车，一件花200块钱在网上买的冲锋衣，一件志愿者马甲外，毕霞每次去给孩子服务时都带着两个大包，足有10公斤：一个是很有年代感、相当结实的手提包，里面是一个能装2500毫升的大水杯，以及手模、按摩膏、洗手液、消毒液、湿巾等用品；另一个包里则是棒棒糖、食品、玩具等。"这是每次都必须带的。你可别小看这些东西，它能在按摩康复的时候，吸引孩子们的注意力，和孩子们交流情感。"这些都是毕霞和志愿者自掏腰包给孩子们购买的，对此，毕霞从来没有吝啬小气过。可是，很多人不知道，经常做完服务就到了吃饭时间，毕霞几乎每次都是饿着肚子赶回家吃饭，她连在路边花几块钱买个包子都不舍得。

平凡榜样，精神脊梁。在毕霞的影响和带动下，越来越多的爱心人士加入到了毕霞的阳光助残服务队中来，微信群已由开始的 8 个人发展到现在的 301 人，年纪最大的 60 多岁，最小的还在上初中，并且很多志愿者正在跟着毕霞学习康复训练技能。"九〇

毕霞（左一）在为孩子们做康复训练服务

后"志愿者刘扬说："因为长期按摩，毕姨的手指都起茧变形了。从毕姨身上，我读懂了她专注、敬业、奉献、友爱的志愿精神温度，也深深为毕姨坚持、坚守、坚定的善良和执着所感动，跟着毕姨做活动很有获得感和幸福感。"梁山县大义社会工作服务中心党支部书记、理事长刘辉更是给予了毕霞极高的评价："做一次志愿服务容易，做两次也不难，能坚持下来，形成常态化、长效化确实是一件难事。毕老师一年总志愿服务小时数不仅远远超过了国家规定，而且还做得这样专注、专业，给我们树立了一个榜样和标杆，在我们团队起到了很好的带头和引领作用。"近年来，毕霞先后被评为梁山县优秀志愿者、爱心使者、十大孝星、济宁好人。志愿工作离不开丈夫、女儿的全力支持，毕霞家庭更是斩获了济宁市最美家庭的光荣称号。

日子一天天在公益服务中过去了，毕霞对于特殊儿童的康复训练也有了更多的心得和体会：这些特殊的孩子的康复治疗都需要一个特别漫长的过程，但有不少家长因承受不住这种压力和痛苦，选择了离异或离弃，给孩子的心理再度造成伤害。其实，这些孩子们都很敏感，亲情的陪护对他们的康复尤为重要。所以下一步，她准备让家长充分融入孩子的康复中来，帮助家长学会一些按摩技能，与老师共同为孩子们做好康复训练。

最后，毕霞的微信名叫"霞光万丈"。不难猜出，毕霞的用意很简单，就是勉励家长们每天迎着清晨第一缕霞光，坚定信心，憧憬希望！

基层的好干部　群众的贴心人

微山县高楼乡宣传部主任、妇女主任　张晓晗

孙茂东，微山县高楼乡渭河村党支部书记、村委会主任，是济宁市第十一次、第十二次、第十三次党代会代表。自担任村党支部书记以来，他始终不忘初心、牢记使命，一心一意为村里谋发展、为群众谋利益，曾荣获全国劳动模范、全国十佳农民、山东省优秀共产党员、山东省担当作为好书记、山东省劳动模范、齐鲁乡村之星等称号，被群众亲切地称为"微山湖上好支书"。

一个党员就是一面旗帜，一个支部就是一座堡垒。2002 年 5 月，渭河村全村党员群众一致推荐孙茂东担任村支部书记、村主任。为了全身心地工作，孙茂东毅然卖掉了生意好、来钱快的水上运输船，投身到建设和管理渭河村的事业中。他曾说过："作为一名村干部，既要像足球场上的守门员，能够守住社会上的不良风气，又要像个船上的舵手，成为群众的风向标，带领群众乘风破浪，勇往直前。"孙茂东是这样说的，也是这样做的。

他带领渭河村党支部，主动认领"示范党支部"、带头认领"党员之星"，将脱贫攻坚、乡村振兴、基层治理等方面的工作与抓党建工作有机结合，让渭河村党支部和广大党员干部干有目标、行有方向，逐步打响了"微山湖上党旗红"这一党建品牌。针对渭河村有很多党员在外搞水上运输和捕捞，长年在外漂泊的情况，孙茂东和村"两委"的同志反复商议，确定实行"三建四联五帮"的流动党员管理模式，有效解决了流动党员村里管不着、驻地无人管的状况，让流动党员身处外地同样感受到"家"的温暖，在千里运河之上实现了离家不离党，船行千里不迷航。

孙茂东曾说"自己富不算富，大家富才叫富"。让全村老百姓过上好日子是孙茂东的心愿。他依据渭河村优势，做足"水文章"，走出"做优养殖业、壮大航运业、搞活旅游业"的发展新路。

为了破解养殖难题，孙茂东大胆尝试引进大闸蟹养殖，村干部率先示范并获得成功，渭河村河蟹养殖产业一点点发展壮大起来。为进一步做优河蟹品牌，孙茂东多方联系，积极邀请渔业技术专家到村内开展技术指导，引导养殖户通过采取"虾蟹混养""藕虾混养"等生态养殖模式，实现"一水两养增收益"，同时又优化了生态环境，保障了水产品质量。

孙茂东——第一个"吃"螃蟹的人

1996年随着内河航运的发展，水泥船逐渐淘汰，钢质驳船优势明显，但是钢质驳船造价高，多数村民资金有限，无力更换钢质驳船。为了解决这个问题，孙茂东和村"两委"班子成员牵线搭桥，及时出面作担保，把养殖户手中的闲钱借给运输户，一举解决了运输户资金匮乏的问题。

为充分挖掘微山湖区特色资源，传播湖区文化内涵，孙茂东鼓励村民改造高标准住家船，开办渔家乐、捕鱼体验等项目，组织村民加盟到公司中，将全村旅游资源统一规范管理起来。现在渭河村已是集餐饮、娱乐、休闲、度假于一体的旅游景点，被评为"全国农业旅游示范点""山东省旅游特色村"。

长期以来，他帮造船的群众借贷资金，为养殖的群众送去技术，为全村的旅游发展闯出了新路，为遇到困难的群众挺身而出，他总是在群众感到无助的时候出现在群众的面前。身为支部书记，他心中只有"服务"两个大字，群众信赖他，党员依靠他。

渭河村坐落在大湖深处，基础设施条件差，交通不便，金融、邮政、电信等公共服务网点覆盖不到。为解决这一问题，渭河村在办公船上设立了"为民代办服务室"，开门受理群众代办需求。谁家有什么事需要跑腿，到代办服务室登个记，由干部定期全程代办，不收取一分钱费用。

孙茂东 （前排一）党旗下的铮铮誓言

孙茂东带领党员干部，亲自动手，修桥铺路、绿化亮化，建设湖上百姓大舞台、架设过河桥、修建东西码头、开挖深水井、建设污水处理站及管网，渭河村从石板路变成了木塑路、从单行道变成了环形街、从夜晚漆黑一片变成万家灯火。这些都离不开茂东同志的倾情付出。在他的身上展现的是一个普通共产党员的高尚情怀。

2019年11月，孙茂东不幸查出患有胆管胰腺癌并住院治疗，在出院前，医生再三叮嘱，一定要在家静养至少半年。但是疫情就是命令，防控就是责任。在身体没有完全康复的情况下，孙茂东毅然坚守在新冠肺炎疫情防控的第一线，带领党员干部值班值守，巡查河道，严防水路两线，拖着病重的身体，先后多次到县城统一为老百姓采购米面油、蔬菜等生活必需品，并挨家挨户地送上门，一遍遍叮嘱村民在家不要外出，有任何需要向村里报备。看着病重的书记依然为他们操劳，老百姓于心不忍，纷纷流着泪劝说他要注意自己的身体。但是孙茂东就是这样一个人，在疫情面前，他首先想到的不是自己的身体状况，而是党交给他的防控任务，想到的是老百姓的安全和吃穿。

在生命的最后日子里，他最放心不下的依然是渭河村的发展和村里的乡亲们，他坐在轮椅上沿着渭河水街走了一遍，要最后看一眼渭河村，他不舍地说："我不能再为党和群众服务了，我对不起他们。"他把村两委干部叫到党旗雕塑下，叮嘱他们："你们一定要拿群众当自己的亲人对待！"

孙茂东（左一）病重期间仍坚守一线防疫，慰问群众

2020年5月31日，带着对1500多名湖区人民的牵挂，带着18年来对渭河村工作的眷恋，孙茂东永远地离开了我们。微湖不语，碧波长流，"当一任'村官'，兴一方事业，建一方文明，上不愧于党，下不愧于民！"孙茂东书记铿锵有力的承诺回荡在大湖深处！他用生命践行一个共产党员的初心使命。渭河村群众不会忘记，八百里大湖不会忘记，他的先进事迹注定在湖区的百姓心中留下难以磨灭的记忆！

和融花开石榴红

新泰市禹村镇人民政府农业农村科副科长　李思锦

习近平总书记指出：民族团结是我国各族人民的生命线，中华民族共同体意识是民族团结之本。

全国民族团结进步模范集体——新泰市禹村镇

新泰市禹村镇是全省铸牢中华民族共同体意识示范区的首批试点单位。禹村镇共有 5.8 万人，其中回族人口 1.2 万人，是全省民族工作的重点乡镇，今天要给大家讲的是禹村镇卢家沟村第一书记李永的故事。

李永，回族，原是泰安市广播电视台的干部，2021 年来到卢家沟村任第一书记。卢家沟村是典型的山区少数民族聚居区，位于九龙山后，又被称为"小岭后"，全村 456 户，总人口 1389 人，回族人口占到 80% 以上。村子四周高，中间低，形似盆地，村中路窄沟深，山路崎岖，行走困难。百姓都说：前后都是山，出门九道弯。

当李永来到村里，走访孤寡老人刘大娘时，大娘拉着李书记的手说："现在党的政策好啊，领导都来家里帮我们老百姓啦。当年我爹犯了哮喘需要急救，因为路太难走，我和俺小脚的娘推着车子送耽误了病情，最后到了医院我爹也没能抢救过来，这是我这辈子最大的遗憾。今年我都快九十了，我就想在我有生之年看着路能修好啊！"当大娘满怀憧憬地对李书记说这段话时，李书记的心里百感交集，他张了张嘴却又说不出话，只是在心里暗自下定决心：不把路修好，我绝不回去！

从此，在卢家沟村又多了一个忙碌的身影。晴天一身灰、雨天一身泥，是他真实的写照。每天，天还未见亮他就从办公桌后面的行军床上爬起来，招呼村干部一道带着工具爬坡上坎。从路线的制定和坡度的设计都是他一尺一尺测定，一笔一笔记下。晚上回来匆匆吃上几口饭，就把白天测量的数据一一分析整理，直至深夜。修路最大的问题就是缺少资金，为此，他不断地泰安、新泰两头跑，向上级领导汇报，找镇里，找局里，申请各种惠民政策、村村通项目和民族专项资金，甚至发动身边亲友同事捐款，终于将修路资金筹措到位，他这才大大松了一口气。

卢家沟村孝善文化广场

资金问题刚解决，新的问题又来了。修路需要砍掉道路两侧四千多棵树、占用村民口粮地约 15 亩，涉及回族群众 26 户，汉族群众 3 户。于是，李永和村两委成员就一户一户做工作，这是禹村镇回汉两族的连心路，也是帮助老百姓走出去的致富路，更是村里父老乡亲的期盼。有时李永白天等不到人，就晚上蹲在村民家门口守着，仅用 3 天时间，29 户群众主动砍掉两侧树木，并且没要一分补偿款。经过近一年的努力，一条长约5千米、宽6米的柏油路蜿蜒穿越整个村庄，并且向南与省道相接，大大缓解了当地村民行路难的问题。

路是修好了，但百姓生活水平依然没有起色。李永联合邻村第一书记发挥派驻单位优势，帮助村里争取两村连片土地整理项目，将贫瘠的土地变成肥沃良田，并积极发展畜禽养殖和蔬菜甘薯大棚等支柱项目，实现户均增收8千元，实实在在地增加了老百姓的收入。

为了提高和丰富群众的精神生活，李永利用禹村镇省级"铸牢中华民族共同体意识示范区"创建的有利时机，以村内出土清朝宣统年间皇帝御赐"节孝碑"为载体，深入挖掘孝善文化，积极争取资金，建成占地面积500余平方米的孝善文化广场和文化展室，大力挖掘弘扬和传承孝善村风。良好村风也使得卢家沟村人才辈出，全村400余户，共有100多位大学生，其中有7名博士生。现在，村里回汉群众团结友善，和睦相处，孝悌传家，实现和融发展、乡村振兴。

新时代民族团结进步事业的发展，离不开党的坚强领导，离不开各族群众的守望相助，更离不开成千上万个像李永这样的第一书记。通过共同努力，禹村镇人民政府先后获得了"全国民族团结进步模范集体""山东省民族工作先进单位"的荣誉称号。我们将以习近平总书记关于"各民族要像石榴籽一样紧紧抱在一起"的指示精神为指引，以构建文化上兼收并蓄、经济上相互依存、情感上相互亲近的和谐家园为目标，共同团结奋斗、共同繁荣发展，回汉一家亲，开启和融花开的新征程。

让青春之花为特殊孩子们绽放

肥城市特殊教育学校教师　王姗姗

有这样一群折翼天使，他们有的听不到、有的说不出、有的终日封闭在自己的世界里，这就是我的特殊孩子们……

说起和特殊儿童的渊源，还要从大学讲起，那时我在孤儿院做义工，第一次接触到这个特殊的群体。自那时起，在内心深处已点燃了传播温暖的火种。2013 年，我通过教师招考，走进肥城市特殊教育学校，正式开启了特教生涯。

王姗姗（右二）在为听障儿童指导作业

当我第一次步入教室，看到孩子们稚嫩脆弱的脸庞时，我的内心受到了巨大的冲击，才深刻地明白：他们是如此地需要呵护与陪伴。那一刻，我就决心要把所有的爱都奉献给他们，用我的努力去改变他们。为了离他们更近一些，我把办公桌安在教室里，这样可以让孩子们随时看到我就陪在他们身边。当他们学习上遇到困难时，我耐心解答；当他们产生不安的情绪时，我温柔安抚；孩子的指甲长了，我给他剪，衣服脏了，我帮着洗。

日复一日，年复一年，真情的陪伴让我成为了孩子们最亲近、最信任的人，成为了他们的第二个"妈妈"。

王姗姗（右侧左二）带领孩子在茶园进行拓展活动

我的每一个学生都有着自己的特殊性，陪伴和教育他们需要付出更多努力。王鲁仪同学是一名重度听力障碍儿童，患有先天性外耳道畸形和内耳道闭锁，入学时特别自卑，不愿与人交流，作为班主任，我下定决心要改变他。我在课上总是尽量多地给他鼓励，课下常常和他谈心；为了让他学会说话，我耐心教他读唇语、学发音，一个字一个音千遍百遍地练习。在我的陪伴和引导下，王鲁仪成长为了一个性格活泼、努力拼搏、成绩优秀的阳光男孩。2018年，他被评为"山东省新时代好少年"，2020年又荣获了第十四届宋庆龄奖学金，成为父母、老师和同学们的骄傲。

"我要与孩子们一起用手中的画笔改变未来，实现梦想。"这是我的工作目标，也是我植于内心深处的理想和追求。作为一名青年教师，思路开阔、思想活跃是我的优势，于是我刻苦钻研，发挥特长，工作不久便为孩子们设计了《感恩父母线描画》《废物利用主题创作》《指印画》《吹画》等特色课程，一经推出，就深受孩子们的喜爱。2018年初，我组织7名听障学生参加"山东省星星火炬书画"大赛，经历几个月的辛苦付出，孩子们获得了晋级总决赛的资格。当孩子们要去北京参加决赛时，我已怀孕8个多月，但我没有退缩，拖着笨拙的身体，仍每天坚持为他们修改作品、讲解技巧。最终，孩子们在全国星星火炬书画大赛中全部荣获金奖。消息传来，我喜极而泣，倍感骄傲和自豪。

青春就要善于创新、勇于实践。为了让学生学会更多本领，我利用产假时间，自费学习了非物质文化遗产——湿拓画，并熟练掌握了这门技艺。回校后，我向校领导提出开设这门课程，并成立了湿拓画社团，教学生在制画的同时也学习制作各类衍生工艺品，让学生既领悟艺术的魅力，又能学会一技之长。2019年，我执教的《湿拓画的基本技法》一课，在泰安市特殊教育德育优质课评选中获得第一名。2022年3月，《中国青年报》刊发了由我指导学生完成的清明节绘画作品《忆暖》，并在"温暖一平方"板块，特别报道了由我负责的学校美术教学工作，获得社会好评。这不仅让人们了解了我校的特色教学，也让大家看到了这群特殊儿童的自立、自信和自强！

王姗姗为特殊儿童上安全教育课

2015年9月起，学校开展为全市重度残疾少年送教上门工作，这是一项全新的挑战。作为一名青年党员，我第一时间报名，每周驱车30公里，到汶阳镇14名残疾孩子家中上课。7年来，我坚持按时送教，从未放弃过任何一个孩子。

我送教的学生小文，是一名脑瘫儿童。第一次来到他家时，他小小的身体瘫躺在沙发里，眼睛里充满了对我们的抵触和戒备。经过初步的安抚和接触，我发现他双腿肌肉严重萎缩，失去运动能力，双手的手指也在开始慢慢僵硬。看到这一幕，我的心被狠狠地刺痛，眼前的这个孩子只有 9 岁而已，却面对着如此的痛苦和不幸。我在心里问自己：假如他是我的孩子，我该如何培养他？于是，我坚持每周 2 次到家中给他上课、做康复训练，5 年的坚持，换来他点滴的成长。从刚开始的不识字、不认数、肌肉严重萎缩，到后来的自己写字画画，再到现在自己穿衣吃饭，解决基本的生活自理问题，小文的身体素质和认知都得到了明显提升。现在的小文已经把我们当成了陪伴他的家人，在校忙于工作的我们，经常会收到他打来的问候电话，还会询问我们什么时候能去他家中上课。在这种期盼中，我们收获了孩子的信任，也更加明白了送教上门的价值和意义。

习近平总书记说，青春由磨砺而出彩，人生因奋斗而升华。9 年的特教经历，让我深深体会到，没有爱干不了特殊教育，不用心干不好特殊教育。在青春向上的年纪里，只有甘于奉献，乐于付出，才会收获更多美好。当我听到聋哑孩子在慢慢发音，看到脑瘫孩子在慢慢康复，欣赏到自闭症孩子精彩的艺术作品，我知道，所有的努力都值得，因为它们培育出世间最美的花朵。作为一名新时代的青年党员，我将继续坚定理想信念，牢记育人使命，扎根特教杏坛，以爱的火苗，去点燃这群特殊的孩子心灯，照亮他们的未来行程！

30 年坚守铸就"信义"金字招牌

宁阳县鹤山镇党委委员、副镇长　殷曙光

8 月 25 日，中央宣传部、中央文明办在京召开座谈会，深入学习习近平总书记给"中国好人"李培生、胡晓春重要回信精神，宁阳县"信义兄弟"王长信作为"中国好人"代表之一在座谈会上作了典型发言。

2018 年 11 月信义兄弟荣获"全国诚信之星"

"信义兄弟"是鹤山镇人，大哥叫王长义，老四叫王长信，他们用30 多年的坚守，铸成了"信义"的金字招牌。

"1983 年，我退伍返乡，和大哥凑了 300 块钱，每天起早摸黑、走村串户收购粮食，再送往宁阳、泰安等地的面粉厂。"王长信回忆说。

当时，粮贩子坑农现象时有发生，农民对上门收购的粮贩极不信任，却争着把粮卖给王长义、王长信兄弟二人。"老王宁可自己亏点儿，也不会给俺少一两，价格上还比别人贵一分，秤杆子实诚。"山后村村民张秀良说。一来二去，十里八村的百姓认准了这对实诚兄弟，鹤山镇大部分村民的粮食都被兄弟二人收购了。

1998 年的一天，王长信到泰安芝田面粉厂送粮，会计将一摞 5000 块钱现金当 3000 块给了他。回家后，他才发现多了 2000 块钱。2000 块钱，当时足以支付厂里 2 名搬运工 3 个月的工资，还可以解决第二天收粮缺钱的燃眉之急。拿着钱，王长信却吃不下饭，"咱做的是良心买卖，不能赚这昧心钱，得给人家送回去！"疲惫的王长信立即开车返回一百多里外的工厂。深夜，厂内漆黑一片，唯独会计室还亮着灯，会计正一遍一遍数钱。接过王长信送回的 2000 块钱，会计泪流满面，拉着老王的手不放："多亏您把这钱送了回来，否则我得用 4 个月的工资还啊！"

在近四十年收粮、送粮过程中，类似的情况不下十次，但每次王长信的第一反应就是"送回去"。随着兄弟俩做的一件件实诚事被口口相传，越来越多的人愿意跟他们做生意。

粮食贩得久了，兄弟俩商量着在家乡建个面粉厂。两人一拍即合。2005 年，长信长义兄弟筹集 12 万资金，注册成立了泰安市金麦香面粉制品厂。

"信义兄弟"在生产车间巡查

厂子一建成,他们就把"诚实是美德,信用是生命"用红色大字写在了厂区墙上。为解决农民储粮"夏要防潮、秋要防虫、冬要防鼠"的心病,他们琢磨出"粮食代存"的经营之道。对于老百姓存在厂里的粮食,坚持"粮价随行就市、钱粮立等可取"。

当年八九月份学校集中开学,粮农扎堆取钱。一位种粮大户老刘存在厂里的小麦超过60吨,存粮时,出于信任他连粮价是多少也没问。后来他急需现钱,要取,他大概记得存时每斤1块1毛多,而时价已经涨到了每斤1块2毛4,媳妇听了很是埋怨。然而,他来到厂里后,"信义兄弟"认真核对,根据"粮价随行就市"的承诺,最终以每斤1块2毛6的价钱给他结清款项。回村后,老刘和媳妇成了他们的义务宣传员:"老王兄弟真讲信用,把粮食放到他那,靠谱!"一时间,前来存粮的粮农络绎不绝。"面粉厂代存粮食的储户有1008户,年存储粮食3010吨",王长义在账本上清晰记录着。

后来,为了提高粮食品质,带动更多群众致富,他们又整合周边村庄土地成立了粮食合作社,通过"基地+农户+企业"的形式,从源头上管控原粮质量。他们跟粮户制定标准、签订协议,在定价上每斤要比普通粮食高2-5分,但在入仓之前会严格把控水分检测、过筛去杂等程序。这样一来,既提高了粮户收入,又保证每一粒粮食都是优质原粮。

2011年中秋节,就在王家兄弟聚在一起准备吃团圆饭时,却等来了个坏消息。81岁的老父亲王守平在骑车回家的路上遭遇车祸,一辆拉石子的卡车侧翻,把老人埋在了石子底下。那年中秋,一家人在医院急诊病房外焦急度过。

万幸的是,抢救及时,父亲没有生命危险,却也落下半身不遂的后遗症。看到原本身体硬朗、还能下地种菜的父亲如今躺在病床上,吃喝拉撒全都需要照顾,王家兄弟一时不能接受。肇事司机匆忙四处筹钱,等待王家兄弟"狮子大开口"。"再多的钱也换不回父亲的健康,我们一家人已经陷入悲伤,不能再让另一个家庭塌了天。"望着满脸愁容的肇事司机,他们做出了令人意外的决定，当天让他从交警队提走了事故车，并表示不再追究法律责任，除住院花费的 1 万元，王家兄弟没再要车主一分钱。王家兄弟的宽容大度，让车主既愧疚又感激，总是隔三差五提着礼品来看望老人，时间长了，两家人竟然成了好朋友。

良好家风的传承，既影响着后辈人，也支撑着企业的发展，更源源不断地扩散着正能量。2016 年精准扶贫政策出台，面粉厂生意红火稳定，兄弟俩主动响应号召，将全镇 7 个省市级贫困村所有扶贫资金放入厂里入股委托经营，贫困户定期拿红利吃分红。在信义兄弟支持下，这 7 个贫困村用了两年的时间全部摘帽。

每年春节，信义兄弟都会走访慰问村里退休的老党员、老干部，送去面粉等慰问品。每年的"金榜题名"活动，兄弟俩都义务资助贫困大学生，多年来向颜子教育发展促进会累计捐款 4 万余元。镇里举办广场舞大赛、登山比赛等各项文体活动，信义兄弟都积极地提供各种资金和物质帮助。

翻看王长义、王长信的人生日历，我们发现，每一页都平凡得如同海滩上的细沙，朴实无华。几十年对信义的坚守和执着，让普通的沙子也拥有了珍珠般的璀璨。"信义兄弟"先后荣获全国道德模范提名奖、首届全国文明家庭、全国诚信之星、"中国好人"、全省道德模范、山东好人、改革开放 40 周年感动泰安人物等荣誉称号。

"信义犹如一粒种子，只要播种下去，就能在千家万户生根发芽。我们将把习近平总书记的嘱托时刻放在心上，坚持质量第一、诚信经营，始终做群众放心的'信义兄弟'。我们还要坚持言传身教，一辈做给一辈看，一代讲给一代听，让信义家风代代相传。"王长信说。

为农民生产放心肥

山东农大肥业科技有限公司党支部书记、董事长 马学文

20 年前，我创建山东农大肥业科技有限公司，正式开启了企业发展之路。经过 20 年的发展，公司逐步发展为涵盖腐植酸肥、缓控释肥、生物肥、土壤调理剂等核心产品的百万吨级新型肥料生产企业，目前是腐植酸肥料行业标准起草单位，是亚洲最大的活性腐植酸缓释肥生产基地。

马学文在新厂区启动仪式上讲话

化肥，没有人比我更了解。20 年来，我只专心做"化肥"这一件事。从山东农业大学毕业后，我留校做了一名教师，从此也跟农业结下了深厚的缘分。从大学教师到企业创始人，我深知前路必定充满艰辛，但我觉得这是一件有趣且十分有挑战意义的事。

从创建企业那天起，我就一直把产品的研发视作生命线，为了有准确的技术判断、掌握第一手资料，我带领团队一头扎进土地搞科研，走南闯北做研究、搞化验，把实验室搬进了田地里，各地区的土壤墒情、不同作物如何施肥等张口就来。有人说我是真正把论文写在了大地上，而这论文的内容是我 20 年对肥料事业不懈地坚持与付出。

庄稼是我们的粮食，肥料是庄稼的粮食。为了解决土壤调理剂无法成粒的难题，认真践行"藏粮于地，藏粮于技"这一理念，我带着研发人员在实验室、车间、农田"三点一线"反复试验，率先推出了土壤调理剂颗粒，深受广大种植户欢迎。还先后建立起3个国家级研发平台，取得了60余项专利成果，参与制定了3项行业、国家标准，这一切都被认为是行业科技创新的典范，形成了农大肥业的核心竞争力。

不断向高附加价值的区块移动，才能持续发展。腐植酸肥料施用到土壤中后，可促进土壤团粒结构的形成，改善土壤的结构，提高土壤的保水、透气能力。从结构上看，腐植酸拥有的多种功能基团，可调节土壤酸碱度，并通过络合、螯合、还原作用将有毒的重金属固定在土壤表面，以降低重金属的毒性。不断深耕腐植酸技术研发，专取一域，扬长才是取胜之道。

坚持与市场结合，不断向研发和市场等附加价值高的区块移动与定位，坚持产学研相结合的可持续发展模式，在保持产品质量稳定、成本较低的前提下，我们整合以山东农大为代表的内外部专家和研发人员，掌握核心技术并集成研发新型产品，形成了"腐植酸+"产品系列。同时与国内外10多家高校和科研单位建立起紧密的科研合作关系，在全国农业技术推广服务中心的指导下，开展了腐植酸肥料的示范推广；与全国农业技术推广服务中心深化战略合作，全面开展腐植酸肥料与土壤调理剂示范推广，为国家粮食增产、土壤改良贡献力量。

马学文（左一）与山东农业大学联合培养研究生

在企业生产经营的前、中、后三端，附加价值更多体现在研发与市场两端，而处在中间环节的制造，附加价值最低，明白这个道理，就明白了企业的发力点所在。没有研发能力，就只能做代理或代工，赚一点辛苦钱；没有市场能力，再好的产品，卖不出去，也相当于没有。这就要求我们，不断向高附加价值的区块移动，才能持续发展。

马学文（左二）和技术人员在麦田里研究小麦长势

研发端，我们不遗余力搞投入，始终保持将营业收入的 4% 投入研发。公司现有技术人员 165 人，硕士及以上人员 50 人，中级以上职称人员 56 人，引进院士等高层次人才 29 人，外聘专家教授 29 人，组成了一支专业技术强、组织结构合理的研发团队，建有 5 个国家级科研平台、5 个省级科研平台。公司发展二十年，始终保持优势、扬长取胜的路线，产品以及产品研发投入始终走在行业的前列：公司研发的腐植酸肥，时至今日仍受到全行业的追捧；公司将从内蒙古运来的羊粪有机肥，经过发酵后与无机肥料结合，生产出了现在行业提倡使用的有机—无机肥；作为国内最早引进控释肥的企业，将专利技术推广到行业，并保持控释肥技术行业领先；在行业内较早研发并推广土壤调理剂产品。

市场端，我们全力以赴搞运营，营销人员始终保持公司人员的 30% 以上。去年，为了帮助河南省开封市杞县解决大蒜个头小、产量不高等问题，我们专门派遣上门服务人员，一靠就是几个月，在充分了解实际情况后，公司服务人员立刻将信息反馈到公司的研发部门，研发出了适合他们地区种植的复合肥。在大蒜的收获季，工人向种植户强烈要求，每亩大蒜的刨收工钱多加50元钱，原因是，用过我们研制的复合肥后，大蒜蒜头大，根系发达，实在太难刨，两三个刨蒜工人的手都磨出血泡。这听起来像开玩笑，事实上这正是很多种植户在试用农大肥料后常发生的事情。种植户当场表示，以后就用农大的肥料。我们利用"田间地头一手信息反馈—精准靶向科技研发—为用户组合优化套餐"的施肥方案，让更多的种植户获得更大的效益，实现了种植户、公司双赢。

做农民用的放心肥料是企业发展的命根子，我们一直秉持"诚信、共赢"的理念，并逐渐形成了独特的"企业文化"。为了深入践行这一理念，公司牵头成立科技商学院，累计开展农化技术培训服务2.1万场次，培训种植户300万人次，用诚信服务农民；开展农大科技村建设，累计建设农大科技村1万个，将产品、服务普及到村庄田间，用品质造福农民。

作为肥城老牌企业，我们开展农技惠民服务，创新建立了以技术服务为支撑，以农化学院为载体的专家团、农化讲师团、基层推广团三级培训推广团队，借助数字农业平台协助农民解决种植难题，率先在全国建立了30000个"农大村"，每年组织开展技术人才培训200余场次，农化服务讲座5000余场次，将农业技术送到千万农家；以党员和入党积极分子为主体，成立义务农化服务队，为农民免费测土配方，并提供种植技术、施肥技术、病虫害防治技术等相关技术支持；与山东农业大学联合无偿培养硕士研究生，目前已招生3届90人。与肥城市安驾庄镇安刘村、三岔口村、王付泉村，仪阳街道王晋村，王瓜店街道张家屋村等建立帮扶关系，先后为5个村送去五十余吨肥料和种植技术培训服务，帮助他们技术脱贫。

未来，我还要继续以国家"生态农业、绿色发展"战略为导向，带着公司把肥料事业进行到底，为农民生产出更好更优质的中国化肥。

我相信生命无价　哪怕逆流而上

新泰市青云街道派出监察室副主任、四级主任科员　王萌萌

在全国见义勇为道德模范赵利的颁奖词中，这样说道："见义勇为、舍己为人，生死关头、无畏担当。用满腔热血，护佑山河无恙，用英雄壮举，弘扬人间正气。"

赵利（右一）在全国道德模范颁奖现场

他 37 年默默守护在青云湖畔，救起落水人员 16 人，义务打捞 40 多位溺亡者，17 次参加水上搜寻救援行动，成功找回意外走失的老人和孩子 112 人，被誉为"青云湖畔的生命守护神"。

是什么让他在危难时刻挺身而出，是什么让他有了这样的坚持？

赵利是新泰市青云街道管家洼村人，家住在青云湖边上，当过海军的父亲很早就教会了他游泳。6 岁那年，他和父亲在水边玩，听到有人落水呼救，父亲撇下他就跳进水里，一瞬间消失在了水面上，年幼的赵利大声呼喊着却听不到回应，直到父亲气喘吁吁、浑身发抖地将人救上了岸，他哭着说："爸爸，我好害怕。"父亲说："孩子，见死不救有罪啊！"这句

话深深印在了赵利的心里，也像人生的信条，指引着他在今后的助人救人道路上越走越坚定！

回想起第一次救人的经历，赵利记忆犹新。那是 1985 年冬天，几个孩子在青云湖边打闹，突然一个孩子不慎落水。小孩子本身就不会游泳，加上受到惊吓，不断挣扎，离岸边越来越远。眼瞅着小孩冒着水泡向下沉，闻声赶来的赵利脑海中想起了父亲说过的话，他咬了咬牙，扒了衣裳一个猛子扎了进去。冬天的湖水冰冷刺骨，初次下水救人的他自己心里也没底，但他不断在心里告诉自己："不能放弃，否则这孩子的命就没了。"一次次潜入水里搜寻，冒着生命危险、拼尽最后一丝力气，终于，他抓住了落水孩子的手，成功将孩子托出了水面。那一年他才 17 岁。

1990 年腊月，赵利为了搭救一位轻生投湖的妇女，来不及脱掉棉衣就跳进冰冷的湖里，穿着棉衣的他在水里泡了将近一个小时，才将人救上岸来。妇女得救了，可赵利一回家就发起了高烧。媳妇在一旁心疼地直掉眼泪："你救人是好事，可你要有个好歹，让俺娘俩怎么过啊！"这时，他半开玩笑地说："你别怕，俺命硬着呢！"

救人难，打捞溺亡人员更难。遇到这种事儿，一般人都躲得远远的，可是，只要赵利知道了，总是第一时间赶过去。因此，十里八乡都知道青云湖边有个老赵，心眼儿好，水性好、会救人。可是谁又知道，一次次冒着生命危险潜入水中，将冰冷甚至发酵的尸体打捞上来，不是常人所能承受的。经常有人问他："老赵，你图个啥？"赵利说："找到尸体是对活着亲人的告慰，这个事总得有人干吧。"多年来，他帮助打捞出四十多位溺亡者，从来没收过一分钱，那一面面锦旗上记载着他见义勇为、舍己为人的事迹。

在多年的救人过程中，赵利意识到：一个人的能力总是有限的。2020 年 8 月，他发起成立了同舟公益救援志愿队，提供水上应急救援、协助搜寻走失人员等志愿服务。一人呼，百人应，一百七十多名热爱公益、甘于奉献的新泰人加入到队伍中，他们的志愿救援行动，也逐步扩大到了周边县市甚至省外。

2021 年 7 月，一场百年不遇的洪水突袭河南，赵利带领 9 名队员主动请战，冒着大雨连夜赶往抗洪救灾第一线。23 日凌晨，志愿者们抵达新乡市牧野区，立刻投入到救援当中。村民的房子被淹没，看着房顶上急切等待救援的群众，志愿者们冲他们喊出了最有力量的新泰声音："别急！别急！我们来接你们了，一定会把你们安全转移！"

同舟公益救援志愿队奔赴河南抗洪救灾一线

最危险的一场救援行动发生在第二天，当时有 3 个孩子 4 名妇女被困在一个房顶上，志愿者们开船进入胡同开展营救，刚把最后一名妇女接上船，洪水激流突然就灌进了胡同。志愿者们连忙把船开到最大马力，但即便这样，也只能勉强维持船身顶住激流不被冲走，根本无法前进半米。事后赵利回忆说："如果当时开的是 18 匹的救生艇，而不是 40 匹马力的救生艇，我们可能都被洪水冲走了。"在大家的共同努力下，最终坚持到洪水退去，成功把被困群众转移到了安全区域。

就这样，从 7 月 23 日 1 时到 26 日 3 时，志愿者们连续开展了 3 天的救援行动，成功转移被困群众一千余人，其中包括敬老院老人 83 人。3 天里，志愿者们身上全是伤痕，双脚泡得肿胀，连鞋子都穿不上，渴了喝口矿泉水、饿了就吃包方便面，每天只能轮流休息两三个小时……当把被困群众全部救出后，他们却拖着一条报废的救生艇，在凌晨悄悄离开了，没有惊扰任何一名群众。这是他们与这座城市之间独特的告别方式。

　　"欢迎英雄凯旋回家！"新泰市民自发聚集在明珠广场，迎接他们的到来。看到勇士们一个个拖着疲惫的身体从车上下来时，大家只能用雷鸣般的掌声表达对他们的敬意。当记者采访赵利时，清瘦黝黑的他含着泪水只说了一句："能带兄弟们安全回家就好。"

　　山东好人之星、山东好人十大年度人物、山东省道德模范、中国好人……一个重过一个的荣誉、一摞一摞的证书见证着赵利既平凡又不平凡的经历。2021 年 11 月，赵利被评选为第八届全国见义勇为道德模范，也是泰安首位全国道德模范，在人民大会堂受到了习近平总书记的亲切接见。

　　为充分发挥榜样的力量，带动更多的人学好人、做好人，新泰市委决定实施"德润平阳"道德模范孵化工程。而今，在碧波荡漾的青云湖畔，一座以赵利命名的道德模范工作站正式建成使用，让榜样的力量化作绵绵细雨浸润平阳大地，为文明城市、志愿之城建设提供丰厚的道德滋养和强大的精神动力。如今，全市 21 万名志愿者，像赵利一样，走进田间地头、社区院落等开展形式多样的志愿服务活动，以实际行动弘扬志愿精神，在平阳大地树起了一道道亮丽的风景线，处处绽放！

乡村振兴路上的"闯将"——卢运忠

宁阳县东庄镇文旅办副主任、团委副书记 郑爽

在泰安市宁阳县东庄镇，有个有着千年历史的小村庄——南故城村。据考证，这是春秋时期鲁国古邑郕城旧址。在历史的长河中，南故城村几经起落，20世纪80年代末，更是成了人均纯收入不足1500元、集体负债26万元的落后村。

卢运忠（中间者）主持召开党员会议

转机从卢运忠担任党支部书记开始，经过近30年的努力，2021年，南故城村村集体收入达到300万元，人均年收入达到3.2万元。

郕城地理位置险要，自古为兵家必争之地。在历史的长河中，这片土地上留下了许多的英雄故事，也将争强好胜、敢闯敢干的性格融入了东庄人的血脉。

1954年出生的卢运忠在24岁那年入伍，在部队中，他先后8次得到嘉奖，并荣立三等功一次。1985年，从部队转业后的卢运忠跟亲戚朋友借款，买来12辆拖拉机跑起了运输，这在当时引起了不小的轰动。但是，大家都对他有信心，相信他的眼光和魄力。"光'债主'就记了满满的一

页。"卢运忠回忆。靠着一股子"闯"劲，卢运忠将宁阳的煤炭运往了济南、济宁等地。

随着生意的日渐红火，"闯将"卢运忠的名号渐渐叫开，他也"闯"得了村民的信任。1997 年，卢运忠当选村党支部书记。在全体村民会议上，他郑重承诺："我们村绝不能再继续穷下去了，我们要靠党的好政策、要靠自己的双手富起来！ 3 年内，如果我不能让我们村有大的改变，不能让大伙都吃饱穿暖，我就辞职让位。"

俗语说，光说不干事事落空，又说又干马上成功。群众的心是最公正的。卢运忠是个特别爱"学活"的人，日常农活耕耙耩扬且不说，开铲车、干电气焊也是样样精通，村两委干部

卢运忠（左二）在施工现场

在卢运忠的带动下，也都成了"全能干部"。在建设村里第一个厂房时，为花最少的钱办最多的事，卢运忠没舍得多找工人，自己当起了"大工"，脏活、累活、重活都抢着干，全体村干部也都齐上阵。2002 年 12 月 16 日那天，定好了第二天砌纸浆池，建筑队嫌村里给的价格低，临时退场。为不影响工期，晚上卢运忠招呼全体村干部一起，扛着工具来到了工地，在已经结冰的地上挥汗如雨。经过一整夜奋战，第二天凌晨 5 点，一个深2.5 米、直径 4.5 米的浆池终于挖好了。拖着疲惫的身子回家休息的时候，卢运忠才发现自己的右脚不知何时已经肿得脱不下鞋来。早晨 8 点，卢运忠又一瘸一拐地来到了工地，回头一看，村干部又一个不落地都赶来了。凭着一腔热血、一心为民的劲头，卢运忠"闯"得了群众的支持和信任。

有过多年从商经验的卢运忠知道，无农不稳，无商不富，多业态发展才能致富。为了带领村民致富，卢运忠曾经带着馒头和咸菜南下温州、深圳考察学习；也曾经为了让客商投资，在外一蹲一个月。2016 年，了解到蓝致制衣要找地方投资建厂的消息后，卢运忠立马主动靠上对接。经过考察，蓝致制衣负责人张海峰相中了南故城村原来的村委大院。但是，经过初步测算，张海峰觉得自己建厂房投资过大，想要放弃。卢运忠了解后，提议由村里投资建设厂房，租赁给服装厂，同时，为了解决公司办公问题，卢运忠主动将办公楼免费给公司使用。满满的诚意打动了蓝致制衣，公司最终在南故城安下了家。说一千道一万，不如踏踏实实干。一件件实实在在的举动，让众多外地客商慕名而来，毫不犹豫地落户于此。这些年来，南故城村先后兴建厂房 21000 平方米，引进了大友服饰、欣鸣塑业、蓝致制衣、东犇奶牛、金工机械等 9 家民营企业，全村工商业户也发展到 147 户，村里 500 多名群众实现了家门口就业，人均年工资达到 3.6 万元。

随着化肥、种子等农资成本的上涨，老百姓农业生产效益越来越低。2016 年，卢运忠又带领村两委干部先后前往新泰、聊城、德州等地实地学习考察为农服务中心的市场前景和建设情况，在镇党委、政府的指导下，研究

南故城村幸福食堂

确定了为农服务中心的建设规划。由镇政府牵头，联合宁阳县供销社、烟农、南故城村委会以入股经营的方式，投资 300 万元建成了占地面积 15 亩的为农服务中心，搭建起"一站式"农业社会化综合服务平台，辐射带动周边乡镇九十余个村、15 万亩农田的农业生产。

在南故城村，村民对卢运忠最认可的一个称号就是"大孝子"。卢运

忠带领南故城村为老年人提供了食、住、医、娱一条龙服务，真正实现了老有所养、老有所住、老有所医、老有所乐。2007 年，南故城村为 68 名70 岁以上的老年人办理了社会养老保险，2009 年为 120 名 60 岁以上老人办理了"银龄安康"意外伤害保险、医疗保险；自 2009 年，村里先后投资 1400 余万元建设了 4 栋老年公寓，全村 320 位 60 岁以上老年人全部免费入住；投资 270 余万元建设了文化大院、农家书屋、百姓讲堂和 6300平米的新时代文明实践广场，购置安装投影仪、广场 LED 大屏幕、音响、健身器材等设备；投资 320 余万元建设了老年人综合服务中心、老年食堂、综合培训中心，65 岁老年人一日三餐都在老年食堂内免费就餐，解决了村民养老之忧；投资 30 余万元，建成"德孝堂"殡仪服务中心，推行"一碗菜"代替"流水席"、音响代替吹鼓手等"五个代替"，每次丧葬费用缩减到 3000 元以内，每年为村民节省费用 160 余万元。卢运忠还积极协调相关部门，为老年公寓配备保健医生，定期为 60 岁以上的老年人免费查体。每逢重要节日，为全村 60 岁以上的老人发放大米、面粉、面条、花生油等生活必需用品，给老年人送去节日的祝福与温暖。

"美好的生活要靠一股子'闯'劲。"卢运忠常说。在新时代的伟大征程中，南故城村这个古老的村落正绽放出绚丽的容颜。近年来，南故城村相继荣获"全国民主法制示范村""全国示范型老年友好型社区""全国综合减灾示范社区""省先进基层党组织""省级文明村""省级卫生村""省先进基层党组织"等荣誉称号。卢运忠也先后荣获"全国劳动模范""山东省劳动模范""齐鲁和谐使者""泰安市优秀人大代表""泰安市优秀党务工作者"等各类荣誉称号，连续当选泰安市第十四届、十五届、十六届、十七届人大代表。

卢运忠说。"我感觉自己做得还远远不够，我愿继续听党话、跟党走，继续做一头老黄牛，用我所有的力气耕耘这片生我养我的土地，让南故城村拥有更加美好灿烂的明天。"

种子的梦想

泰安市汶粮农作物专业合作社理事长　庞慧

  我叫庞慧，是岱岳丰源协会党支部书记，也是一个专注于"种子"的普通农民。一粒小小的种子，有生根、发芽、成长、结实的梦想，我也有一个关于"种子"的梦想。回顾这些年来协会的发展和我的个人成长，"带头致富、回报乡亲"的入党初心，就像一颗种子一样，在我内心深处生根发芽，开花结果。

庞慧田间查看麦穗长势情况

  与种子结缘，"汶阳田"里当好新农人。我的父母都是农民，我的家乡在大汶河畔，那里有灿烂的大汶口文化、古老的明石桥、曾经繁华的山西会馆。大汶口有着"自古文明膏腴地，齐鲁必争汶阳田"的美誉，很早就有培育种子的传统。一个偶然的机会，我到了大汶口镇种子站上班，从此就与"种子"结缘，一干就是二十多年。育种这个活儿，一方面需要每年不断地进行杂交组合，从上百万株的后代中选择出符合要求的优良株系，另一方面需要理论基础和育种技能，于是我一边在地里干活，一边读书学习，考取了泰安农业大学农学专业。带着知识做新时代的农民，很快我就成了业务骨干，2007 年，在组织的培养下我加入了中国共产党，于 2013 年创办了泰安市汶粮农作物专业合作社，成立了岱岳丰源育种协会。我们扎根家乡农村，投身种业科研第一线，集育种、试验、示范、推广、服务于一体，先后被认定为国家农民合作社示范社、全国星级统防统治服务组织、山东省生态循环农业示范基地、泰安市十佳合作社。

与科技同行，舌尖上的粮食保安全。种子是农业的"芯片"，汶粮合作社的良种，全部种植于国家重要农业文化遗产——大汶河畔的汶阳田。合作社现在流转土地 1030 亩，建成高标准试验田，建有完整的试验育种体系，但是合作社成立之初，有的村民不愿加入合作社，有的村民对农业新技术推广持观望态度，为了了解实情，帮助农户真正解决生产上的难题，我天天骑着电动车走村串户，经过几年发展，现在合作社有社员七千八百多名，带动辐射周围 15 个行政村，农户一万两千余户，户均年增收四千余元。

"藏粮于地，藏粮于技"，合作社充分利用高科技设备＋物联网系统，构建起先进的智慧农业服务体系。在病虫害防控上，根据田间监测情况，精准施药、精准防控，减少用药量，提高防治效果，有效预防了病虫害发生，每年组织开展"一喷三防"，有效预防病虫和干热风，保障粮食丰产丰收。

今年 6 月份，小麦新品种"泰科麦 45"高产攻关田实打验收亩产为843.37 公斤，创历史新高。除了"泰科麦"，合作社还创建了"汶登丰""泰山谷源"等知名品牌，旗下的小麦和玉米，已经通过了山东无公害认证、国家绿色食品认证，今年，"汶登丰"牌小麦种被评为山东省知名农产品品牌。

与时代共振，智慧种业发展促振兴。乡村振兴战略的提出，又为育种业发展提供了千载难逢的机会，要想借上这东风，必须得把育种事业做大做强。新流转 200 亩土地，和山东农大、农科院、山东科学院等单位合作，建立了省长指挥田、省试验基地，省长指挥田连续 5 年产量实打居全国第一；承接的"高产创建示范与推广"项目荣获国家农业部一等奖。

合作社聘请来自山东农业大学、省农技推广中心、省市农科院等单位的 10 位专家教授，加快引进、示范、推广新品种新技术步伐，每年组织开展各种科普惠农培训和讲座六十余场次，现场观摩达一千多人次，培养了 32 位基层农技人员和近百位生产一线的技术型农民，还多次承担各级农业农村部门的现场会，受到各级领导和专家的好评。

合作社利用大型机械进行小麦机收作业

目前，协会育种试验田达到了 600 亩，生产基地 15000 亩，年生产销售小麦良种一千多万斤，帮助 6 个村集体分别增加年收入 15 万元。协会被评为省级优秀组织，我个人也荣获"齐鲁乡村之星""泰安市劳动模范"等三十余项荣誉称号。

习近平总书记对于粮食安全这个"国之大者"非常重视，他在讲话中强调："对我们这样一个有着 14 亿人口的大国来说，农业基础地位任何时候都不能忽视和削弱，手中有粮、心中不慌在任何时候都是真理。"

我是个农民，种好地，就是我作为一个农民的使命；我是一名党员，带着大家伙一起过上好日子，就是我作为一名党员的使命。脚下沾有多少泥土，心中就沉淀多少真情。我将和党员们一起继续在这片希望的田野上，用汗水浇灌收获，以实干笃定前行。这就是我的梦，一个共产党员的梦！

"全球三分之一"背后的精神图谱

威海高新区党政办公室科员　梁少杰

说起任何一项数据，能够占到全球的三分之一，我想不是每一个城市都能有这样的底气。而我要讲的这个故事关于是打印机、关于威海的，它背后不仅仅是从无到有，甚至它是一个从负到有的历程。

威海打印机的家底，数得上的也就韩国三星了，但是几年前，这个家底也面临着留不住的风险，三星要调整全球的产业布局，其中，威海 A4 打印机和苏州 A3 打印机制造要转移到越南。此举如果施行，我们将面临 117 家配套企业倒闭，2 万多人失业。所以，留住三星是我们当时的首要工作。

当时，三星的管理层已经进行了越南语的培训，一切看似已成定局，但我们相信，只要一天未启动搬迁，希望就还在。我们从产业链入手，去寻找穿墙而过的光亮，招商团队分组去苏州和韩国、越南三地调研，围绕三星

与三星洽谈现场

的产业优劣势，一套精准施策的方案摆在了三星决策者的面前：半年内，扩建 10 万平方米厂房承载 A3 打印机产能，同时实现"厂房就地建、产业全链条、供货零库存、配套零距离"。

方案可以说精准拿捏住了韩方的核心诉求，接下来的问题就是兑现方

案。韩方认为这不可能完成，因为这么短的时间建设如此规模的厂房，在韩国历史上从未有过，而这个转折源于一张名片，威海高新区的主要负责人在与三星谈判时，并没有展示他的工作职务，而是亮出了他高级工程师的身份，这才让三星高层将信将疑地等待我们的厂房建设。随后，当我们用"中国速度"提前完工时，三星高层不禁感叹：能代表中国速度的不仅有中国高铁，还有中国建筑，这是三星历史上速度最快、质量最好的厂房。随即，三星不仅把苏州A3搬来了威海，还要在威海完成打印机的产业链整合。

经历三星的逆转剧情，我们清醒意识到：全球化布局是"有你无我"的激烈竞争，三星今天留住了不代表明天还可以留住，只有占领制高点，才能掌握主动权。三星的打印机市场占有率在全球占4%，而处于巅峰之位的龙头老大美国惠普超过了40%。因此我们提出，引进惠普。

三星负责人考察A3新工厂

要引进惠普，要将产业链文章做得更加细致，于是，招商团队拆解了惠普A3打印机8000多个零部件，整理了110多家供应商，研究每一个零部件在全球哪里生产、关键供应商是谁、核心技术在哪、我们有什么缺什么、先引进谁然后撬动谁。整理出

拆解打印机零部件现场

链式招商的"目录和地图",再点对点按"图"索骥、精准招商。

向美国捷普、日本富士等全球顶尖配套企业释放出"惠普即将进驻威海"的信号,同时,又将惠普与全球最完备的产业链条"攒"在一起,整个运作,我们把自己作为产业链的推手,导演了一出"无中生有"的精彩大戏,用全球最完备的产业链规划方案来打动惠普,进驻威海。

而在惠普并购案审批的关键时期,威海高新区主要负责人感染了卡喉炎,这是一种会致命的呼吸系统疾病,医生明确要求住院治疗,但他拼了命也要坚持将项目落地,于是在高铁上打着吊瓶转战济南和北京。

还有,美国加州7级大地震、韩国发生致死率达80%的中东呼吸综合征疫情,我们带着使命在这些"鬼门关"前,把一个个项目招了过来,兑现了一项项只能赢、不能输的"军令状"。回顾基地建设历程,一场场惊心动魄的"生死时速"贯穿整个过程,这个过程可以说是掺着血、和着泪的,但是我们上下一心,全力攻坚,我们靠着"敢为天下先"的进取精神、"拆解八千零部件"的专业精神和"不达目的不罢休"的拼命精神,把一个个遥不可及的天方夜谭变成了触手可及的梦想成真。现在,威海电子信息产业园10平方公里的土地上,集聚了惠普、捷普、联想、富士康、华为、富士胶片6家世界500强,以及120多家核心配套企业,建设了本地配套率达92%、涵盖"激光+喷墨+热敏"的全品类基地。

风劲帆满图新志,砥砺奋进正当时,乘着党的二十大胜利召开的东风,威海的打印机产能将超过3000万台,按照2021年全球打印机8900万台的产量计算,全球每3台打印机就有1台产自威海。谈起中国城市,很多外国

发展中的电子信息产业园

人会因为啤酒而提起青岛,但现在,我们可以自豪地说,在全球范围内,提及打印机,人们都会想到中国威海。

传承红色基因　做新时代乳娘

乳山市仁爱社工服务中心理事长　邢素英

乳山，是一座母爱之城，这里有着深厚的革命历史文化传统，革命战争年代，三百多名红色乳娘抚养和哺育1223名革命后代的故事感人至深。在新时代，同样有这样一群志愿者，她们大力传承红色基因，弘扬中华优秀传统美德，给予困境儿童物质帮扶和精神关爱，这些爱心善举温暖了整个城市。在帮扶困境儿童道路上，她们用实际行动诠释了人间大爱，她们就是新时代乳娘——社会妈妈。

仁爱社工社会妈妈团队成立于2018年，现有成员110人，作为其中一员我很荣幸，5年间，我们用朴素真挚的爱心，谱写了一个个助人故事，彰显了乳山作为全国文明城市的深厚底蕴，为红色乳山这座母爱之城增添了一道道亮丽的风景线。

"社会妈妈"为拉手儿童辅导功课

2022年初，社会妈妈秦娓娓联系我说，她一家三口想单独拉手一名儿童，我把小丽推荐给她。小丽16岁，父亲去世多年，母亲身患疾病，母女相依为命。秦娓娓听完急切地说："就让我拉手小丽吧！"从此，小丽仿佛成为秦娓娓的另一个孩子，每次走访，除了助学金，还有大包小包的生活用品、学习用品甚至卫生用品。凡是一个母亲能想到的，秦娓娓都想到了，她的善举，让无助的孩子有了依靠和希望。为了让家住农村的小丽开阔视野，秦娓娓一家三口陪着小丽到河滨公园游览并为她购买各种生活用品。秦娓娓读大学的儿子，把自己积攒许久的400元零花钱和一大摞课外书送给小丽，鼓励她用知识改变命运。小丽深情拥抱着秦娓娓说："您就像我妈妈一样！"这句话是从孩子内心散发出的真情实感，是她从社会妈妈身上体验到的母爱深情！

拉手孩子在"社会妈妈"家中享母爱

小雨9岁，与父亲、爷爷同住，父亲重度残疾不能自理，爷爷打零工补贴家用，做饭洗衣、照顾父亲，这些小雨都要干。第一次见面我问她："你会做饭吗？""会做米饭，馒头靠买。""那炒菜呢？""爷爷教我把菜切好放在小铁盆里，加上油和盐蒸熟了吃。""谁去买菜？""周末邻居阿姨领我赶集买菜。"听着稚嫩童音，看着清纯眼神，我一阵阵心疼。我们自己的孩子9岁时，还是全家人捧在手心的宝，同样9岁的小雨却一边上学一边负担繁重家务，所以每次去她家，我们除了给助学金，还帮她包饺子、做面食，带各种水果、零食。帮助一个困境儿童健康成长，无形中也帮助了一个家庭走向新生活。虽然生活的磨难给了孩子很多心灵创伤，但没有磨灭她生活的斗志，在持续帮扶下，小雨就像小树苗一样在阳光下苗壮成长。

2021年春节前，威海王女士多方打听找到我，说在媒体上看到仁爱社工社会妈妈帮扶困境儿童的事迹，她也想做社会妈妈，请我找4名品学兼优的儿童与她拉手，她愿意每年资助孩子们直到他们大学毕业为止。真是突如其来的喜讯，我把4名儿童信息发给王女士，她回复我："本周末去乳山看望4个孩子。"周末早上8点我与王女士汇合，一上午跑完了4个乡镇的困境儿童家庭，王女士给孩子们送去24000元爱心款和4000元年货，并且鼓励他们说："眼前困难是暂时的，我们共同努力，再大困难都能克服。一定要从小树立远大志向，长大才能报效祖国！"2022年春节前王女士又如期来到乳山走访了8名儿童，给他们送去32000元现金和5000元年货，同时也把社会的关怀、祝福送给儿童和家长。当家长感谢她时，她说："我们个人的力量很有限，最应该感谢的是我们生活在一个风清气正的新时代，生活在一个有难大家帮的好社会！"命运无情，人间有爱。这就是人间真情，这就是无私大爱。

"社会妈妈"为拉手儿童赠送学习用品

在物质帮扶的同时，社会妈妈里的心理咨询师也不忘及时进行心理疏导，让那些平常自卑、胆怯的孩子逐渐活泼开朗起来。为增强他们的自信心和社交能力，我们常带孩子们到公园开展社会融入活动，对于普通孩子来说，郊游和野餐是再正常不过的事，可对于坐轮椅、行动不便的小磊来说却是奢望。有一次在公园野餐，小磊一边吃着新奇的食品一边说："阿姨，这是我第一次野餐，以前我真羡慕同学们能去郊游和野餐，今天我也实现了！"看见孩子脸上幸福满足的笑容，我感觉所有付出都值得。

　　儿童是祖国的花朵，是民族的未来和希望，而困境儿童就像等待开放的花蕾，需要社会给予阳光和雨露。5年间，仁爱社工全体社会妈妈用超越血缘的无私大爱，为94名儿童累计提供资金帮扶12.3万元，物资9.2万元，款物合计21.5万元。我们的爱心如涓涓细流汇成江河滋润儿童心灵，这就是润物无声的新时代乳娘精神！

　　这些社会妈妈帮扶困境儿童的真实故事，朴素、平凡。类似故事还有很多，每个故事都有一股感人的母爱力量，正是这群新时代乳娘用爱心书写着一首首感天动地的红色诗篇，用真情演绎了一出出母子情深的人间正剧。仁爱社工社会妈妈也会继续传承乳山大地的红色基因，赓续革命先辈的红色血脉，用无私奉献和人间大爱为困境儿童撑起一片温暖天空！

攻"冠"战贫的好书记杨秀丽

威海马石山红色教育基地管理服务中心宣教科科员　高圆圆

她是脱贫致富的领头雁，也是疫情防控的守卫者，更是全村信得过、离不开的当家人；面对疫情，她勇于担当，带领村干部时刻走在前、干在前；在做好疫情防控的同时，也不忘抓好村内产业项目的协调推进；在疫情和脱贫面前，她力求两手都要抓，两手都要硬，她就是南黄镇院后村党支部书记杨秀丽。

当疫情发生后，根据上级的安排，杨秀丽第一时间就召集了村干部和党员，并且迅速安排好疫情防控工作。她带头对村内人员开展了"地毯式"的排查，对查出的 17 名有关人员，做了详细的记录，坚持一日三次测量体温，做到人人隔离。在防疫一线，杨秀丽带领村民早出晚归地在村卡口值守、村内消毒……她顾不得照顾在家中坐月子的女儿，一有时间就通过村里的大喇叭给大家宣讲疫情防控的事项，有时大家让她歇歇，她却总说"疫情防控事关重大，我是党员，是支部书记，必须带头冲在前！"

为了抓好村民家庭防线，杨秀丽还将"精致农家"同疫情防控工作结合起来。向全村妇女和家庭发出"精致农家"的倡议，鼓励大家搞好家庭卫生，做到不出门，做好疫情防控。正月里的院后村走街串巷的人不见了，取而代之的是家家户户争创精致农家的热闹场景。肖大爷说："俺村的书记说不让出门，不出门就是给国家作贡献，搞好卫生就是保护自己。他们忙前忙后的，俺支持村里的工作。"在杨书记的影响下，院后村男男女女，老老少少大家有钱的出钱、有力的出力，院后村的群众齐心协力，筑起了一道坚不可破的防疫墙。

杨秀丽（右一）在羊肚菌大棚干活

　　2019年年底，经镇政府牵线搭桥，杨秀丽先后共引进了2000万元投资，用60亩土地开辟羊肚菌种植园，150亩土地发展蓝莓种植项目。当疫情得到控制后，杨秀丽和村干部鼓励大家春耕备耕，尤其是不忘安排好两个项目的复工生产。杨秀丽积极联系投资商和村民，根据相关政策，帮助两个种植基地办理好了复工手续，解决了用工的需求。她还要求村民戴好口罩，按时量体温，分开劳作，同时还联系购买口罩、消毒液等防疫物资，全方位地保障了出工的安全。目前两个基地已经完成大棚建设，开始育苗种植工作，解决了70名农村妇女的就业问题，使他们的年收入增长了近万元。

杨秀丽（右三）在讲述种植要点

在疫情防控期间,杨秀丽发现目前"直播"的销售模式受到消费者欢迎。为提高院后村妇女创业就业的问题,杨秀丽在原有产业的基础上,通过互联网促进经济的发展。她联系了附近的四个经济薄弱村,利用院后村废弃的厂房,建成1100平方米的大馒馒加工厂,用本村合作社种植的五彩小麦,加工五彩大馒馒。杨秀丽还依托现有的乳山牡蛎网络销售渠道,建立了五彩大馒馒网络销售平台,让五彩大馒馒等更多农产品可以通过互联网走出乡村,走向更广阔的市场。

杨秀丽在制作五彩麦花香大馒馒

五彩麦花香大馒馒加工厂目前已投入生产,现在,杨秀丽培养了网络销售团队,邀请本地知名网红传授销经验,全力开启线上线下营销模式。尤其是在2022年举办的第三届中华国际文化旅游博览会、首届中华传统工艺大会上,五彩麦花香大馒馒形态惟妙惟肖,深受社会各界喜爱,打响了胶东大馒馒文化品牌。如今的院后村实现了脱贫由"输血"向"造血"的彻底转变,确保了群众的多重收益,老百姓的生活越来越富足。

面对防疫、脱贫两大攻坚任务,杨秀丽始终脚踏实地,不改初心地带领全体村民以饱满的热情和向上的姿态战疫情振乡村,大家伙儿都坚信,有好书记杨秀丽的带领,好日子,一定在后头呢!

守光明初心　建"精致电网"

国网威海供电公司工程公司安全管理专责　隋石妍

我现任国网威海供电公司工程公司安全管理专责,今年是我从事基建施工工作的第 9 年。记得初到工地时,我的任务是"放电缆"。当第一次钻进黑暗又潮湿的电缆沟时,我的内心是崩溃的,当手被电缆刀一次次划破、想上厕所却怎么都找不到一个女厕所时,我暗想等回去马上就申请换岗位。但 9 年过去了,我依然从事着这样一份工作,不同的是,我从想要"逃离"变成了想要"坚守"。

2021 年 4 月 26 日,我的名字出现在 220 千伏戚家变电站 3 号主变扩建项目的攻关名单中。虽然也参与过多次重难点工程建设,但我依然感觉任务来得有些突然。当时戚家站承载着北部城区 85% 的负荷,承载力已达峰值,扩建势在必行。工程因建党百年保电需要,必须在 6 月 10 日前竣工。平常 90 天的工程期,压缩到 50 天,我第一感觉是,根本没可能。带着迷茫与困惑,我找到了支部书记。他问我:"尽全力想办法了吗? 如果没有就不要轻易说出不可能的结论。这是一场对我们应急动员和安全管控能力的大考。"

一夜之间,一支以安全质量组、施工项目组、物资组保障组为框架的 13 人党员突击队迅速集结。赶工期,首先要保安全,我们以"创无违章现场"为号令,分析风险,编制责任清单,细化涉及 4 个维度、12 个风险点的作战图。

突击队的作战图上,第一个难题就是怎么将 150 吨的变压器运进站。戚家站地处半山腰,在一条曲折迂回坡度大的土路上,路窄、弯多,太多困难都是未知的。把一个庞然大物安全运达目的地,要细致地研究车轮胎走过的每一寸土地。

作为安全质量组组长，我时刻提醒自己必须对"安全线"把控得精准无误。为了用最少的时间最大化地保障安全，我们在工程开工前开车从环山路下口到戚家站门口，摸了十几遍地形，编制进站方案。在最后一轮摸排中，路边不起眼的树枝，引起了我们的警觉。树枝虽小，但所有的剐蹭都可能为日后的运行埋下隐患，因为这个百吨级的庞然大物其实是上万个精密零件的集合体，为了避免哪怕只有万分之一的风险，我们也要付出百分百的努力。于是，清晨 5 点，我们就开始上山修树枝、搬石头。

从黎明到深夜，又从深夜到黎明。随着持续 3 天 2 夜的路面清障平整、树枝修建等准备工作一一就绪，变压器的进站实战在沉睡的城市山头无声打响。还记得那天早晨，牵引车在前面拉、推土车在后面顶，412 米的路，我们走了近 5 个小时，中午 11 点，这个"庞然大物"终于顺利地上了山。

接下来的日子里，现场施工人员主动取消了所有假期，一切都仿佛按下了加速键。施工程序，有效衔接，施工现场，昼夜不息。但故事，有时会朝着意料之外的方向发展。

隋石妍（右一）参加威海戚家 220 千伏变电站扩建工程

变压器安装时，我们发现升高座内的密封垫严重破损，如果不处理，会存在爆炸风险。联系厂家却得知需要定制，没有库存，现场测量加返厂制作，时间至少一个周。一周是整个工期的七分之一，我们耽搁不起，我和项目经理一宿没合眼，反复翻看各种资料，最终，在湖南的一个现场案例中，寻找到了解题的可能。我们决定做第一个吃螃蟹的人，将密封圈放到现场加工。为了保证密封性能达标，我们从材质、尺寸到隔油性能，把每一个细节都反复推敲。第二天中午，拿出了一份现场加工密封圈的图纸。当收到厂里技术专家肯定的答复后，我俩真是高兴得像个孩子一样。难题顺利解决！在这场攻坚战中，现场的每一个人都咬紧牙关又镇定地推进着工程，6月9号晚11点，随着最后一组信号的核对完成，工程在第46天全面告捷！这支"铁军"再次刷新了威海供电公司最短基建工程建设周期记录。然而，10天后，我们便再次出征了。

隋石妍坚守在工程施工作业一线

220千伏福河输变电工程是威海供电公司牢记习近平总书记"精致城市"建设嘱托，落实"精致电网"建设要求的示范样板工程，我们必须以更严格的标准要求自己，力求更安全，更高效。但是甘肃疫情突然严重，10千伏开关柜被封在了厂里，工程出现了30天的空白期，我们每个人的心都被揪了起来。要填补工期空白，就必须把母线桥预埋挂点的工序提前。可是，没有开关柜作参照位置的预埋挂点施工，无异于盲人探路。我们又该怎么去突破？

敢干，不等于蛮干。反复讨论后，我们决定运用建筑信息可视化模型指导母线桥预埋挂点施工，这在山东省尚属于首次。可视化模型是引导预埋挂点施工的眼睛。为了攻克可靠性能和性价比最优的技术难点，我们团队将十多处空间数据和五十多台开关柜信息录入系统，进行了一百多次模拟碰撞和十多次方案调整。最终，最优方案出炉，最大限度地降低了材料消耗，20%的增效率和50%的提质率也为之后的工程争取到宝贵时间和优良的质量。

隋石妍（左一）在变电站投运前认真检查设备

在一次次这样的攻坚克难中，我们团队累计拿下二十余项创新成果，确保了17项重大项目的安全落地。身着蓝衣，心有锦缎。在我们成长的路途上，最为光芒四射的，是一代代"接棒人"，在攻坚克难中淬炼初心，引来蓬勃电力，增添城市活力，让"精致电网"在助力"精致城市"建设中绽放光芒。

新时代，赋予我们新的使命。只要需求在前方，我们就会拼尽全力；只要旗帜在飘扬，我们就坚信战无不胜！

乡村振兴正当时　扎根基层绽芳华

威海高新区经济发展局科员、西车门夼村第一书记　任炫亦

　　我是一个南方城市女孩，从小由奶奶拉扯长大。小时候，奶奶总跟我唠叨，你们这代人可是浸在蜜罐里长大的，体会不到我们在农村吃的苦、受的罪，没过过饥一顿、饱一顿的日子。然而，就是这样在农村吃尽了苦头的奶奶，却在城市工作生活四十余年后，一直心心念念地想回到她出生成长的那个小村落。奶奶对农村的复杂情感，也在我的内心深深埋下了一颗种子。

　　2021年9月，我内心这颗萌芽终于有机会开花，威海高新区党群工作部向全区青年机关干部发出了到重点村担任第一书记、振兴乡村的召唤。我毫不犹豫地向组织报了名。

　　当得知我申请驻村的消息时，同事、朋友纷纷表示不解甚至质疑。城市人、小年轻、留学生，这一个个在我身上的标签不断提醒着我，让我不禁也有些忐忑：当时申请驻村的决定是否做得有些草率？从南方城市到北方乡村风土人情的巨大变化，我是否能够顺利克服？

　　10月，我被选派至初村镇西车门夼村挂职，也是高新区首位女第一书记。我所在的村，是"经济薄弱村"，村党组织软弱涣散。驻村前，我向组织借阅村里的相关材料，与包片、包村干部交流取经，翻阅书籍、查阅网站了解如何当好一名驻村干部。我信心满满地来到村里就职，没想到第一周就迎来了当头一棒。村里有个五保户气势汹汹地到村委找我，质疑民政部门福利发放事宜。

　　刚驻村的我，对各个科室的政策还缺乏了解；晦涩难懂的方言让我一头雾水；纷繁复杂的邻里关系更是让我无所适从。历经几番周折，终于为

老百姓解了惑。这也让我第一次深刻感受到"纸上得来终觉浅，绝知此事要躬行"的道理。驻村不是驻在办公室，而是在乡村村头、农户炕头、田间地头。此后，每逢入户走访，我便跟在村支书、妇女主任身后，立在一旁默默听着、心里暗暗记着。从一言不发到侃侃而谈，短短 8 个月我已褪去青涩与稚嫩，现在的我时不时还能跟乡亲们用威普话拉拉家常。

任炫亦（后排左一）走进村民中开展乡村治理宣传

2022 年 3 月，发生新冠疫情，我值守在村委办公室，一床薄被、一张折叠床面对山里只有几度的寒冷夜晚，就这样整整坚守了 22 天。从信息通知、人员排查、物资保障到信息录入、秩序维护、入户检测。每一个环节，我都亲身参与；每一条通知，我都烂熟于心。也正是在这样的特殊时期，

任炫亦（左一）参与村里核酸检测服务

快速拉近了我与乡亲们之间的距离。静止在岗的我，靠着乡亲们的帮助，吃上了热腾腾的饭菜。有个村民担心我受寒，甚至将为儿子结婚准备的红被褥、袜子、鞋垫送来给我。当疫情解封我离开村委时，正在菜地里忙碌的乡亲们，纷纷停下了手头的活儿，直起身子，向我挥手告别。在这一瞬

间，我第一次感受到老百姓给予我的认同；在那一刻，我突然地意识到当初想来乡村体验生活的想法已在不知不觉间转变，西车门成了我的第二个家，想要守护并尽自己最大的努力发展它。

2022年过年期间，村里的每位乡亲都收到米面40斤，我知道这些东西对普通人来说不值一提。但对于经济薄弱的西车门来说，这是村里老百姓十年以来首次收到物资福利。3月，我积极向上级争取"市级美丽乡村"专项资金100万元，用于村内基础设施建设和卫生环境整治。光营造整洁舒适的乡村环境还远远不够，乡风文明建设也要同步推进。5月，我为村内申请"信用示范村"，开设"信用超市"，引导村民通过遵纪守法、孝老爱亲、义务劳动等赚取信用积分，兑换生活用品。甚至，那个最初对政策不理解的五保户也加入了我们村的志愿服务队。

组建成立村志愿服务队（前排右二为任炫亦）

在全村党员、群众的共同努力下，村里碎石子路变成了混凝土路，私搭乱建变成了美丽庭院，卫生死角变成了共享菜园。如今，农村旧貌换新颜，村民和睦、民风向善，呈现一派欣欣向荣的新农村景象。

乡村振兴正当时，扎根基层绽芳华。在乡村振兴的发展道路上，我们高新区青年干部，要乘着高新区"1152"发展战略的东风，围绕"五区建设"，用奋斗和奉献浇灌这片热土，用担当和热爱守望这座家园。以奋进者的昂扬姿态，以磅礴的青春力量，助力美丽高新区更加耀眼的未来。

护航新时代 奋进新征程

日照山海天旅游度假区消防救援大队森林公园消防救援站站长 李珂

　　白驹过隙，岁月如流。转眼间我也是参加工作十年的一名"老兵"了。2013年9月11日的那天，当南下的火车从济南站驶出后，我就正式踏上了奔赴军营、保家卫国的神圣之旅。2013年11月1日，经过全方位考核历练，我被授予列兵警衔，光荣地成为中国人民武装警察部队的一员，打起背包一声令下，就奔赴到了东南方向美丽的海滨城市——日照。

　　消防救援队伍的使命和职责，与其他国防力量都不相同，他们是苦练杀敌本领、时刻保卫祖国，我们是苦练业务技能，为保护人民群众生命财产安全而英勇奋斗。

2018年10月参加全省消防救援队伍夏季实战化练兵比武竞赛

　　作为消防救援队伍基层一线的一名党员骨干，自2013年参加工作以来，无论是分秒必争的赛场，还是守卫生命的火场，我始终秉持初心、牢记使命，奋战在保护人民群众的最前线。曾先后参加2015年、2016年、2018年全省公安消防部队比武竞赛，并取得优异成绩；2016年、2017年连续两年参加全省公安消防部队打造铁军攻坚组集训班，并获评"优秀学员"。

2015年，"7·16"岚山区石大科技发生液化气罐爆炸。作为第一批到场的首战消防力量，我负责抵近侦察并架设遥控水炮，在现场连续奋战24小时，为火灾成功扑救贡献了个人力量。2017年，在"6·5"增援临沂金誉石化爆燃事故任务中，我第一时间进入现场，近距离对火场进行实时有毒气体检测，为科学攻坚提供第一手重要数据。2018年，在增援寿光洪涝灾害中，带领增援的同志们连续奋战六天六夜，在灾后重建、清淤治理等方面，展现了日照消防的战斗精神、战斗作风。

2018年11月9日，由习近平总书记亲自授旗并致训词的国家综合性消防救援队伍正式成立。始终对党忠诚，做到纪律严明，敢于赴汤蹈火，永远竭诚为民。总书记掷地有声的话语，为国家综合性消防救援队伍立起了建队治队的根本指针，指明了强队兴队的目标方向。

2019年5月，日照消防根据新形势下不断变换的任务需求，在山海天区党工委、管委会的大力支持和市消防救援支队党委的坚强领导下，依托山海天消防救援大队，在第三海水浴场组建全市首支水域救援专业队伍，实现由"被动应战型灾后救援"向"主动经略型灾前布防"转变。我根据支队命令调入山海天消防救援大队着手组建海上救援队。

参加全国水域救援培训

于我而言，水域救援是一个完全陌生的领域，面对训练器材简陋、人员经验欠缺、执勤场地受限等现实问题，我将自己的全部精力投入到水域救援队伍建设中。

帮助队员成长进步，是我义不容辞的责任。目前，海岸执勤点全体队员均考取了各个岗位的相关职业证书，4名队员考取了中华人民共和国海船船员适任证书、4名队员考取了由专业潜水机构认证的国际星级潜水证书、4名队员考取了由国家体育总局认证的游泳救生员证书、两名队员考取了国际搜救联盟水域救援技术教练员培训班结业证书、一名队员考取了无人机操作手资格证书。

全体队员职业资格证书

海岸执勤点自成立以来，山东省消防救援总队总队长李建春、政治委员肖枭，日照市委书记张惠、市长李在武，市消防救援支队领导、区党工委、管委会领导，多次到海岸执勤点进行调研指导，对水域救援工作作出一致肯定。

前置备勤的一千四百多个日日夜夜里，我们斗酷暑、战严寒，夏防溺、冬防火，奋斗的身影和执勤的足迹，遍布了整个36公里阳光海岸线。夏季在面对海域不足百米的前置备勤点24小时坚守岗位，忍受着高温、潮湿、嘈杂等执勤环境，接到了无数人民群众的求助，孩子走丢、简单医疗救护、随身物品丢失、紧急溺水救助、心肺复苏急救、城市内涝、礁石被困、渔船侧翻等等救援现场，不管白天还是黑夜，我们始终保持着冲锋的姿态。

队伍自2019年5月成立以来，我带领队员们先后接警出动六十余次，出动警力600余人，成功救援群众一百余人，社会救助五百余人，疏散群众1000余人。圆满完成了2019年日照水库洪涝灾害搜救、2020年"7·22"城市内涝抗洪抢险救援、2021年"4·29"海上渔船侧翻救援、2021年"5·2"任家台6名被困礁石游客救助、2021年"10·1"夜间桃花岛3名落水游客紧急救助、2022年"2·4"凌晨营救两名被困桃花岛游客、2022年"6·2"碧海路城市内涝抢险救援、2022年"8·5"任家台救援两名被困礁石游客、2022年"8·9"救助5名被困桃花岛游客等一系列急难险重任务，受到各级领导的高度认可和人民群众的广泛赞誉，各类救援事迹在中央电视台、中国应急管理报、学习强国、人民网、新华网等主流媒体刊载报道三十余次。

让青春绽放出绚丽的花朵，这是时代赋予的使命，是青年应有的追求。在党和人民需要的时候，在新时代的考验面前，青年时代的我们，必将坚定更强大的前行信念，心怀寰宇、志在四方。

旅游旺季在第三海水浴场备勤

我们必将以习近平总书记授旗训词精神为指引，不忘初心、擎旗奋进，主动投身新时代消防救援事业发展当中，当好党和人民的"守夜人"。

诲人不倦育桃李　愿献丹心做人梯

日照山海天旅游度假区驻龙山小学教师　寇金娥

　　三尺讲台，十载春秋。自 2012 年大学毕业起，我便奋斗在农村教育的沃土上。犹记得满怀憧憬走出大学校门，我意气风发。而当破旧的校园出现在眼前，心中却五味杂陈：尘土飞扬的操场，破旧的教室，低矮的课桌，能透进阳光的屋顶，这便是我工作的第一站，我成为第一个也是唯一一个在这所农村小学住宿的大学毕业生。理想与现实的落差让我无数次想放弃。然而，每当清晨，一声声清脆的"老师好"便会深深地触动我、吸引我，看着孩子们纯洁敬爱的眼睛，我难掩内心的激动，那是成为一名人民教师由衷的幸福。

　　不久，在党工委管委会的关怀重视下，山海天区域所有的中小学、幼儿园进行了改造和新建，我所在的普车沟小学也破茧成蝶，成为区直小学也就是现在的驻龙山小学。2015年，我和孩子们从破旧的小平房搬进了崭新的教学楼，开启了新的教育里程。我继续担任

寇金娥（后排中间者）与学生们

班主任，学生依然是我工作的重心。一年级的小娃娃从如厕、整理衣服到打水、吃饭……我寸步不离，每天 8 小时的相处时光，我和孩子们成了朋友，更成了亲人。

　　作为一名小学班主任，充分了解每一个孩子以便更好地帮助他们成长

是义不容辞的职责，尤其是那些家庭不幸的孩子更需要我们特别的关爱和照顾。慧慧是一个安静的女孩儿，幼年父母双亡，留下了她和襁褓中的弟弟，奶奶带着姐弟俩从安徽农村老家来到日照投奔亲戚，一家人靠奶奶打工维持生计。都说穷人的孩子早当家，小姑娘特别懂事，不与同学比吃穿，学习刻苦，是品学兼优的好学生。但唯有一点，她的性格略显孤僻，课间喜欢自己坐着，同学主动找她玩，她也很排斥，甚至会哇哇大哭，久而久之同学们都不敢再靠近她。我看在眼里急在心里，请学校的心理咨询老师帮忙，借助心理沙盘来了解她的内心世界，发现她特别爱看书，就主动听她讲书中的故事。慢慢地，她的笑容多了，也愿意和同学们一起交流了。有一次她奶奶特意找到我，说："寇老师，真的谢谢您，最近慧慧像变了个人，每天回家都很高兴地跟我说学校里的事，说老师都对她特别好，真是感谢你们，不嫌弃我们这样的家庭，还这么照顾我们。"后来，弟弟也成为我的学生，姐弟俩一样优秀，三年时光匆匆而过，奶奶带着她们回到了安徽老家。一日为师，一生牵挂，现在的我们是亲人。今年暑假奶奶打来电话说慧慧如愿考入县重点中学，还拿到了奖学金，她说："老师，感谢您曾经的关爱，没有您就没有现在的我们，弟弟也很优秀，我们都很想您。"听了奶奶的话，我既欣慰又感动。爱每一个孩子是教师的本分和责任，家长的理解和支持就是对我们工作最大的认可。作为一名教师，能有什么能比这更幸福的呢？

在教学岗位这些年，遇到过来自各种不同生活环境、个性千差万别的孩子，但是家长对孩子成才的期待都是一致的，特别是农村家长，他们的愿望朴实而真诚，就是希望孩子有朝一日能走出农村，通过教育和知识改变命运。

十年教书育人路，我和我的学生一起在思考和感悟中成长。什么是教育？教育是一棵树摇动一棵树，一朵云推动一朵云，一个灵魂唤醒另一个灵魂。我虽渺小，但作为教师队伍中的一分子，我也在努力散发光和热，照亮孩子们幼小的心灵，温暖他们珍贵的童年时光。当老师越久，越容易触景生情，与家长们交流时，我时常会想到我的父母，曾经我也是一个农村娃，我的父母也是像现在我的学生的父母一样，盼望子女成才。孩子是他们的希望，家庭的未来。而我，就要成为他们寻求未来之路上，能助他们一臂之力的人。

尊重每一个孩子，设身处地为家长考虑，教育就会变得简单很多。十年，我与山海天教育共同成长，老旧的校舍已成为照片中的一抹光影，崭新的校园焕发着蓬勃的生机，孩子们享受着国家教育政策的福利，学习环境舒适，教学设备先进，家校合作也越来越密切。与此同时，教育的高速发展对

寇金娥（左二）走进家庭和家长促膝长谈

老师也提出了更高的要求，我深感机遇与挑战并存，时刻激励自己"学而不厌，诲人不倦"。随着城镇化脚步的加快，农村校园里孩子的数量越来越少，在有一丝遗憾的同时我激励自己：决不放弃每一个孩子，让每个孩子都得到尽可能多的关注！十年教书育人路，激情退去，人类灵魂工程师的使命都落实在一字一句的教诲中、一笔一画的板书里。

热爱教师这份职业，更感动于教师这个角色，在农村教育的沃土上，有我青春的影子，有每个孩子的童年，更孕育着他们的光明未来，值得我全力守护。身为一名基层教育工作者，我没有轰轰烈烈的成绩，但有着最朴素的教育理想：那就是在乡村教育这个平凡的岗位上，坚守教育初心，牢记育人使命，培养好每一个乡村孩子，为乡村教育事业奉献自己的微薄之力。

心在这里扎根

日照市新岚山财金投资集团综合部主管　宋雨佳

"尹峰书记说实话、办实事，他心里装着村民们的殷切期望，他给村里带来的发展变化、安全幸福，俺们永远忘不了，俺老百姓心里最喜欢这样的农村好干部！"这是一封来自巨峰镇赵家村村民的感谢信。信里所提到的尹峰书记，是我们新岚山集团的老大哥，也是我故事里的主人公。

2018 年 7 月，尹峰被选派到巨峰镇赵家村担任第一书记，从此开启了他的基层工作生涯。

三年的驻村工作一晃而过，在其他驻村第一书记们忙着交接总结，准备撤离派驻村庄的时候，尹峰却犹豫了。"做了三年第一书记积累的经验，掌握了农村工作的方式方法，心里总觉得还有很多事等着我去做。"站在村头望着远山延绵，尹峰脸上满是眷恋和不舍。这时，一则《岚山区公开选任村党组织书记》的公告让他眼前一亮，他毅然报名接受组织的考验。"只要组织需要，我愿意继续在村里干下去，更何况我现在有基层工作的经验。"组织找他谈话时他坚定地说。

就这样，2020 年 7 月，通过全区公开选任村党组织书记，尹峰同志实现了从一名驻村第一书记到任职村书记的转变。他被组织派到巨峰镇另一个困难村——韩家沟村担任村党组织书记。

支部有凝聚力，组织才有号召力，党员才有战斗力。然而，长期以来，韩家沟村党组织软弱涣散、村委派系严重，"一个村，一百三十余户人，11 个姓，村民的意见总是多而杂……"为此，尹峰从抓班子带队伍，加强组织建设着手。入村后，他第一时间与村两委干部进行深入沟通，敞开心扉真诚交谈，组织村两委成员学习党的政策方针，不断提高班子素质。

他积极发动党员投身于村内各项工作，在疫情防控、人居环境整治、养老服务中心运行建设、整修生产路中都能发现党员的身影。支部成员包联党员，党员包联群众，将全村织成一张密而结实的网，把群众紧紧团结在党支部的周围，进一步地发挥了农村党支部的战斗堡垒作用。

韩家沟村是典型的农业村，村集体经济十分薄弱，种茶采茶是村民最主要的收入来源。如何带动村民发展好茶产业，让茶叶真正成为村民致富的"金叶"呢？

尹峰带领支部班子积极探索实施"党支部领办合作社＋农户＋基地＋企业"发展模式，成立了支部领办合作社，把全村 360 亩茶园进行托管，引进多个茶叶良种，与大型茶厂合作，解决茶叶销路问题，实现产供销"一条龙"。为集体增收 20 万元，壮大了集体经济，提高了村民收入，村民脸上的笑容越来越多。

"家门口就能卖鲜叶，卖完茶再干家务活，一点不耽误。"

一位提着半筐子鲜叶的茶农满脸笑意地说。

巨峰茶叶农民专业合作社联合社揭牌仪式

韩家沟进村唯一的道路是一条路面破碎的小道，来往车辆无法错车。遇到下雨天，道路变得十分泥泞，村里的老百姓都出不了门。最难受的是，校车没有通到村里，孩子们每天上学必须得走这条路。看着孩子们艰难地在泥路里行走，尹峰心里很不是滋味。

尹峰常说："喊十句口号、不如做一件实事。"他决心想尽办法解决行路难的问题。为此，他积极向上级部门申请各类惠农助农政策，争取资金360万元，建设幸福公路1.5公里；投资200万元改造村内道路。他亲自把关工程质量，为修好新路来回奔波。伴随压路机的轰鸣推进，他也加班加点同工人们一起忙在一线。大半年的时间，一心扑在修路上的尹峰，虽然皮肤晒得黝黑，但却笑得愈加灿烂了。村民们看着一条条平坦崭新的水泥路，心里乐开了花。到处夸赞说："尹书记求真务实，为俺们铺了一条条的幸福路啊！"

如今，走进韩家沟村，水泥道路平整宽阔、农家小院错落有致，房前屋后干净整洁；家家户户吃上了自来水，昔日的臭水沟变成了景色优美的观光河；曾经昏暗的路灯也明亮起来，照亮了乡村的道路，也照进了村民的心窝……

尹峰（左一）在组织村内道路改造

从驻村第一书记到任职书记，从脱贫攻坚到乡村振兴，每到一个新地方，尹峰都把心放到那里，把家安到那里。他说，他不后悔留在农村，他的根已经扎在了农村，如今，赶上乡村振兴战略实施的好时机，他想在农村干一番事业，想让老百姓的日子越过越好。

尹峰说，什么叫百姓利益无小事？就是要把老百姓放在心上，为他们真心实意办实事、解难题。老百姓就也一定信任你、拥护你。还是习近平总书记说得好："人民对美好生活的向往，就是我们的奋斗目标。"

以吾辈之青春捍卫盛世之中华

五莲县公安局民警　徐赫

清代学者王永彬在《围炉夜话》中写道："大事难事看担当，逆境顺境看襟度。"

藏蓝色的警用帐篷铺满了五莲县公安局的大院，鲜艳的旗帜映衬着夜色下的万家灯火。10月25日深夜，疫情打破山城宁静，全体公安民警紧急集合，第一时间打响疫情防控阻击战。

战役期间，警用帐篷铺满公安局大院

疫情突发，形势尚不明朗，病毒的来源是否确定？传播链条有哪些？传播的范围、概率又有多少？一连串的问题，让每个人都充满了忐忑与不安。

危险面前，警察必须冲锋在前！我们工作的第一步便是尽快掌握首例患者和其家属的轨迹。"我是党员，我先上！"危急时刻，是他们！特巡警大队长魏本朋和派出所所长周加林站了出来，他们穿上防护服，冒着被感染的风险，义无反顾地走进确诊病患家中，做思想工作、了解详细情况并护送转移……在人人避之不及的几个小时的时间里，他们却一直和患者家属面对面，在紧张度过的每分每秒中，为战"疫"拿下了宝贵的第一手资料。

没有人天生是英雄，他们也是为人父为人夫为人子的普通人，但在关键时刻，却只记得自己是一名人民警察，只要头顶警徽、身披藏蓝，就必须不负使命、不负担当。

我的同事孙明理，被网友亲切地称为"纸箱警察"。当时已经连续17天奋战在疫情防控一线的孙明理想抽空回家拿几件换洗衣服，妻子刚刚做好午饭，家里的饭多香啊，隔着好几层楼都能闻到，每一粒米都是香甜的。可是，他没有进家门。在外摸排走访，接触的人又多又乱，大儿子刚3岁、小儿子才满月，他怕自己身上有病毒，不敢进家门。他让妻子拿来纸箱和板凳，悄悄地坐在门口吃了起来。可孩子还是听到了大门口爸爸的声音，冲过去要找爸爸，他是多想上去抱抱孩子，却条件反射般地戴上口罩，嘴里还有一口米饭没来得及咽下。孩子要找爸爸、多么简单和朴素的愿望，但此时却成了一种奢望。这个铁汉不敢再待下去了，他迅速抱着衣服转身进了电梯！儿子的哭声还在身后……

"纸箱警察"孙明理坐在家门口吃饭

硬汉警察们也有柔情的一面，可是说起工作，每个警察擦干泪水，把不舍与愧疚藏在心里，用不能拥抱亲人的双手对抗疫魔灾情——这正是疫情防控期间千万一线警察的缩影。

时至今日，仍然有很多战友奋战在疫情防控工作的第一线。随访人员数据常常半夜下发，有时面对几百、几千条人员信息，我们彻夜不眠、通宵达旦，甚至为了核查一条信息，我们可能会打几十个电话、发几十条短信，电话找不到，就上门找，当面核查！与时间赛跑，与病毒较量，誓为群众筑起平安的铜墙铁壁！在每一个角落，我们每个人都愿做一道门，守护着这座城、这条路、这个家！

哪里有需要，哪里就有人民警察的身影。前不久，现实版的"偷菜"在我们身边上演了，一位年近九旬的老奶奶颤颤巍巍地报警称她的35棵大白菜被偷了！接到报警后，派出所立即对案发现场进行勘察，连夜调取视频监控，经过仔细研判，用了6个小时将嫌疑人抓获。一棵又一棵大白菜搬到老奶奶的家里，当看到她褶皱的脸上洋溢着开心的笑容，民警所有的疲惫都烟消云散。35棵白菜不值钱，但是老百姓的信任很珍贵，人民利益无小事，小案不小看，小案用心办，攒起来就是实实在在的安全感！

公安机关的为民服务，不仅体现在帮老奶奶找回大白菜这种"小事"上，在很多人看不到的犯罪阴暗面，更有我们无所畏惧、勇往直前的身影。

毒贩，往往是穷凶极恶的嫌疑人，甚至有很多是亡命之徒，与这样的犯罪分子作斗争，我们当警察的也从未退缩过。禁毒，很多人可能觉得离我们生活很远，但在实际工作中，有时候可能一个小小的线索，牵出的是涉及全国多地甚至源头在金三角的一起大案件。

2018年，我局办理一起特大毒品案件，经过大量工作，民警在鲁苏边界处已经蹲守了两天两夜，终于，嫌疑车辆出现！眼看车辆进入收费站，便衣警察迅速上前包抄，但狡猾的嫌疑人已经察觉到形势不妙，加大油门妄图驾车逃窜，警车迅速从后侧围堵。此时，车内情况不明，是否有枪械或刀具皆未可知，但民警们还是毫不犹豫地冲上去，实施破窗。明知自己已犯重罪的三名毒贩，此时拒不下车，奋力反抗，民警们顾不上被割破的胳膊和手腕，最终将三名毒贩拽出车外按倒在地！一起毒品案件主要嫌疑人就此落网。

为了铲除毒害，一代代禁毒人可以说舍生忘死、前赴后继！听缉毒的同事说过："干禁毒的，只要到过禁毒一线，哪个人身上都会有些伤，而且每个伤疤都是故事，我们是正义的，正义就是福大命大！"正是由于他们的付出和奉献，今年，五莲县局禁毒大队成功破获公安部"2021-52"特大制贩新精神活性物质目标案件，得到公安部全国通令嘉奖，是日照建市以来收到的唯一的一次全国公安嘉奖。

在专案侦办中被公安部表彰

逆流而上，冲锋陷阵，惩恶扬善、无怨无悔……这是警察的责任与使命！命案破获百分百，全省群众安全感满意度连年位居全省前列！五莲公安，誓用警旗红招展党旗红，把大写的"人民公安为人民"写在群众的心坎上，写进历史的丰碑里！

头顶警徽，肩抗道义！作为新一代青年民警，我们生逢盛世，更应不负时代，不负韶华！我会尽己所能，不懈努力，我愿意将青春奋斗融入党和人民的事业，昂首阔步，砥砺前行，守护这片土地的安宁与美好！我立志！以吾辈之青春捍卫盛世之中华！

扎根乡村的"九〇后"茶姑娘

日照市东港区后村镇大竹园村村委委员　郑　蕾

我叫郑蕾，是后村镇大竹园村村委的一员，也是村里自主创业的一名"九〇后"青年。2020年我和丈夫回到家乡，接手了老一辈含辛茹苦经营了大半辈子的绿茶园，开始了属于我们的创业之旅。

我的父母已经种茶炒茶三十多年了，我们村也是南茶北引的试点村之一，现在村里拥有五百多亩的优质茶园，从我记事起家里就种茶、炒茶，茶园也是我父母经营了大半辈子的心血。

但其实，我在大学学的是会计专业，而且刚毕业时，我和丈夫是一起在市里工作的，当时觉得工作比较轻松，也没有什么压力，生活非常安逸，更没有想要回家帮忙的念头。对茶叶的概念呢，就一直觉得是乡亲们用来糊口的营生，是最习以为常的东西。

直到后来，每次回家，看着日渐年迈的父母仍然勤勤恳恳地俯身于茶园，他们的皱纹多了、步伐慢了，但唯有那颗对茶园的心，一直没变，我才恍然感受到，原来我不以为然的糊口营生，几乎是他们生活的全部。

就此，我便和丈夫商量起了回村工作的事，我们俩一拍即合，毅然决然地辞掉了市里的工作，回到家乡替父母分担茶园事务。刚回到家乡的时候，恰好村里需要一个报账员，我又是学会计专业的，就加入了大竹园村党组织。

乡村振兴战略实施以来，区里组织了各种类型的产业培训，我一方面组织村民积极参加学习，另一方面抓住机会充实自己，并将学习到的知识应用到了茶园管理上。就这样，我们有了更规范、更标准的茶园，茶园道路也有了很大改善，这也为我们的创业提供了很大的帮助。

创业的道路并不是一帆风顺，起初，我对绿茶的种植和销售并不是很了解，在打理茶园上，我在和父母、其他村民一起研究、学习。掌握了一些理论知识后，我们开始追求更好的质量。为了了解客户的口感需求，我丈夫就拿着我们自己家的茶叶跑遍了全市大大小小的茶叶门店，以及济南、潍坊等各大茶叶市场，让大家尝口感，给评价，边走边学。

就这么一路走来，我们从一开始的行业小白，到后来对终端市场客户的口感、茶叶外观、制茶工艺等都有了充分的了解。再结合我父亲多年的制茶经验，我们对自家茶叶的口感进行了调整，使其更符合北方区域客户的需求。

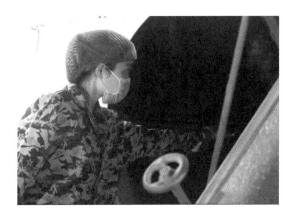

郑蕾在炒茶

可这也仅仅是这条路上的开头，茶叶有了好的口感却又苦于找不到销路，我们探寻了很多种方法。在当前电商行业发展的风口期，我和丈夫再次一拍即合，想试试电商带货这条路，我们就摸索着在抖音上开了一家自己的绿茶小店。

那时候为了一个好的视频素材，我们早上五六点钟就得到茶园开始拍摄，一个十几秒的视频要录上一两个小时，每次录完之后，脸都僵硬到不会说话，录完视频回家还要学习一些简单的剪辑，这样下来，每天都是忙碌而充实的。有些村里人觉得我们是在不务正业，市里稳定的工作不要，偏要回村做一些看不到成果的事，但我们不这么认为，我们认定这一定是条正确的路。

渐渐地我们的短视频录得没有那么费劲了，也有了一些小技巧，再后来，我们开始直播带货。刚开始的时候，直播间人特别少，很长一段时间都卖不出货。每天数个小时的直播，每分每秒都不敢懈怠，都满怀热情，但这样的热情却没看到丁点回报。我也曾置疑自己，觉得自己不是做这一行的料，每天下播后都会沮丧。好在我丈夫是一个积极向上的人，他带给了我很多正能量，鼓励我、安慰我，给了我坚定的信心。看到他不忘初心，我也跟着他一起打气，只要直播间有一个人，我们就给他认真讲解日照绿茶，我们坚信这么好的产品，一定会被更多人认可。

"失败乃成功之母"，每一个失败中都含有成功的因子，我相信从失败中学到的东西要比从成功中学到的东西多。越错越烦，越烦越错，这只会"雪上加霜"，反之，只要你用心去做，越做越觉得有乐趣，越做越起劲，就一定会左右逢源。梁启超说过："凡职业都是有趣味的，只要你肯继续做下去，趣味自然会发生。"

功夫不负有心人，在我们不断的努力、坚持下，现在直播间的单场观看人数已经能稳定在一万以上，粉丝朋友们对日照绿茶的品质也非常认可，直播间的销售额也能每天稳定在几万块。

郑蕾（左一）在直播带货日照绿茶

吃水不忘挖井人，这么好的绿茶产品，是几代人共同付出的成果，电商销售是条崭新的跑道，我们想带领更多人将家乡的日照绿茶推广出去，让更多村民也走上致富的道路。乡亲们纷纷把自家的产品送到我们直播间，村里很多年轻的朋友也开始过来和我们沟通带货技巧，想要在这条路上，为家乡、为父母做点什么。每当这个时候，我总是无限感慨，谢谢自己当初的决定，更谢谢自己的不放弃，看到这片生我养我的土地，正在慢慢发展起来，我真的非常开心和自豪。

以前我也觉得乡村又苦又累，但只有自己真正回到乡村，俯下身子努力干，和这片土地共同生活后，我才发现，乡村其实是一片未经开发的新天地，广袤的田野，蕴藏着无限的机遇与希望，为我们提供了人生出彩的舞台。如今，越来越多像我这样的年轻人选择返乡创业，用坚持、专业和热爱在农村挥洒汗水，用自己学到的专业知识振兴农村，在实现自身梦想的同时，带动乡亲们就业致富，助力乡村振兴。

习近平总书记强调："推动乡村全面振兴，关键靠人。"乡村振兴，是一个呼唤人才同时造就人才的舞台。我们青年人应将中国梦同自己个人的梦想融合起来，为乡村振兴添砖加瓦，在实现自我成长的同时，让更多的人看到乡村发展的机遇，带动更多人投身乡村振兴。让我们逐梦乡村，为乡村振兴注入新活力、赋予新动能。

白衣为甲　不负韶华

费县疾病预防控制中心主管检验师　陈青

时代的车轮碾轧出岁月的轨迹，一部峥嵘党史，记录着艰辛奋斗和惊世奇迹，记录着光辉理论和宝贵经验，也见证了信仰之美、使命之重、英雄之气、崇高之志。从"伟大的开端"到"民族的新生"，从"春天的故事"到"新时代华章"，党史一边连着光荣的过去，一边通向光辉的未来。作为一名医务工作者，我见证了祖国无数辉煌成就。

在众人的印象中，医务工作者这个职业不好当，需要付出更多的努力和艰辛，可又是为什么，有如此多的人，前赴后继地想要奔赴这条救死扶伤的大爱当中呢？因为这份职业的光鲜亮丽？因为理想中颇高的收入？或是只是想从事这份职业？起初我也很好奇，但当我踏出医学校门开启我的医学职业生涯，看到从过去到现在，从战争到和平，从国内到国外，才终于明白，这一身身白衣，在国难面前，在人民需要时，挺身而出，不惧艰险，逆流而上，只为能对得起"医务工作者"这个称号。

2003 年春，"非典"突然来袭，全国笼罩在一片恐惧当中；2008 年，先有南方罕见的冰雪肆虐，后有汶川地震带给我们的苦痛回忆；2020 年春节，一场新冠疫情，像一块巨石砸入我们原本平静的生活；2022 年，新冠疫情再次卷土重来，在全国各地多点发生。一时间，波涛汹涌，我们的民族面临空前的考验，病毒在肆虐，死亡在威胁，人民在哭泣，祖国在告急。终于我有了自己的答案：因为能救更多的人，能为祖国和同胞贡献一份自己的力量，生在红旗下，传承甘于奉献、勇于担当的革命精神，能让这一身白衣闪耀出它应有的责任和光辉。

国难当前，一个又一个医务工作者挺身而出，他们说的最多的是："责任在肩，我愿时刻听从召唤，不计报酬，不论生死。"面对天灾，毫无畏惧，勇往直前，拼搏奋斗，勇挑重担，甚至有人付出了自己宝贵的生命，他们的名字在我们心中矗立起一座座巍峨的丰碑：李文亮、白晓卉、王猛……这样一个个医务工作者的名字，再一次成为无愧于人民和时代的称号。他们的故事给我留下了深刻的印象，也激励着我努力干好本职工作。

　　凌晨的疾控中心 PCR 实验室依旧是灯火通明，接收样本后，快速做好三级个人防护，接下来的四五个小时，我和其他同事一起在密闭的实验室里持续工作，严格执行新冠肺炎病毒核酸检测的各项流程。为确保核酸检测结果及时、准确出炉，我们化身"拼命三郎"，黑白颠倒、加班加点已然是工作常态。防护服密不透气，实验时间又长，每轮实验下来，均是对我们脑力和体力的双重考验。在生物安全柜里进行核酸提取时，需要一次次拿起采样管进行拧盖、加样，同样的动作每天重复几千次，往往累得腰酸背痛、手指僵硬。为了减少防护服的浪费，检测期间我们一般都不进食、不喝水、不上厕所，一直坚持到实验完成。

陈青（左三）元宵加班

　　做实验往往没有时间点，好多次做完实验就吃碗泡面当作一顿饭。累到不行的时候，短暂休息后又投入紧张的工作中。为了缩短等待核酸检测报告的时间，力争在最短时间内报告结果，疾控中心PCR实验室采用24小时三班倒、机器不停、人员无缝对接的排班制，大家夜以继日，把全部精力投入核酸检测工作中，忙起来连续工作十几个小时都是常有的事情，遇到有冷链食品阳性事件等应急检测的时候，经常通宵做实验。出实验室时，脱下防护服的我们露出了被汗水浸透的衣衫、肿胀的手指、勒红的脸颊……这都是我们的"标配"。但是没有一个人抱怨，都尽职尽责地把工作干好。不管多艰辛多危险大家还是义无反顾地往上顶，因为我们深知，这不仅仅是一份样本，而是一道道病毒的检验关，更是每位群众的健康守护盾。我们辛苦一些没关系，只要大家平平安安。

陈青（右一）疫情初期配制采集管标准液

这次疫情，从开始的懵懂无知到如今的驾轻就熟，家人成为坚强的后盾，让我练就了钢铁般的意志。公婆、父母帮我承担起了照顾年幼子女起居的任务，丈夫承担起了全部辅导孩子作业的重任，孩子也从刚开始的总是嚷着："妈妈你别去上班了，陪我玩会。"到小大人般地说："妈妈，你去上班打病毒吧！"家人的鼎力支持使我在新冠疫情卷土重来之时，把单位当作战场，当我穿上防护服的时候，我更是觉得自己身披铠甲，无坚不摧，有使不完的洪荒之力……舍小家顾大家是我的信念，这也是检测队伍乃至疾控队伍的信念和缩影。疫情防控的每一个环节都必不可少，让疫情尽早得到有效的控制，是每个医务工作者应尽的本分。

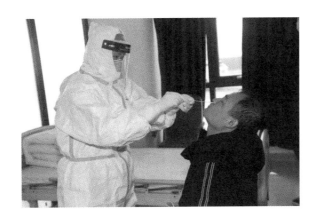

陈青（左一）为隔离点人员采样

新冠疫情发生以来，我得到了快速成长，参与中高风险地区来人、隔离人员及重点人群"应检尽检"核酸采样等工作。今年，新冠病毒卷土重来，我又一次成为核酸采样检测员，先后参与了隔离人员采样及全部全员、支援外县核酸检测工作。闲暇时静下心来细细品阅《习近平在正定》《习近平的七年知青岁月》等系列丛书，感悟最多的是习书记的人民情怀，作为一名检验人员，实验室就是我的战场，仪器就是我的武器，直面病毒，检测它、发现它就是我的责任、我的使命，即便做的是隐身幕后的核酸检测工作，也要肯于奉献，立志做一名最合格的"隐形战士"。

躬身入局 舍我其谁

兰陵县第一中学 2021 级 17 班学生　田易达

水乡狭窄的田埂上，两个挑着担子的人互不相让，这时，一位旁观者下到泥水中，用自己的肩膀替两个人解决了难题，这种被曾国藩称为"躬身入局"的行为，令我沉思良久。

刚刚步入高中，我们学习的第一篇课文，就是伟人毛泽东的词《沁园春·长沙》，反复诵读品味揣摩，感动得我热泪盈眶、热血沸腾，词中昂扬向上的青春激情，雄视天下的凌云壮志，以天下为己任的胸怀，无不让我感受到伟人博大的心胸和豪迈的气概，伟人之情怀充满万水千山，溢满华夏。此时，耳边不由得响起那首《我和我的祖国》的旋律："我和我的祖国一刻也不能分割，无论我走到哪里，都流出一首赞歌……"我亲爱的祖国，我愿用我的青春、我的热血、我的激情铸就您的辉煌！

小时候，跟随姥爷姥姥长大，记忆中父母一直很忙，他们留给我最多的就是匆匆的背影。姥爷每天闲暇时都会拉二胡唱京剧，《林海雪原》《智取威虎山》《红灯记》中的一些片段是他最拿手的。日子久了，我也会跟着哼唱，走在路上，姥姥还会教我唱《我们走在大路上》这首歌，背起小手，学着大人的模样，跟随着节奏，踏步前进，有时会惹得姥姥和周围的路人哈哈大笑。

长大上学了，我了解了先烈们更多的英雄事迹，感受到烈士们不屈不挠的革命精神，回顾峥嵘岁月，体会到现在的生活真的来之不易！

去年寒假，在网上追完了电视剧《觉醒年代》，感受很深，《觉醒年代》用现代的价值观讲述过去的故事，打通了古今，穿越了时空，形成一种力量，把上一个时代年轻人的精神交给这一个时代的我们。那么，我们该怎么办？如前面所说，就让我们躬身入局。遇到问题，不做问题的旁观者，而做问题的解决者；不做问题的旁观者，而做问题的终结者。

国将不国之际，总有一批"先锋"之士，躬身入局，率先扛起救国救民的大旗，敢为人先的"洋务派"主动担当起"师夷长技以制夷"的责任重担；寡不敌众的康、梁义士，积极尝试了维新变法；永不言弃的孙先生把民族存亡视为己命，当仁不让地领导了辛亥革命，为中华之崛起而奔波。

一代人有一代人的梦想，一代人有一代人的担当，五千多年泱泱华夏正是依靠一代代躬身入局、挺膺负责的"我辈"走到今天。"还我青岛，还我河山"，1919年的"我辈"为国家尊严、主权完整奔走呼号；"恨不抗日死，留作今日羞。国破尚如此，我何惜此头"，抗战时期的"我辈"为保国守土、民族独立浴血奋战；"到农村去，到边疆去，到祖国最需要的地方去"，1949、1959、1969年的"我辈"伴随着新中国前进的步伐战天斗地，在广阔天地里大有作为；今日之"我辈"也没有令人失望，据官方统计，在为抗击新冠疫情而从全国各地驰援武汉的4.2万名医护人员中，有70%是"八〇后"、"九〇后"，"我辈"有理想，有担当，国家就有前途，民族就有希望。

今年7月初，我县突发疫情，我们还未等到期末考试就匆匆离校，在家学习的同时，我时刻关注着每日疫情的发展，县医院一名去年参加工作的"〇〇后"护士，主动报名去方仓，最后被安排到核酸采集队。她说："这个工作总要有人去做，怕也得上，做这份工作需要严谨的态度，负责的心态，作为兰陵人，得为自己的家乡作点贡献，疫情总会过去的。"她的话深深地激励着我，作为同龄人，我也要为家乡，为社区贡献微薄之力。

疫情发生以来，爸爸一直在单位工作，没有回过一次家，我把想当志愿者的想法告诉了妈妈，此时，正巧看到"青春兰陵"公众号发布了"青年志愿者招募令"，但招募条件年龄要求18到45周岁，看后妈妈说："你我两个人都不符合要求。"虽说如此，我还是不死心，就瞒着妈妈偷偷找到社区李书记报了名，妈妈知道后也非常支持我，因为她平时就教育我："人生的主旋律就是为他人带来利益，就是奉献！"

我值班第一天的情形现在还记忆犹新，清晨早早地起床，怀着激动的心情到达指定地点，我的任务是给做完核酸的人员分发"已完成核酸检测"的图标。每当我递过图标，他们跟我说谢谢时，内心就感受到无比的自豪和喜悦，我终于可以为他人做点力所能及的事了。妈妈常告诉我要助人为乐，这才真正体会到什么叫助人为乐，为他人带来利益自己也会成长，"赠人玫瑰，手有余香"。后来社区书记知道了我还是一名高中生，就劝我不要再来做志愿者了，在家好好学习，但看到我坚持，只好缩短了我在岗服务的时间。我做的事虽小，但当我参与到防疫中去，真切地感受到了周围每一位奉献者的精神，那种冲天的干劲，那种昂扬向上的斗志。

田易达（右一）在社区做志愿者

7月15日，兰陵县举行仪式，欢送驰援抗疫流调队伍返程，我们向全体队员致以最崇高的敬意和最诚挚的感谢。7月16日，又欢送驰援兰陵核酸检测的140名最美逆行者，这一幕幕让我牢记在心，新冠无情，人间有爱，在兰陵疫情防控最吃紧、最为关键的时刻，他们舍小家顾大家，白衣执甲，逆行出征，不顾安危，勇斗病毒。课堂上老师经常教育我们要向这些具有伟大崇高精神的人学习，生活中又让我亲见、亲历此事，体验更真切。老一辈的接力棒已递在我手，最美志愿者的精神，激励着我前行。

田易达（右一）在社区做志愿者

一代人有一代人的长征和担当，躬身入局，学着前辈的样子，保护着亿万中国人，是我们"后浪"们的使命与担当。国家危亡，我辈只能奋不顾身，国家振兴，我辈必须奋斗不息。这是历史的回响与共鸣，是让人热血沸腾的召唤，时代的洪流中需要你、我、他，舍我其谁！躬身入局，当仁不让，实现伟大复兴中国梦的征程中，需要挺膺负责的我辈义不容辞。易卜生说："社会犹如一条船，每个人都要有掌舵的准备。"我亲爱的祖国，请放心，我们已经准备好了！

焊花照亮青春路

华能临沂发电有限公司检修部党支部书记、高级工程师　徐　海

我叫徐海，是华能临沂发电有限公司检修部党支部书记、高级工程师。坦率地说，做焊工很苦，其中滋味难以描述，很多同事用"伤痕在身，焊条论吨，腰肌劳损，敢打敢拼"来形容我，我觉得这16个字是对一名焊工最好的褒奖。

1996年，我参加工作来到临沂电厂，分配到检修焊工班。电光刺眼，焊花灼热，烟雾缭绕——这样的工作环境，与我对电力企业的印象大相径庭，老班长看出了我的心思，语重心长地对我说："小伙子，干一行就要爱一行，三百六十行，行行出状元！"这句话成为我一路前行的动力，我暗下决心：要干就干出个样儿来，一定要成为一名最优秀的焊工！

从此，焊工服、面罩、焊枪和安全帽就成了我的"标配"。我照着师傅的样板，着魔似的练习，经常忘记吃饭。蹲在狭小的焊位里，仰着头，一焊就是一整天。有一次，滚烫的焊滴落进耳朵里，瞬间就感到脑袋里滋滋作响，烫得我钻心地疼，但为了保证焊接质量，我硬是咬着牙、忍着疼坚持把它焊完。

都说基层工作又脏又累，没人愿意干，但焊条在我手中点燃的那一瞬，就如同点燃了我的信念，脏和累都抛之脑后了。印象最深的是2012年春节，正是家家户户团聚的时候，我临时接到更换11根水冷壁管道的紧急任务。当时雪花飘飘，寒风刺骨，我时而躺着，时而趴着，时而蜷曲着身体，一丝不苟地焊接，经过两天一夜的突击，终于顺利完成任务。焊完后我身体僵硬无法动弹，是同事们把我从锅炉9米高的运转层抢修现场抬下来的。同事们夸我敢打敢拼，可回家后我浑身又酸又疼，瘫倒在床上，老婆心疼

得偷偷抹眼泪，我也落下了腰肌劳损的毛病。

2003年，我初次参加山东省电力焊接技术比武，由于经验不足出现了失误。我清醒地认识到了自己的差距。于是，我扑下身子夜以继日地进行练习，那段时间我一天就要用掉三百多根焊条，光防护手套就磨坏了几百副，工装烧坏了几十件，身上也留下了大大小小的伤疤。"伤痕在身，焊条论吨"正是那时候的真实写照。

徐海在斗轮机上焊接设备部件

阳光总在风雨后。2007年，我在山东省首届"劳动之星"技能大赛中获得第一名。随后，又被推选到集团公司参加集训，在那里我潜心学习，刻苦钻研，技术又有了质的提升。在2009年"嘉克杯"国际焊接比赛中，我夺得了单项第一名。

敢打敢拼让我初获成功，技能过硬使我信心倍增。但我知道只有创新才能进步。在厂

徐海（左二）创新工作室成员讨论研究焊接技术

领导的大力支持下，以我名字命名的创新工作室成立了，基于这个平台，我带领团队展开一系列技术攻关，破解技术难题。

针对二氧化碳气体保护焊容易出现质量缺陷问题，我查阅资料，多次试验，反复论证，虚心向老师傅请教，终于首创了"掐弧"焊法。这项技术展现出的焊缝花纹精美、质量优良，处于国内行业领先水平。为了提高钢板焊接品质，我没日没夜地钻研摸索，独创了"板类焊接四步操作法"，大大减少了焊件废品率，节约了返修工时，焊口探伤合格率由原来的 80% 提高到了 97% 左右，年创经济效益可达二百多万元。这两项技术得到了国际焊接专家的高度评价，被称为"当今世界上最高级的焊接机械手都无法完成的完美动作"。

2017 年，在组织的推荐下，我来到中国劳动关系学院劳模班学习。2018 年 3 月，我们劳模班萌发了给习近平总书记写一封信的想法。怀着忐忑又期待的心，我们把信寄了出去。没想到，仅过了一个多月，总书记就给我们劳模班回信了！那一刻，我们整个班级都沸腾了！总书记在回信中指出："希望你们珍惜荣誉、努力学习，在各自岗位上继续拼搏、再创佳绩，用你们的干劲、闯劲、钻劲鼓舞更多的人，激励广大劳动群众争做新时代的奋斗者。"我一遍遍地反复读这封信，激动得难以平静，几乎整夜未眠。回厂后，我牢记习近平总书记的殷殷嘱托，以更加高昂的工作热情，带领团队积极进行技术革新。

徐海（第二排右六）在中国劳动关系学院劳模班学习

近年来，我们厂相继成立了11个创新工作室，培养了很多"后起之秀"。工作室里走出了10名技术能手，4人次在省级乃至全国的技能大赛中获得优秀成绩，获得发明型专利2项、实用新型专利16项；完成创新成果37项，我们开发设计了17个创新项目并投入实际应用，其中多项成果获省部级科技创新奖项。我创新使用氩弧焊打底，电焊盖面的工艺，成功焊补高温再热器管道近25平方厘米的孔洞，填补了国内高合金钢管道大面积焊补技术的空白。我采用层层堆焊、期间降温的方法，完成了28条送风机、引风机大轴的修复。这些创新成果为企业创造效益六百多万元，更获得了多项国家发明专利。

在2022年首届大国工匠创新交流大会上，习近平总书记发来贺信，让我们一线劳动者深受鼓舞，倍感振奋。习总书记每一次重要讲话都像灯塔一样为我们指明方向，让我们终身受益。总书记指出："我国工人阶级和广大劳动群众要大力弘扬劳模精神、劳动精神、工匠精神，适应当今世界科技革命和产业变革的需要，勤学苦练、深入钻研，勇于创新、敢为人先，不断提高技术技能水平，为推动高质量发展、实施制造强国战略、全面建设社会主义现代化国家贡献智慧和力量。"总书记的话让我深受震撼，我深感责任重大，使命光荣。感谢党和国家带领我们亿万奋斗者开辟了新天地，使高技能人才能够立足本职岗位作出卓越成绩，得到全社会的认可。

今天的中国，比历史上任何时期都更接近中华民族伟大复兴的目标，比历史上任何时期都更有信心、有能力实现这个目标。在中国特色社会主义道路上，我们创造了同期世界上最快的经济增长速度、最快的对外贸易增长速度、最快的脱贫致富速度、最多的减贫人口、最大规模的社会保障体系。今天的中华民族越来越走向世界舞台的显著位置，赢得越来越多的民族荣耀与民族尊严。面对百年未有之大变局，我们许下誓言，请党放心，强国有我！接下来我们将继续用奋斗和青春，以精湛的技能操作，弘扬传承好劳模精神、劳动精神、工匠精神，来实现中华民族伟大复兴的中国梦。

警徽熠熠映初心

蒙阴县公安局刑警大队五中队副政治指导员　张兴邦

　　"警歌嘹亮，警徽闪烁，我在人民眼中是平安的星座！"每当我哼唱阎维文老师这首《从警为什么》时，总会不由自主地想起习近平总书记提出的"对党忠诚、服务人民、执法公正、纪律严明"，总书记说出了我们每一名警察立警从警的初心和使命。

　　作为一名出生在沂蒙山区的一名"九〇后"民警，我将以三种色彩讲述新时代沂蒙警察故事！

　　红色，是旗帜的颜色，是与我们的血脉紧紧相连的沂蒙红！

　　2022年3月14日下午，蒙阴突发本土新冠疫情，原本安静祥和的小县城瞬间气氛紧张，全县紧急启动响应。我负责对接市疾控中心专家组对最初的两名确诊病例开展流调溯源工作，

张兴邦（右一）在开展疫情流调溯源工作

获取全县疫情防控的第一手资料，早一分钟完成就早一分钟管控。如果漏落一个时空节点，就可能酿成更大的传播风险。为了流调的准确性，我与两名确诊病例持续电话联系近12个小时，结合各类数据信息，完整刻画了两名确诊病例300个小时的活动轨迹。

　　15日，一夜未眠的我倚靠在沙发上，长长地舒了口气，可就在此时，

电话再次响起:"兴邦,又发现一个阳性,他就在你确定的密接人员里面!"听到这句话,我一下子打起精神起来,我知道,只要我的流调工作足够快、足够精准,就能把下一个可能确诊的病例提前圈在我们的管控范围内,也就能在最短的时间内结束这场"战疫"!这一刻起,我主动承担起了完成所有新增确诊病例第一手流调报告的任务。疫情已经开始蔓延扩散!我竭尽所能把每个报告做到最快、最细、最准,不断增加的确诊数量让我不能有丝毫放松,经常是凌晨一两点刚做完上一个流调报告,紧接着又收到了新增阳性的信息,一份又一份的流调报告的上报输送,疫情防控各环节闭环高效运转,我不顾脑力和体力高强度透支,争分夺秒地和病毒赛跑。

19 日凌晨两点,在完成了第 16 个确诊病例的流调报告以后,持续高强度的流调工作让我再也支撑不住,一头栽倒在了沙发上……

张兴邦(右三)与疾控专家分析研究疫情传播链条

付出终有回报,令我们欣慰的是,我们用了不到 30 个小时就追上了疫情传播的速度,而从开始静态管理到全域解除静态管控,我们仅用了 14 天!当迎来胜利的那一刻,我们仿佛看到那沂蒙精神的旗帜飘扬在每一个胜利的地方,那涌动着的红色血脉在沂蒙热土上接续相传。

蓝色,是平安的色彩,是我们并肩守护国泰民安的警察蓝。

时间拉回到 2017 年 11 月 6 日,立冬时节,清冷凛冽,早上 7 点多,一名妇女跳入汶河自杀。接警后,正在值班的我迅速赶到现场,跳河轻生的妇女还在河中央挣扎，身上羽绒服的浮力使她勉强露出头部。时间就是生命，我没有半分犹豫，立即脱下棉衣鞋子，和一名消防战士一同跳入水中。

张兴邦（左一）在河水中勇救轻生妇女

冬天的河水冰冷刺骨，在跳进水中的那一刻，大脑中完全没有考虑自己不会游泳、天寒水冷等因素，脑海中只有一个信念——我要把她救上岸。经过了半个多小时努力，那名妇女被我俩成功拖上岸。我第一时间帮她清理了口鼻内的异物。经过救治，我终于听到了一丝微弱的呻吟，她说话了，危险解除了，耳边骤然响起了围观群众热烈的掌声。

张兴邦（下一）救治轻生妇女

任务完成后，当我赶回家，面对浑身湿透、满身淤泥的我，爸爸红了眼眶，妈妈的眼泪止不住地流："你这个傻孩子，这么冷的天，你又不会游泳，你怎么就敢往下跳啊……"妈妈哽咽着说不下去，我也不知道该如何回答。无论什么时候，我都是爸妈牵肠挂肚的儿子，但我也是一名警察，是人民群众危难时刻的依靠，头顶警徽上的那一抹藏蓝正是我的使命和担当。

金色，是忠诚的底色，是我们用热血铸就的金色盾牌的光彩。

近年来，电信网络诈骗犯罪日益猖獗，我主动请缨，成为一名战斗在一线的反诈民警。在短短两年的时间里，我的足迹踏遍了全国 15 个省 30 多个城市，抓获各类诈骗犯罪嫌疑人近百人。

2019 年 12 月 11 日上午，我带领 4 名侦查员，在武汉市洪山区某银行摸排，获悉了目标团伙马上要撤离诈骗窝点的信息。时不我待，破案时机稍纵即逝。我们 5 人当即冲进诈骗窝点，将 20 余名正在实施诈骗的犯罪嫌疑人全部控制，我们 5 人面对 20 余名陷入绝路的诈骗犯，这是一场人数悬殊的对决。他们有凶器吗？他们群起反抗怎么办？会垂死挣扎吗？一切都在未知中。1 小时、2 小时……整整 11 个小时，我和战友们紧绷着神经，咬紧牙关坚守再坚守，当我们县局增援部队到达时，我们几个人一下子瘫软在椅子上——那种极度想要释放的情绪，竟然以这样"无力"的方式表达出来……

诈骗窝点嫌犯全部被成功押解归来

这起案件，是蒙阴县公安局历史上抓获人员最多、涉案价值最大的一起电信网络诈骗案件，也被公安部列为 2022 年第一批督办案件。当我们顺利将 24 名诈骗犯押解归来，迎接我们的是鲜花和掌声，那一刻，我凝视着警徽上的金色，那是铁血忠诚，用热血铸就的金色盾牌！

张兴邦（前排右三）成功押解归来

党有号召，我有行动。动听的歌曲又在耳边响起："人民幸福我幸福，那是我生命的承诺！"

征程万里风正劲，重任千钧再出发。锻造新时代红色沂蒙警队号角已吹响，作为新时代红色沂蒙警队的一员，我将以青春昂扬之斗志赓续红色血脉。不忘初心，方得始终，我将以青春无悔之担当守护藏蓝纯洁，以青春热血之奉献书写金色辉煌，为中华民族伟大复兴的中国梦贡献青春力量！

强国有我——争做新时代奋发有为的党校人

中共莒南县委党校四级主任科员　张明月

作为一名党校青年教师，"强国复兴"，这四个字对我而言是那么生动又具体，现在的中国，国泰民安盛世辉煌，而我个人，伴随着"强国"的步伐一同成长。那么，现在我眼中的"强国复兴"是什么画面呢？究竟又是什么样的经历，让我在工作一年之间成长起来了呢？

这还从去年7月底说起，作为一名刚刚毕业的研究生，我怀着十分忐忑的心情迈进了中共莒南县委党校，那个时候，我对于党校的职能几乎没有概念，只记得网上检索到的一排显眼的大字："党校是中国共产党培训党员的学校。"刚开始工作，一切都是那么新鲜又热烈，我很好奇党校究竟是如何培训党员的，仿佛是听到了我的愿望，在我开始工作的第二个月，领导就安排我参与"全县青年干部培训班暨选调生理论学习班"的跟班工作。在学员报到的当天，我的心情是十分激动的，全体学员平均年龄只有26岁，他们来自全县的各个岗位，看到一张张青春飞扬、活力四射的面庞，我的心中突然对自己的职业升腾起一种很神圣的情感——原来我们党校培育的是经过国家的层层选拔脱颖而出的优秀人才。他们站起来能说、坐下来能写，不仅优秀而且谦虚，不仅有能力还严守纪律。他们吃苦耐劳，既有勇气又有智慧，是乡亲们的"靠山"，也是中国的希望。

在这次培训班中，党校还组织学员前往费县大青山开展党性教育，追寻革命先烈的足迹。那天，阳光闪耀在每一个年轻公务员的脸上，大青山的风从我们的发间流淌，一群青春昂扬的年轻人，排着整齐的队伍，扛着迎风飘扬的"抗大"红旗，坚定有力地行走着。

党校教师带领学员在费县大青山追寻革命先烈足迹、重走突围路

看着浩浩荡荡的前行队伍，那些在大青山突围战中浴血奋战、英勇杀敌的年轻身影，仿佛同这些新时代的年轻公务员们紧紧重叠在一起。我自豪地想，革命先烈们看到如此斗志昂扬、忠诚为民的年轻身影，也一定会倍感欣慰吧！当所有的年轻公务员亲身感受革命先辈的英雄足迹后，大家备受鼓舞，在大青山高耸入云的大树下展开了热情高涨的红歌大比拼活动。

党校教师带领学员在费县大青山开展红歌大比拼活动

此时此刻，晴天白云，阳光炽热，歌声嘹亮，穿越了大青山，也穿越了历史，当代年轻公务员们以昂扬的精神风貌为英雄们呐喊助威，这，不就是感悟初心、牢记使命吗！这，不就是在重温革命记忆，传承红色基因，

汲取前进力量吗！

经过那段时间的相处，我跟学员一起学习了党的理论与政策，也锤炼了党性修养。在那段时间，我感悟到了很多很多，我们一直在说"强国有我"，这个"我"究竟是谁呢？此时此刻我有了确定的答案，甚至有了确切的脸庞，这个"我"，一定包括面前这些将青春奉献在基层的年轻公务员和选调生们，也一定包括认同并热爱自己的工作、充满干劲和活力的我自己。

如果说培训学员让我开始爱上党校教师的工作，那么带领学员参观县内红色资源教学点，则是让我更加确立了自己的初心与使命。说来惭愧，在外求学多年后，我对自己家乡的风土人情与日新月异的变化并不十分了解。于是，在党校工作的这一年，我每天就像异乡人一样新奇地探索着莒南，渐渐发现，我是多么幸福且诗意地生活在这片红色的热土上！

莒南党校一直致力于深挖莒南红色资源，打造红色研学路线，用好各个红色资源教学点，并赋予新的时代内涵，启发今天的党员干部，成为激励莒南发展的精神力量。在山东省政府旧址和八路军115师司令部旧址，我看见共和国的缔造者和领导人工作与战斗的足迹；在板泉镇渊子崖村，我看见，风雨飘摇中，烈士纪念塔静默地耸立着，向我们诉说着莒南人民的铁骨铮铮与永不屈服；在厉家寨展览馆，我看见，高高悬挂在墙上的毛主席亲笔批示，他告诉全国人民，厉家寨人艰苦奋斗、敢为人先的精神风貌永远值得学习。还有刘知侠暨《铁道游击队》原创地纪念馆、山东抗日根据地宣传文教工作展馆、王家坊前展览馆、岔河知青馆……我跟培训班的学员们一起就像发现新大陆一般震惊了一遍又一遍：中国共产党领导下的第一个省政府——山东省政府在莒南，全省第一个团支部在莒南，山东省新华书店旧址在莒南。莒南是一方红色的热土，是沂蒙革命老区的重要组成部分，是名副其实的"齐鲁红都"、山东的"小延安"！

强国复兴，莒南一定是一张亮丽的名片，我们党校教师带领着外培班次，在洙边镇蓬勃发展的田园综合体品茶，在艾森贝克以色列现代农业科技园中采摘黑莓，在金胜花生科技产业园现场参观莒南永远不会枯竭的通天储油罐……我亲眼见到了，我亲爱的家乡是如此的生机勃勃、发展迅猛，想来莒南进行培训的外校班次越来越多，外地的学员们在认真问问题、学经验的同时，争先恐后地买茶叶等莒南特产。最夸张的一次是木梳馆梳子没有现货了，就请求工作人员把直播间的展示品卖给他们……有的学员临走还依依不舍地嘱咐我一定要把商家的微信推给他……看到大家对莒南的激情，我感到既震惊又自豪，我的内心升腾起一股十分强烈的愿望，我一定一定要将莒南的好宣讲出去！无论是战火纷飞时坚强勇敢的莒南人民，还是现如今强国复兴背景下日子越过越红火的莒南人民，莒南的红色历史值得所有人铭记，莒南的红色基因值得每个人传承，莒南的焕然一新值得所有人的称赞！我有一种十分强烈的倾诉欲，希望有一天，我能站在更大的舞台上，通过我的宣讲，让莒南走出临沂，走出山东，走向全国，让无论来自哪一个角落的人们，都知道有莒南这么一方革命热土！

作为一名党校教师，工作点燃了我对于莒南的激情，更唤醒了我的使命感。语言的力量是伟大的，它就像一支蜡烛，一经点燃，照耀的是整间屋子！我作为故事的讲述者、文化的传播者、践行者与代言人，深知自己还有很多不足之处，于是我沉下心来学理论、虚心向党校的资深前辈请教问题、鼓起勇气参加各种各样的宣讲与讲课比赛锻炼自己。为了让学员和观众有更好的体验，我甚至报名了播音主持专业课去精进自身；为了有强健的体魄，我骑着山地车在莒南的江河湖泊山川草地中几十公里地来回穿梭……

党校因党而立、因党而兴、因党而强，党的初心就是党校、党校人的初心，党的使命就是党校、党校人的使命。党校青年一代将大有可为，也必将大有作为。站在新的历史起点，我一定会把守初心、担使命深深植根于思想中、落实到具体行动上，为党的干部教育事业作出自己最大的努力。

沂蒙山里的"守山人"

沂蒙山云蒙景区旅游发展有限公司水电班组领班　许海林

　　我叫许海林，中共党员。1988 年 12 月入职蒙阴建材七〇一矿工作，2018 年转岗至沂蒙山云蒙景区，负责景区水、电、网络维修等工作。扎根蒙山 33 年，我始终坚守初心，踏实苦干，任劳任怨，积极冲锋奋战在蒙山建设一线，多次获得先进生产者、抢险救灾先进个人、技术标兵、蒙山旅游集团优秀党员等荣誉，受到了领导和同事们的一致赞扬。

　　我在工作与生活中积极学习相关专业知识，坚持实操与理论相结合的方式，提升自身业务技能。蒙山会馆云蒙厅照明回路在 2017 年存在接地故障，致使二楼餐饮部总开关经常越级脱扣，景区多次聘请专业人员进行检查维修，但始终未能解决。我在 2018 年转岗至云蒙景区后，连续 3 天在蒙山会馆二楼棚顶作业，终于排查出接地故障源头，重新整改了线路，彻底解决了越级脱扣的难题。我不断加强自身的业务能力学习，在日常各项工作中都能很好完成上级组织交给的各项工作任务，也得到了公司和身边同志的认可，我不断用自己的技能，践行着沂蒙山云蒙景区"守山人"的使命和初心。

　　在扎根蒙山的 33 年里，我始终履职尽责，任劳任怨，虽然从事的是景区一份平常的工作，但在平凡的岗位上，始终坚守蒙山人的使命和担当。景区翠林道及仙人脚卫生间 5A 改造提升，我负责安装变频恒压供水设施，在天池水源地潜水泵电机采用软启动变频方式，按设定压力来控制水泵的流量，避免电机突然加速引起泵系统的喘振，彻底消除水锤现象，延长潜水泵电机的机械使用寿命，实现恒压自动控制，降低员工的劳动强度，节省了人力，为景区整个供水系统改造提供了样板。

许海林（左一）在景区仙人脚卫生间安装变频恒压供水设施

为最大化节省用电成本，2021年，我们对内部项目安装独立计量电度表，严控用电成本。例如冲锋车、索道、云端、景区星级厕所空调用电等部门，都单独安装了计量电度表，理清了内部项目与蒙山会馆用电混乱情况。

主动改造食堂用电设施隐患，更换食堂不锈钢配电箱，将新装箱移至室外走廊内，避免厨房蒸汽大，引发漏电事故。面点间控制开关采用防水防潮结构，便于安全操作。总配电箱与开水间分配电箱，焊接扁铁接地极，达到规范接地要求，解决食堂和开水间人员流动较多易造成漏电事故的隐患。

在工作期间，我兢兢业业，勤勤恳恳，任劳任怨，服从安排，顾全大局。2020年五一前母亲病重，正逢景区假期前各项准备工作任务繁重，一边是游客安全、一边是病危母亲，权衡过后，我还是毅然坚守岗位，直到各项工作任务圆满完成。在观察各项指标均在安全范围内时，突然接到母亲突然去世的消息，我连夜赶回淄博老家，料理完母亲后事后又匆忙赶回景区上班，投入工作。

2007年7月11日，在狂风暴雨加冰雹天气影响下，建材七〇一矿电力设施严重受损，导致架空线路多处损毁，雷击引起变压器故障，造成办公区与生活区电力瘫痪。我立即组织相关人员制定维修方案，在故障点多，人手少的情况下，克服恶劣的自然环境，顶风冒雨参与电力抢修工作，最终将多处故障及时抢修完毕，恢复供电。

在2019年观光车下站候车棚改造工程中，我一人承担下了多项任务，克服时间紧、任务重等困难，加班加点，用近一周的时间，赶在"5·19"中国旅游日活动之前圆满完成任务。

许海林（左三）在观光车下站候车棚改造工程中施工

我时刻把模范带头牢记心间，因所在水电管理班组只有两名员工，云蒙景区占地5.5万亩，星级厕所10处，供电的台变和箱变有9台，供电线路约6公里之多，为克服人员少，任务重，我以身作则带头工作，不怕苦、不怕累、不怕脏。2019年12月份冬季某一天，蒙山会馆1#箱变因变压器故障，造成高压熔断器两相熔断，致使山上项目的生活和设备运行无法用电，恰好蒙山刚下过一场大雪，上山的道路因积雪无法行车。接到报修电话后，我二话不说沿步游中路台阶上山，在积雪中深一脚浅一脚地走了将近3个多小时到达蒙山会馆位置，抢修完成已天黑了，再返回山下宿舍已晚上10点多钟。2018年转岗到云蒙景区时，就我一个水电工，原景区水电线路因接收自私营企业，事故隐患较多。我一个人忙得像陀螺，但我没叫一声苦，领导为了减轻我的负担及便于工作，又抽调一名维修工成立水电管理班组，人虽然增加了，但工作并没有减轻。

许海林在维修蒙山会馆1#箱变

　　作为云蒙景区党支部中一名老共产党员，我始终牢记党性不放松，充分发挥党员的先锋模范带头作，思想觉悟高、党性强，支部组织的各项组织生活积极参与，各项学习积极参加，起到了一名老党员应有的引领和示范作用。疫情防控期间我对自己提出了更高的标准更严的要求：认识到疫情防控和防火中水电网保障作用的重要性，在放假期间主动加班加点进行水电网络检修，同时坚持奋战在疫情防控一线，主动到花果庄疫情防控站值班联防；在面对游客的工作中，积极地发挥党员先进性，始终注重服务意识和服务水平，主动解决广大游客在游览过程中的各类问题，得到了游客们的充分肯定。这份肯定既是对我的肯定，更是对景区的肯定。

　　"人多我干人多的活，人少我也不能偷懒，既然领导信任我，我就得让领导放心，不能辜负大家的期望。"

　　参天大树，非朝夕而就。所有的工作成绩，都离不开多年的实践经验和付出，每个闪光的背后，都要经历旁人难以窥见的努力和汗水。三十余年的大好韶华，我早已融入沂蒙山这块红色沃土，融入沂蒙山旅游事业，我始终坚持对党的忠诚，对企业发展的关心，对蒙山沃土的热爱。在接下来的每一个春夏秋冬，我会继续做一名优秀的"守山人"。

什么叫奋斗？

郯城经济开发区党政办公室一级科员　张铭辰

习近平总书记说过："奋斗是青春最亮丽的底色"，"青春孕育无限希望，青年创造美好明天。一个民族只有寄望青春、永葆青春，才能兴旺发达。"作为一名青年党员干部、选调生，在建成社会主义现代化强国、实现中华民族伟大复兴的道路上，我时常在想，什么叫奋斗？今天，我找到了答案。

为响应县委、县政府工业强县的号召，2022年4月5日，我有幸到郯城经济开发区挂职锻炼，刚来的第一天，开发区的党员干部们就给我上了生动的"开学第一课"。那时正值新冠疫情形势最严峻的时刻，临沂顺亿高尔夫球制品有限公司的董总着急地来到开发区，愁容满面地说："受疫情影响，我们的生产原料被滞留在防疫站口了，现在生产车间已经停工了，每天都要亏损几十万呐！请各位领导同志们帮我想想办法啊！"确实啊，原料进不来、产品出不去，这对任何企业来说都是致命的。为帮助企业稳定生产，开发区当即召开党工委会议，制定工作方案。35个防控网格，几十个日日夜夜，全体党员干部化身网格员，更是战斗员，他们对物资进出逐一登记报备，并亲自到各站口查验通行码、健康码，核实来源地、途经地，确保万无一失后才放行。整理着塞满五个档案盒的报备材料，我的手里沉甸甸的，切实感到肩上的责任也是沉甸甸的，脑子里想象着我们的党员干部奔赴"前线"的场景，心里感受着逆行孤勇者散发的光和热。是啊，正是全体党员干部坚守岗位、冲锋在前，才打赢了新冠疫情的防控攻坚战，唱响了不懈奋斗的时代主旋律，谱写了国泰民安的华美新篇章！这一刻我想，坚守岗位就叫奋斗。

网格长贾之田（右二）、陈海峰（右一）督导防疫工作

工作一段时间后，我发现了一件怪事。那就是周一例会上两位领导经常缺席。带着这个疑问去问同事，同事告诉我说："咱们张玉安主任带着产业招商组出差了，前天刚走。"后来我才知道，张主任几乎每周都在出差，广东、浙江、上海、重庆、江苏……厚厚的一沓车票诠释了一名党员干部的担当与作为。为确保项目落地，他的足迹踏遍了祖国的大江南北，我们的日历本上排满了项目的建设工期：4月25日，召开鲁南制药集团郯城投资项目工作专班第一次推进会议；5月5日，召开恒通化工高性能聚氯乙烯树脂等项目工作推进专班第一次推进会议；5月11日，举行永宁药业项目封顶仪式；6月7日，举行福长药业项目封顶仪式；6月8日，举行知林新材料、宏兴环保、海量新材料项目开工仪式……在上周的工作例会上，张主任没有缺席，他向我们通报了开发区近期的各项工作成绩：今年上半年，开发区主要经济指标实现逆势上涨，完成固定资产投资14.48亿元，同比增长34.92%；完成规上工业企业产值58.26亿元，同比增长21.72%；实现地方财政收入9448万元，同比增长12%；22个项目正在加快建设，十余个项目即将开工，约十个项目可在年底投产达效……在他坚毅的目光中，我感受到了一名党员干部、一名开发区人发自内心的喜悦。现在我明白了张主任的初衷，他在例会上的缺席是为了我们开发区不在快

速发展上缺席，更是为了我们郯城的企业不在接续生产的道路上缺席！这一刻我想，担当作为就叫奋斗。

张玉安（左三）通报开发区近期各项工作

时代总是把历史责任赋予青年。新时代的中国青年，生逢其时、重任在肩，施展才干的舞台无比广阔，实现梦想的前景无比光明。站在开发区为我提供的时代大舞台上，我也从一名台下见证者变成了台上奋斗者，由"他们"到"我们"的转变让我对奋斗有了新的认识。我想，坚持党建引领，把组织党建与产业园区发展深度融合就叫奋斗；我想，为"双招双引"保驾护航，把扫清项目落地障碍、解决企业建设难题落到实处就叫奋斗；我想，帮企业办理各项手续，把"最多跑一次""容缺办理机制""绿色直通车"从电脑上搬到现实中就叫奋斗；我想，守牢"一排底线"、稳住经济大盘，把"南鲁南、北恒通"的产业格局构建起来就叫奋斗。此时此刻，我的耳边又响起了习近平总书记的谆谆教诲："建成社会主义现代化强国，实现中华民族伟大复兴，是一场接力跑，我们要一棒接着一棒跑下去，每一代人都要为下一代人跑出一个好成绩。"作为青年党员干部，我也接过了这把神圣的接力棒，点燃"有担当、真作为、强服务、争先锋"的精神火炬，当好开发区薪火相传的血脉传承者，当好党和人民需要的那枚"螺丝钉"，用自己的实际行动诠释奋斗的深刻含义。

张铭辰（左二）为客商讲解基本情况以及优惠政策

一百年前，一群新青年高举马克思主义思想火炬，在风雨如晦的中国苦苦探寻民族复兴的前途。一百年后的今天，"强国有我，请党放心！"这响亮的青春誓言在中国大地回荡。在这场跨越时代的百年之约中，我真正明白了什么叫奋斗——全心全意把本职工作干好、全心全意为人民服务就叫奋斗！我想，深入学习贯彻落实习近平新时代中国特色社会主义思想，全力绘就"实现'两个一百年'奋斗目标、实现中华民族伟大复兴中国梦"的宏伟蓝图，离不开全体人民的辛勤付出，更离不开每一位党员干部的不懈奋斗！征途漫漫，惟有奋斗！在强国新征程上，让我们树立无私奉献、为民服务的精神追求，展现功成不必在我、强国复兴必定有我的昂扬姿态，共同砥砺前进、乘风破浪，奋斗新征程、建功新时代！

"小村大医"刘宝之

劳模精神劳动精神工匠精神教育基地讲解员　李天一

为了一句誓言，不收诊疗费、义务从医51载，是群众依赖的"赤脚医生"；为了一句许诺，8年悉心医护同村孤寡老人，成为左邻右舍爱戴的党员医生……几十年来，他为了当初的一句承诺，一辈子踏踏实实做一名"小村大医生"。他说："'小医医身，大医医心'，咱把病看好了，老百姓不光说咱好，还说咱党好、咱干部好。"他就是山东省道德模范——齐河县乡村医生刘宝之。

2017年10月刘宝之入选中国好人榜

刘宝之老人之所以当上赤脚医生，还是源自一次意外事故。那是1969年寒冬的一个晚上，略懂些医学知识的他被邻居喊了去。这家的儿媳分娩，但是产妇患有先天性心脏病，呼吸困难，而且大出血。他使尽浑身解数，却无力回天。最终产妇不幸离世，即将出生的胎儿也因母亲去世而夭亡。一家人撕心裂肺的哭声，就像锥子一样，一下下扎着他的心。匆忙赶来的防化连队军医对村党支部书记说："你村该培养个赤脚医生啊，像这种情况，如果处理及时，人死不了。"听到这句话，刘宝之噙着眼泪，走上前拍着胸脯说："让我去吧，我会一辈子给咱村的老少爷们义务看病，绝不能再发生这种惨剧。"为了这一句承诺，他便开始了赤脚医生的生涯，这一干就是大半辈子。

刘宝之没有接受过系统的医学教育，医术不太高明，但他一颗仁爱的心。无论雨雪交加，还是深更半夜，村里人只要有个头疼脑热，他总是随叫随到，从不推辞。自己治得了的，就全心全意尽力去治。自己治不了的突发重疾，他也从不耽搁，紧急处理争取抢救时间，再陪着病人一起去医院。有一年疟疾流行，邻村孩子由于误食了有甜味的药导致身亡，从那以后，刘宝之每次送药都要亲眼看着病人吃下去，才放心地去下一家。刘宝之不但走家串户去发药，还耐心地给村民讲解预防知识，经常是一天吃不上一顿囫囵饭，睡不上一个安稳觉。

当年的赤脚医生，都是半农半医，农忙时务农，农闲时行医，或是白天务农，晚上送医送药。而当时每人每天的工分也只有 7 分钱，按照政策，其他村的赤脚医生都是领双份工分。但是刘宝之拒领村里给的赤脚医生那份工

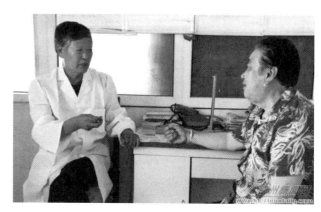

刘宝之（左一）为村民看病

分。虽然他有 3 个孩子，家庭负担重，人多日子穷，勉强才能填饱肚子，但他说："俺当初说了不要钱，就得守信用，绝不收钱。俺家里穷，村里的老少爷们用不着俺什么，俺给大伙服好务，大伙心里有俺就够了。"52年来，他靠种地养家糊口，没有收过群众一分诊疗费，没有跟集体要过一分劳务钱，碰上困难户和五保户病人，还经常自掏腰包倒贴药钱。

　　1998 年刘宝之以全票当选村支书。工作多了，却没有影响他为群众提供方便的医疗服务，还是一如既往地召之即来。他说："我这个支书是群众选的，选出来就是为群众服务的。"他曾照护本村无儿无女的李存志老人 8 年之久。李存志患脑血栓，偏瘫在床。一天晚上，刘宝之走进他黑漆漆的屋子给他打针。"宝之兄弟，我这样的人还打什么针啊？老了老了，身边连个照顾的人也没有，打一针瞎（浪费）一针啊！"说到这里，黑黢黢的炕角上传来啜泣声……当晚刘宝之就找到村委会其他委员商量，最后议定，村集体出资负责李存志的晚年生活，医护则由刘宝之负责。事实上，他不仅负责医护，还负责所有的生活照料。第二天，他就用地板车把李存志拉到已归置好的村委会一间屋子里。每天为他做三餐饭，每天照顾他打针吃药，就连端屎端尿的活儿也揽下来。要知道，他也是一个曾患脑血栓的人。于是，在刘宝之家到村委会的小路上，每天都会按时出现他歪歪斜斜的背影。2015 年，李存志老人去世了。在村委会组织的送葬仪式上，好多村民落泪了，他们说："宝之自己病得那么厉害，还照顾李存志，这些年真难为他了……"

　　"小医医身，大医医心。"村民们谈起刘宝之，总是说："他可是俺们村养得起、用得动、留得住的好医生啊。"刘宝之老人用用实实在在的行动，生动诠释了医者仁心的道德内涵，彰显了人性光辉、崇高道义和向上向善的精神，给人以温暖，给人以力量。我们向道德模范致敬，就要从身边点滴小事做起，成为崇高道德的践行者、文明风尚的维护者、美好生活的创造者，在为人民谋幸福、为民族谋复兴的伟大征程上书写无愧于时代的业绩。

"推动乡村振兴的女佼佼者"

齐河县晏北街道葛庄村云馨家庭农场负责人、村妇联主席　郭云

我是一名土生土长的齐河县人，从一名农村家庭妇女到个体经营户，到家庭农场主，再到新型农业发展致富带头人，这是我一步步努力的成果。2019 年，胡春华副总理来到我们农场调研时，鼓励我是"推动乡村振兴的女佼佼者"。2021 年，我又被评选为"全国巾帼建功标兵"。如果问我是怎么成功的？一句话，赶上了国家的好政策。

2013 年的中央一号文件鼓励和支持承包土地向专业大户、家庭农场、农民合作社流转。看到这条新闻后，我有了一个大胆的想法："村里年轻人大都进城生活了，庄稼咋能种得好？我干脆成立个家庭农场，替乡亲们把地侍弄好喽！"我的想法得到丈夫的赞同和支持。2014 年，我们从村里流转了 40 亩耕地，迈出了规模种植的第一步。从那时候我就发誓，一定要全心全意服务群众，在农业现代化种植上有所突破。然而，创业路从来不是一帆风顺的。春天浇小麦，我们两口子吃住在地里，困了就把大衣往身上一裹躺在地上睡，有时十天十夜不回家。有一年小麦大面积倒伏，我们先抢收完社员们的庄稼，谁知下起了大雨，自家 260 亩麦子全成了雨后麦。一下赔了十多万，村里人笑话，家里人埋怨，但我没放弃，看准了目标我就要坚持到底。

2016 年，我成立了云馨家庭农场。经过几年的发展，成了拥有 40 余台大型机械、30 余名工人、500 亩地的大型农场。地多了，问题也来了。500 亩地分布在不同的 6 个地块，怎么管理？这可难不倒我。我在农场里采用小地块种植经济作物——一小块种绿化树，一小块种中草药，而在连片的大地块上种植小麦、玉米等农作物，我牵头成立了植保队，购买了植保机，便于机械化耕种管理。我想使农活儿全部实现机械化，通过科技手

段来节本增效，让普通的种植业变成致富产业。很多人都说无人机不好操控，我玩得可溜了！现在，我们农场全部采用无人机喷药。

通过外出学习，我逐渐认识到富硒农产品深受欢迎，可以使农产品的附加值大大提高。2018年，我们开始尝试种植富硒小麦、富硒玉米和富硒冰糖雪梨。2018年10月，我们农场生产的富硒产品在省科协组织的农业展销会上被一抢而空，随后订单不断。我贷款投资110

郭云（左一）正在用大豆玉米一体播种机播种黄豆

万元，新建了650平方米的食品深加工车间，改进提升了富硒面粉、桃酥等食品生产线，新进了生产机械，生产出了富硒玉米面、富硒面条和富硒桃酥等产品。我们的产品都有二维码标签，实现了全程可追溯，能让消费者看到从种到收再到加工的整个过程，确保老百姓舌尖上的健康。

经过几年发展，现在我的农场实现了一二三产深度融合发展。一产是种植富硒粮食、水果、绿化苗木和中草药；二产是建设食品深加工车间，开发富硒面粉、桃酥等56类产品；三产则是注册"龙智馨"商标，通过"实体＋网络"，使我们的产品远销北京、江苏、浙江等地。2020年，农业农村部就家庭农场"非粮化"问题在云馨农场召开现场会。去年，云馨家庭农场获批省、市示范家庭农场。

创业的过程虽然艰辛，但农场良好的发展，让我有了帮助乡亲们一起致富的底气。我开设了"田间课堂"，高薪聘请省级农业专家利用农闲和农忙"一袋烟时间"插空培训。每年还承担了20期的新型职业农民培训。我当上了宣讲员，"郭云一站，人员一片"，老百姓都愿意听我讲农业知识和国家政策。

郭云（左一）在云馨家庭农场为新型职业农民授课

我的农场吸收 50 人就业，每人每年平均能挣 3 万块钱。农场还整合周边大型农机具 50 台（套），为本村及周边 2.3 万亩耕地提供飞防植保服务，为 7000 亩地提供深松服务，为 1.2 万亩地提供农业生产托管服务，解决老百姓在种地中遇到的各种难题，带动了村里发展和乡村振兴。

虽然我只有小学文化，但我知道不学习就跟不上发展的步伐，所以我一直坚持读报纸、看电视、学政策、学经验，也悟出不少道理，琢磨出了不少点子。这些年，我先后拿到德州市新

郭云（右二）的农机服务合作社为群众提供农业生产服务

型职业农民、植保员及全国"庄稼医生"、肥料配方师等证书。2020 年，我通过成人高考，参加山东工程学院园林与设计专科专业学习，今年就要毕业了。我会不断学习，把农场做大做强，继续做好产业深度融合，将特色优质农产品推销到全国各地，还要将自己的农场和品牌推向国际舞台，在探索新型农业发展方式上有一番新作为。

车轮滚滚向前线

乐陵市冀鲁边区革命教育基地培训室主任 宋珑君

在乐陵市冀鲁边区革命纪念馆里，有一幅棉袍的照片格外引人注目。走近照片细看你会发现，这件棉袍只剩下了半截，下面露出的棉花沾满了斑斑血迹。很多观众都有一个疑惑：为什么这件棉袍上半部分比较完整，下半部分却被掏空了呢？

这件棉袍的主人石连生，就是20世纪70年代电影《车轮滚滚》中支前英模的原型人物之一。1948年11月淮海战役打响后，石连生报名参加了支前担架队。听说丈夫要去支前抬担架，妻子一边缝着手上的棉袍，一边心疼地说："连生，这天寒地冻的，炮弹可不长眼睛啊！"石连生知道妻子担心什么，他打趣地说："共产党把咱们解放了，又给咱们分了地，总算过上了安生日子，只有那些地主老财反动派才看不得咱们过上好日子，你说我一个大老爷们，能不去前线帮把手吗？"妻子用牙咬断了线，把一件崭新的棉袍塞进石连生的怀里，故作生气地说："就你进步，好像俺不懂这个理儿？"笑声从这间温馨的农家小屋传出，久久飘散在农家小院的上空……

第二天一早，石连生穿上这件过了膝的新棉袍，随解放军辗转来到了淮海战役前线。在攻打碾庄的战斗中，解放军阵地遭到猛烈的炮火轰炸，石连生忽然发现一个伤员躺在炸倒的矮墙下，痛苦地呻吟着，他不顾自己的安危，冒着炮火冲上去，只见伤员大腿被子弹打穿，鲜血不断涌出，伤势过重急需止血，可是眼下没有医疗物资怎么办？石连生急中生智，撕开了自己的棉袍，揪下来一块块棉花，给伤员擦去泥土和血污，接着他又从棉袍上撕下袍布，为他包扎伤口，血终于止住了，伤员眼里噙着泪，虚弱地说："老哥哥，是你冒死抢回了我这条命！"

　　冲锋号一次次响起，负伤挂彩的战士一个个地被抬下阵地，石连生的棉袍也被一段段撕下。石连生三女儿石淑霞回忆说："父亲看见伤员有血污，就撕下来一块擦血，伤员身上哪里脏就擦哪里。一件军大衣那么长的大棉袄，将布和棉絮撕下一块，再撕下一块，一直撕到了腰部……不仅如此，这么冷的天，当时伤员下来以后，冻得浑身发抖，他就脱下来，盖伤员身上。"到战役结束时，那件过膝的厚长袍变成了一件破旧的短袄。战后，石连生被评为"特等支前功臣"。1951年，他应邀赴京，受到毛主席、周总理的亲切接见。

　　其实，石连生只是乐陵千千万万支前民众的一个缩影，乐陵人民与共产党荣辱与共，生死相依。朱集区本来没有小枣征集任务，可老百姓硬往区里送去了1000多斤；杨盘区没有交军鞋军袜的任务，可妇女们硬是做了2000多双交到了区公所；张桥区吕桥村有位老汉正在病危之

宋珑君（左一）在冀鲁边区革命纪念馆宣讲

中，说什么也要让儿子把自己的棺材送到区上，说要装殓烈士。据当时支前指挥部统计，乐陵支援前线的粮食约8000万斤，大车3600多辆，有870多名枣乡儿女壮烈牺牲，出动的担架队、运粮队、挑夫等有13多万人次。要知道当时乐陵只有34万人，也就是说，除去老人、妇女、儿童，乐陵在家的青壮年几乎都去过前线，有的还不止一次。他们依靠血肉之躯和最简陋的运输工具，为人民解放军铺就了一条通往胜利的道路。

　　车轮滚滚、支援前线，是一次次战火纷飞中军民一心，血浓于水的深情印迹；是人民群众选择共产党，跟着共产党，从一个胜利走向又一个胜利的坚定信心！时代变迁，精神永恒，我们要向革命先辈学习，传承红色基因，赓续红色血脉，永远热爱党，永远跟党走！

巾帼绽芳华　铺就幸福路

武城县武城镇肖邢王庄村村民　邢安超

"姐妹们加把劲，这批订单要得比较急，大伙儿加加班，也能多挣些钱。"2022年2月11日，尽管春寒料峭，但肖邢王庄村假发加工点里早已是暖意融融。村党支部副书记、村妇联主席高凤英带着大伙儿赶制年后的新订单。"熟练工一天挣二三百不成问题，也能带回家干，不耽误顾家。大家的日子过得充实富裕！"高凤英笑着介绍。

高凤英今年66岁，虽已年逾花甲，但说话干净利落，走起路来带着风，为人热情，处事公道，是大家的主心骨，信得过的带头人。

2019年，村子里开展移风易俗推进绿色殡葬改革，建起了7亩地的公墓，逐渐取消地里的坟头。这是一个引领大家厚养薄葬、提升乡风精神文明和生态文明的好事，但有些人的思想一时转不过弯来，高凤英和其他村干部挨家挨户做思想工作。"说得好听，你们愿意迁坟吗？"有村民提出质疑。高凤英回应道："虽然我父母已去世多年，但我愿意带这个头！"可她的想法却遭到了自己家人的反对。哥嫂认为，老人入土为安多年，不宜再挪动。甚至放出话来，若她执意迁坟，就断绝关系。高凤英14岁时父亲去世，长她16岁的老哥哥一直慈父般地疼她，几十年的手足之情是她心底里最柔软的那根弦，她又岂会全然不顾？但她思忖再三，还是选择了迁坟。随后，大家也跟着将老坟迁进了公墓，争议声也渐渐变弱，这项工作得以顺利推进。

要干好村里的工作，关键还是要带领着大家发家致富过上好日子。高凤英和村领导班子一起，引进种植樱桃园、上了原浆啤酒生产线、创办农民土地合作社、设置假发加工点、成立女子地暖安装队等等，想方设法增加乡亲们的就业机会拓宽增收路子。2021 年，高凤英带领村妇联加入英潮红 1+N 妇建联合体，为村里引进标准化辣椒种植项目。她带领本村和邻村 157 名妇女投身到辣椒种植基地。辣椒种植是个精细活儿，察看苗情长势、防治病虫害，高凤英丝毫不敢马虎。

高凤英在地里查看辣椒长势

转眼到了秋天，串串辣椒红红火火，一片丰收景象。大家看在眼里喜在心里。

偏偏天不作美，遭遇了连绵的阴雨天气。如果采摘不及时，辣椒可能全部烂在地里。高凤英和大伙一起起早贪黑、顶风冒雨抢收。那些日子里，高凤英常常吃不上一口热饭，饿了就啃一口凉馍或者抓一把花生米对付。儿女们心疼母亲，劝她悠着点："你大小是个'村官'，带着大伙干就行了，用得着自己这么没黑没白地干吗，累垮了可怎么办？"高凤英不这么想，大伙是不攀比我，可我带着头，大伙的干劲儿就更足了。咱把钱都投进去了，眼看就要见回头钱，现在苦点累点，

高凤英手捧樱桃，享受着丰收的喜悦

就能多收点多赚点。再说我身子骨硬实着呢，不用记挂着我。她安慰着孩子们，转过身来又一头钻进了地里。辣椒丰收了，亩产量6000余斤，为集体增收10余万元，可高凤英人却瘦了整整一圈。

如今肖邢王庄村已成为省级文明示范村，远近闻名的小康村。高凤英带动1000余名留守妇女实现家门口就业，人均增收15000元，圆了乡亲们的致富梦。

1976年高凤英加入中国共产党，并成为支部委员、妇女主任，主持村里的工作，这一干就是46年。一路走来，高凤英一心扑在为民服务上，私情与大爱她分得很清，党员本分她守得很牢，这份质朴和纯粹是共产党人的真本色。新华社、山东卫视、德州日报、德州电视台等各级媒体争相报道她的感人事迹。2021年底，光荣获评全国妇联系统劳动模范。就在五一前夕，当她接过那枚金灿灿的奖章时，眼睛里泛起了晶莹的泪花。"感谢党这么多年对我的培养，给了我这么高的荣誉，更是我干好工作的动力和压力，只要是有力气干得动，一定带着大伙好好干！"朴实的话语，彰显着她的执着和力量。

市、县妇联主席到肖邢王庄村将获奖证书送至高凤英（中）手中

四季更迭，风雨无悔，她将履职尽责的诺言实践在大街小巷，她将铿锵有力的足印镌刻在绿水青山的田间，她用最美芳华为乡亲们铺就了一条幸福路。

矛盾纠纷"范不着"

庆云县徐园子乡文化站站长　张婷婷

在庆云县徐园子乡有这样一个人，他退休后的第二天，便成了一名专职的人民调解员，而这一干就是5年。5年来，他先后调解了大大小小的矛盾纠纷达到500余件，凡是经他之手的纠纷事件，没有一个回头上诉，调解成功率达100%。他，就是范书明。人们亲切地称他"老范"。"有矛盾，找老范！"在庆云县徐园子乡已经成了群众的共识。

范书明（左一）正在为咨询者答疑解惑

说起当专职的人民调解员，老范可以说是徐园子乡的第一人。还未上任，他的妻子和两个子女便苦口婆心地劝说他："调解是件苦差事，有说不尽、做不完的琐事、难事和麻烦事，做好了合家欢喜，做不好可能还会落下多管闲事、乱和稀泥的埋怨。"但范书明脾气倔，还是坚持着自己的想法，义无反顾地当起了人民调解员。

今年3月的一天，一阵急促的电话铃声打破了清晨的宁静。"老范！快来！不然要打起来了！"电话那头，村民王某焦急万分，20多个农户将承包人黄某团团围住，群情激奋，肢体冲突一触即发。范书明急忙放下手中的碗筷。骑着自行车赶往现场。

范书明（左二）认真听取群众诉求

原来，几年前，徐园子乡的 20 多个农户，在临近自家耕地的道路边上栽种了树木，后来土地经过了多次承包流转，由于树木太小，双方都没拿着当回事，可当树木成材能出售时，双方却因树木的所属权问题起了冲突。农户认为树木所有权归自己，而承包者却不同意。双方互不谦让，火药味十足。

范书明当即接手了这一调解工作。他先是进行了实地走访调查，查阅相关合同，翻阅了相关法律资料，对案件进行了认真分析研判后，制定了一个对双方都有益的调解方案。

往后的日子里，范书明每天骑着自行车，往返于双方当事人之间，虽已入春，但风吹到脸上仍然让人感觉像刀割一样的疼。20 多个农户，范书明就这么挨家挨户地做工作。为了尽快让双方达成调解，不耽误树木出售，范书明愣是冒着雨骑行 10 多里的路，敲开了最后一个当事人魏某的家门，魏某打开门看到这位年近七旬的老人站在雨里时，深受感动，哽咽地说："这个事该咋办，我全听你的。"老范顾不上擦拭雨水，从怀里掏出一份裹得严严实实的协议书，递给了他，语重心长地说："放心吧，一定不会让大伙吃亏的。"

经过十多天的不懈努力，在老范的专业调解与真情感动下，双方化干戈为玉帛，满意地签下了调解协议，而范书明顾不上休息，又投身到了下一个调解工作中。

经常有人问范书明："老范，你这么大年纪了还这么忙，累吗？"他总是笑着说："不累，看着大家皱着眉头来，带着微笑走，心里感觉特别舒坦。老百姓的事大如天，再优越的生活条件都比不上乡亲们亲切喊我一声'老范'。"

5年多来，范书明记不清劝解多少反目的夫妻破镜重圆，多少成仇的冤家握手言和……在他办公室的书柜里，有整整5大本工作日记，每天接待了哪些群众、解决了哪些问题，小到一棵树、一块地、几百元工资，大到40万元的经济纠纷案件，他都一一记录其中。两千多个日夜，每一次星月当头的奔波，每一次拂晓鸡鸣的调解，都凝聚着这位年近七旬老人的心血和汗水。

范书明（中）耐心细致地调解矛盾纠纷

如今，在庆云县徐园子乡新时代文明实践所里，老范拥有了一间属于自己的特色工作室，他起名为"范不着"矛盾调解工作室。"多大点儿事啊，犯不着。"这是老范常常挂在嘴边的一句话。经过5年多的调解奔波，范书明成了"全国模范人民调解员"。现在的他，仍然每天骑着自行车，奔波在基层调解的路上，继续做着人民群众的"和事佬"。

手

德州天衢新区消防救援大队晶华北路消防救援站班长 李凯

　　这是一双黝黑粗糙、布满老茧的手，这是一双遒劲有力、伤痕累累的手。谁会想到这双手的主人竟是一位年轻帅气、充满青春活力的年轻人！这双手的主人叫王顶，是德州经济技术开发区晶华北路消防救援站战士。今天我就给大家说说"手"的故事。

　　几天前，在经济技术开发区消防大队组织的一次无偿献血中，王顶的双手震惊了所有护士。面对大家的震惊和疑惑，王顶憨厚地笑着说，其实我的手没那么黑，只是刚训练完，手上有些脏罢了。那么，他口中轻描淡写的训练到底是个什么样子呢？

　　"平时多流汗，战时少流血。"消防员每天的训练量都很大，就是为了更加贴近实战，更好地保护自己，才能提高救援效率。那天，当大家完成了所有训练科目后，王顶却主动要求："队长，让我再来一趟绳索救援吧！"此时，他的双手的老茧已经磨破，手套上已经渗出了斑斑血迹。随着他在爬

负重百米训练

绳上留下了鲜红的印痕，旁边的战友看着都心疼啊，他却爬了一趟又一趟。在他的带领下，兄弟们像嗷嗷叫的小老虎，再一次冲上了训练场。夜里，王顶脱下训练手套时，才发现手掌的血肉已经和手套粘在了一起。可伤口

必须清理，否则就会化脓、感染。战友们用纱布蘸着生理盐水，狠着心一点一点带着皮肉往下剥。王顶疼得表情扭曲，满头大汗，青筋暴起，手套硬是生生从手上剥了下来。他用颤抖着声音跟大家开着玩笑："流血流汗不流泪，掉皮掉肉不掉队。"

这是消防员的训练之手，一次次和着汗水和鲜血的摸爬滚打，才锻造出那样一双双新茧压着老茧、新伤盖着旧伤的手。

"恩人呐！"当陈大爷再次见到胡天强时，紧紧地握住了他的双手。那天，是八月十五，队员与家属们正在欢声笑语中吃团圆饭，突然响起一阵急促的警铃声，战友们迅速登车，疾驰而去，身后只留下了愣在原地的家属。警铃就是命令，时间就是责任。据报警村民说，他在回家路上发现有人不慎掉进废弃机井中。机井直径仅40厘米左右，人卡在井下约十米处，只有头和胳膊露在水面，呼救声已经十分微弱。而且，随时都有继续滑落的危险。到达现场的胡天强和战友们看着仅一人宽的洞口，不禁倒吸了一口凉气。这么小的口子，连空气呼吸器都没法携带，还随时可能发生坍塌。可是情况紧急，时间就是生命。来不及多想，身形瘦削的战斗员胡天强主动请缨下井。为确保在井内能够有足够的救援空间，胡天强脱掉抢险救援服上衣，身着单衣，迅速穿戴好防护装备，在队友帮助下，一个倒立扎进洞口。刚一下洞，强烈的腐臭味扑鼻而来，缺氧带来的恶心，倒立带来的晕眩，和周围沙石滑落的声音不断地考验着他。由于井下光线不足、空间狭窄，戴着头盔无法有效地开展救援，顾不得考虑自己的安全，胡天强立即摘下头盔，重新返回井下开始二次救援。10分钟、20分钟、40分钟，整整一个小时，这一次他顺利接近被困人，他的手终于和陈大爷的手紧紧相握了。胡天强一边与他交流安抚稳定情绪，一边将安全绳绑在他的腋下，双手护住他的头部防止二次伤害，最终营救成功。胡天强重出洞口时，再也支撑不住，昏了过去。

这是消防员的援助之手。一次次的以意志战胜本能、超越身体的极限，才锻造出那样一双救民于水火、助民于危难的手。

火灾扑救现场

这曾经是一双未经风雨的手，这曾经是一双与书本为伴的手。直到那一天，我们高举右手，面向队旗宣誓。从那一刻起，这一双手就学会了服从与坚持，懂得了奉献和回报。一边是家人紧揪的心，一边是群众召唤的声音，身担责任的我们一次又一次义无反顾地把手伸向了群众。

这是消防员的责任之手。这一双手践行着我们的铮铮誓言，这一双手筑起群众生命财产安全的坚强屏障，托起一个又一个生命的希望。

火灾扑救现场

今天，在这里，让我们再一次举起右手，向着中国消防救援队队旗庄严宣誓：我志愿加入国家消防救援队伍！

听！我们一直在路上……

特殊孩子的袁妈妈

夏津县特殊教育学校教师　郭翠红

　　2017 年儿童节前夕，一封来自国务院的信寄到了夏津这座小城，这是一封总理的回信。这究竟是怎么回事呢？

　　故事要从 1992 年那年秋天说起。那天，一位 17 岁的姑娘路过村学校门口时，看到两个小女孩正扒着学校的铁大门眼巴巴地往里瞅。这是与她同村的有听说障碍的一对姐妹，因为听不见，不会说话，她们只能每天眼巴巴地看着同龄的孩子们背着书包去上学，而这一幕深深地刺痛了这个 17 岁姑娘的心。

　　那年她高考落榜了，老师和同学们都劝她复读，她却作出了一个匪夷所思的决定：教有听说障碍的孩子说话，让她们也能有学上！在家人的反对和村民的质疑中，她在家办起了只有两个学生的学校。她就是现在夏津县特殊教育学校校长——袁敬华。

　　为了让有听说障碍的学生学习发音，她让学生摸她的脖子，来感受声带的振动。

袁敬华（右）让有听说障碍的孩子摸着自己的脖子感受声带震动学习发音

　　她不停地大声"啊—啊—啊"，一遍又一遍，脖子被摸得一片红肿，一碰就扎心地疼。她疼得吃不下饭，喝水都难以下咽，严重时甚至咳血。但是，她还是咬着牙坚持着。终于，孩子开了口。当小新福喊出"爸爸"时，他的父亲一瞬间泪流满面，扑通一声跪在袁敬华面前："老师，谢谢你！10年了，我终于能听到孩子喊我一声爸爸了。"

　　学校里一位叫邓玉友的孩子有听说障碍，经过袁敬华的康复训练，孩子从耳不能听、口不能言变成了一个可以和正常人交流，还会刻纸、绘画的正常孩子。2017年5月16日他将自己和同学们的进步写信告诉了一直关心他们的李克强爷爷。总理赶在"六一国际儿童节"前给孩子们寄来了回信。总理在信中说到："要动员全社会的力量，保障患有残疾的少年儿童平等接受教育的权利。"

　　总理的勉励给了袁敬华更大的动力。她组织老师们走街串巷，挨家挨户宣传国家的好政策，让更多的残疾孩子也能享受义务教育。2017年8月的一天中午，袁敬华听说邻县李家户镇有一名8岁的智障学生还没上学，只知道满村儿疯跑，她心里十分焦急。不顾中午烈日当头，赶了50多里的路来到了李家户镇。当袁敬华走进这个小院时，看到了在一旁冲她嘿嘿傻笑的孩子娘和一个围着大枣树疯跑的孩子。孩子的奶奶是家里唯一的主心骨，袁敬华向老人介绍了国家的政策："大娘，咱们党给咱的孩子安排了好政策，咱孩子能免费上学，学知识学技能。"孩子奶奶不相信："你们是哪里来的骗子？看俺一家人傻，都觉着俺们好糊弄是吗？俺才不信还有这好事哩。"孩子妈妈一听要将孩子带走，更是一把就将袁敬华推了出去，砰的一声关上了大门。袁敬华一个趔趄，直接摔倒在地，然而她丝毫没有顾及自己，继续敲门，边敲边冲里面喊："大娘，您听我说，我真的不是骗子，我是想让咱孩子有学上。现在国家和咱党的政策好，特别关爱咱家这样的孩子。大娘你得相信俺啊，大娘！"可是大门却一直紧闭着，她只能无奈地回去。第二天一大早，不死心的袁敬华拖着受伤的腿，一瘸一拐地又来了，她找到村支书，一起到他们家劝说。奶奶这才同意让孩子来了袁敬华的学校，孩子自此有了学习的机会。

小鑫玥是学校里一名患有孤独症的学生。我们知道，孤独症儿童被称为星星的孩子，他们的语言有障碍，行为刻板，沉浸在自己的世界里，无法和别人交流。小鑫玥的父母离异，妹妹被妈妈带走，而跟随爸爸一块生活的她再也没有见过妹妹。于是，她把对妹妹的思念变成了一幅画，反反复复地画了一遍又一遍……孩

袁敬华（左三）悉心照顾孩子们的作息

子的情绪在一张张绘画中得以舒缓，心结也在画面展现的同时一点点打开。这是袁敬华针对孤独症儿童情绪干预提出的具有很好疗愈作用的"艺术疗法"，她创造性地将康复理念融入其中，唤醒孩子们的天赋，开发释放潜能，促进他们综合康复。

为了圆特殊孩子的一个梦想，袁敬华数年如一日，孜孜不倦、锲而不舍。这所学校从教导两个有听说障碍的儿童，到现在教育了700多残疾孩子，其中90多名智障学生在这里上中专学技能。已经有六百多名学生从这里毕业。在这些孩子的眼里，袁敬华不仅仅是老师、

袁敬华（中）和特殊孩子们一起游戏

校长，更是他们尊敬的"袁妈妈"。新时代新征程，我们要向袁妈妈学习，听党话，感党恩，跟党走，在新时代新征程上作出新的更大贡献。

"乡村好青年"的五个小目标

聊城市茌平区振兴街道民族小学工会主席　张琦

　　获得习近平总书记点赞、被称为"鲁西小寿光"的聊城市茌平区贾寨镇耿店村，近两年又有了新的变化：随着村里各项产业的不断发展壮大，大批年轻人踊跃回村就业，耿店村"棚二代"的名气越来越响。20 年前人口外流、村庄凋敝的耿店村，如今大棚遍地、楼房林立，人均年收入超过 4.5 万元，集体资产达 2000 多万元。

　　耿店村大棚蔬菜产业的发展振兴，惠及了每一位村民，以"八〇后"、"九〇后"为主的"棚二代"们自然更不例外。这个故事的主人公，正是其中一位名叫耿付征的小伙儿。

　　1990 年出生的耿付征自幼有脊柱侧弯的毛病，身上的担子压在了心里，人越来越内向，连走路都喜欢贴墙根。初中毕业后，他选择了计算机这个可以远程操作而"不用见人"的专业；就业后，他从事的也是电脑维修这项很少跟人打交道的工作。回乡最初，耿付征利用自己的专长在村里干起了党员远程教育管理员的工作，但对大棚"敬而远之"。他说："父辈种棚的辛苦让我'打怵'了。早些年，都是后半夜钻进棚里摘菜，天不亮就骑着三轮车跑几十公里外卖菜，太累了！"

　　然而，随着村里现代化高标准大棚、蔬菜批发市场、育苗场的建设，选择种大棚蔬菜的回乡年轻人都挣了大钱，特别是跟耿付征一起回乡的耿付建，一口气种了 11 个蔬菜大棚，一茬菜就能挣 20 万元。

　　看到大家"混"得越来越好，总躲在屋里捣鼓电脑的耿付征终于坐不住了。2017 年 9 月，耿店村党支部书记耿遵珠找到耿付征，跟他掏起了心窝子："现在咱村都是高科技种棚，还有专业技术培训，从买苗到卖菜都不用出村，那种摸黑外出奔波卖菜的日子成了过去时，种菜不费劲了。你这么年轻，不能总窝在屋里，不干活不奋斗怎么富裕！"耿遵珠一番话点醒了耿付征，也让他暗暗下决心"走出来"。回家后，耿付征就给自己规划了五个目标：有个好事业，住上新楼房，买辆小轿车，加入中国共产党，娶个好媳妇。

背靠耿店村这棵大树，耿付征的前几个目标很快得以实现。2018 年，耿付征先升级改良了自家老棚，又从村里租了两个扶贫新棚，种上了尖椒。干事勤快又喜欢钻研信息技术的他，很快迎来了大丰收。一年下来，轻轻松松赚了将近 20 万元，买了人生第一辆小轿车。种菜挣了钱，耿付征也很快住上了楼房。腰包鼓起来了，耿付征也自信了许多，以前只穿黑白灰的他，现在最爱鲜艳的花衣服。

耿付征（右一）在蔬菜大棚介绍种植经验

为了充分发挥带头作用，耿付征郑重地申请加入了中国共产党。2019 年底，耿付征成了一名预备党员，并在当年通过了专职网格员考试，负责村里的民生代办、重点人员走访、安全隐患排查。作为耿店村"'棚二代'青年群"的群主，他还组织年轻党员开展政治学习，并帮包了 5 户贫困户。

五个"小目标"完成了四个，只有"娶媳妇"这个目标，拖了三四年依然没实现。鲁西乡村一带男多女少，找媳妇本就是件难事，再加上脊柱侧弯这个毛病，耿付征想讨个老婆是难上加难。眼见着耿付征有些心灰意冷，他帮包的贫困户张树国费尽了心思。为了给耿付征说媒，下肢瘫痪的张树国甚至坐着轮椅，跑到几公里外的媒人家，上门"推销"他心中的这个优秀小伙。功夫不负有心人，经过牵线

耿付征（左一）在慰问耿店村贫困户

搭桥，最终沙镇姑娘李海燕相中了勤奋上进且聪明大方的耿付征。2021年4月28日，耿付征在耿遵珠书记的祝福下，迎娶了心爱的姑娘。如今，五个小目标都已完成的他，正向着新的梦想出发！

乡村振兴，人才先行。返乡创业的年轻人中，有不少是大学毕业生。这些有文化、见识广的"棚二代"，成了引领耿店村加快发展、多元发展的主力军，也增强了耿店村发展现代农业的内生动力。"人才蓄水池"为耿店村的振兴发展注入了充足的动力，一幅乡村振兴的美丽画卷正徐徐展开。

耿付征（左二）新婚迎娶李海燕

"园" 梦

聊城市城市园林管理服务中心工程师　张善政

　　在园林管理服务中心，有这样一个人，他总是踏着破晓时的露珠启程，随着三更天的晚灯回家。对待工作，他总有着用不完的精力去做到尽善尽美，只求问心无愧。同事亲切而敬佩地称呼他为"工作狂魔""仔细大王"的声音，也时不时地在耳边响起。

　　我有幸与他一起工作了十个年头。在这十年里，最令我印象深刻的是，2015 年，我们一同参与武汉园博园聊城园的施工工程。当我们在开园前夕站上张公堤公园的制高点，欣赏这 212 天的日夜奋战取得的成就时，他由衷地向我说出这样一句话："要是咱们也能有这样的园子,那该多好啊！"

路文龙（左一）在武汉园博园与技术人员商讨钢构挂瓦技术

　　这个人的名字叫路文龙，住建部"先进个人"、市级"优秀共产党员""齐鲁最美建设职工""水城最美职工"……他收获了无数荣誉，却始终不曾停止追逐梦想的脚步。

　　当聊城市凤凰苑植物园建设开工的集结号在春节的热闹欢声中奏响，

路文龙摩拳擦掌，满眼期待。我知道，他在武汉园博园许下的心愿，就要实现了——37.4万平方米的土地，近6万人的人工投入，规划400余天的施工时间，凤凰苑植物园工程堪称聊城园林历史上规模最大、覆盖最广、造价最高的景观建设工程。

早上不到6点，路文龙第一个出现在施工现场，指挥混凝土罐车和泵车找好落脚点，投入紧张的土建工作。拿到更新的土壤数据后，路文龙的足迹又踏遍了水杉园的土地。首次试种聊城土地的中山杉来之不易，要求严苛到近乎完美的信息采集工作，让他徘徊在一个又一个试点之间不停地观测。买来的早餐被忘在一边，早已凉透。

路文龙（左一）检查施工中存在的问题

水系管网铺设，承插还是热熔？当路文龙跳进沟槽的时候，已经临近中午。用5天时间完成水系管网铺设的任务，是他早就立好的军令状。在接近40度的高温炙烤下，路文龙不顾大家的劝阻，忙个不停，这项任务完成后，他不顾脖子上杯口大的晒伤，只是把一整瓶水灌进喉咙，然后继续在烈日下忘我工作：下午1时去查看园路质量，4时去调整梁架结构，6时来进行数据汇总，7点准时上报完成情况与新的计划……每一项任务都在争分夺秒，力求精益求精。

最难熬的3个小时终于过去了，当他放下眼前的平面图，将视线转去了远处的木质亭廊，我猜，他的心里一定在想："来都来了，就去看看吧。"一旦工作灵感迸发，他所有的疲惫和困倦都会一扫而空。爬上脚手架，拿起水平尺，他无数次地提醒着自己：还有时间，每一个过程，我都要亲眼见证；还有力气，每一个细节，就让我来亲自把关！他像极了一个不会停歇的永动引擎，一心要在最短的周期内释放出最大的能量，每时每刻都是在争分夺秒，力求将每一项工作做到精益求精。

华灯初上，路文龙终于迎来了他最享受的安静时刻，板房的桌面摆上了他昨天还没设计完的几本方案。景观的几处造型、灯杆的多种纹理，他专心思考着如何达到最佳的视觉效果……就在一个不留神间，天又亮了。

路文龙（左后）依据图纸指导凤凰苑植物园建设

这就是施工的日子里，路文龙的一天。这一幕幕画面，来自于他手写的一本工作日志。一个偶然的机会，我拿起凤凰苑植物园略带泥土味道的工程资料翻看。正当我感慨这些设计图纸的复杂结构、这些施工方案的精密落实时，路文龙的这本工作日志，就从资料里掉了出来。

这本日志上的每一页，不仅清晰地记录着他在这次具有里程碑意义的建设工程中所倾注的心血，还用简单的语言记录了一天中的种种经历。作为现场管理人员，路文龙经历的每一天都是那么充实而不易。在你我看来，这一天，显然是工作强度巨大、无比忙碌的一天，而对于他，对于每一个园林人，凤凰苑植物园施工建设的 429 个日夜，天天如此，视若平常。

2018 年 5 月 1 日涅槃新生的凤凰苑植物园，以全新姿态登上了这座城市的舞台，为聊城创建国家森林城市立下了汗马功劳。这座植物园，如同一部融合了 431 种来自世界各地奇珍苗木、能够同时书写出北方园林豪迈和南方园林婉约的"百科全书"，汇聚起那一个个凤凰苑园林工作者心口的萤火微光，化作了那一年这片天空下最闪亮的星星，投射出那个专注于自己曾经许下的承诺，任劳任怨、无私无悔的影子。

我没有问路文龙，凤凰苑植物园的顺利建成是否实现了他往日的心愿。但我知道，植物园建成后，他又和无数聊城园林人一道，站在了新的起点上，用追逐梦想的笔触，一次又一次地把盆景园、口袋公园、城市微景观这一幅又一幅别致的插画，呈现于街头巷尾，绘进了江北水城的美丽画纸，润物无声地为每一位市民带来一份份装满了惊喜的礼物。

敢于有梦、勇于追梦、勤于圆梦——没错，追逐梦想永不止步！正是这样一种精神，激励着无数的水城绿色工匠们埋下一颗又一颗充满希望的种子，在耕耘时融入勤劳与智慧，在绽放后亦不忘孕育新生。听啊，建设"六个新聊城"的旋律已经奏响，我们园林人愿以梦为马、策马前行，用每个人的奉献、几代人的坚守，圆梦——为了"园梦"！

红辣椒带出红日子

阳谷县侨润街道第二小学教师　岳明路

在一次班会上，我问孩子们："你们的梦想是什么？"有的孩子想当科学家，有的孩子想当警察，有的孩子还想当宇航员。等大家七嘴八舌地说完，方明高高地举起了手："老师，我的梦想是像爷爷一样，在村子里种辣椒！"

后来的家访中，我有幸遇见了方明的爷爷、阳谷县高庙王镇柴庄村党支部书记方先运，更幸运的是，通过与方先运书记的交谈，我听到了在阳谷这片沃土上，这位老人围绕"土地"做文章，带领村里百姓勤劳致富、阔步新征程的精彩故事。

阳谷县高庙王镇种植辣椒的历史十分悠久，可以追溯到明末清初。不过，当地的辣椒种植业基本是一家一户分散种植、自行销售的模式，收益不高，大伙儿渐渐失去了热情，不少人选择外出打工。方先运看在眼里，思来想去，决心改变这种局面，实现产业化发展。2009年，方先运和村里另外两名党员联合成立了先运辣椒专业合作社，在流转的10亩土地上开启了发展辣椒产业之路。合作社成立后，方

方先运在田里观察辣椒长势

先运先后多次去青岛、天津、河南等地考察学习，十几次到中科院、省农科院请教专家，走访了两千多位辣椒种植户。踏破铁鞋的他得出了一个结论：辣椒发展关键在于选种和种植技术！于是，他耗费3年多时间，运用

提纯复壮技术，选育出了适合本地种植的朝天椒新品种，"江北第一辣"品牌就这样诞生并逐步打响。结合阳谷当地的种植条件，方先运又摸索出"麦田大垄套辣椒直播"的栽培方式，推进了种管收机械化操作，产品的质量和效益得到了更大的提升。

然而，发展的道路是不平坦的，难免会遇到这样那样的挫折。随着辣椒产量质量的提升，更多的村民加入了种植朝天椒的队伍。不料，受突如其来的疫情影响，辣椒储存出现问题，时间一长就容易腐坏。收到家里的辣椒变不成钱，种植户们愁得不得了，更是急坏

方先运（左一）介绍朝天椒种类

了方先运。由于长时间在地里劳作，吃饭不规律，方先运患有很严重的胃病。那段时间，他拖着病体四处奔波寻找经销商，胃疼得受不了了，就拿拳头顶着，撑一阵。经多方求助，在当地党委政府的指导帮助下，方先运终于联系到了经销商，收购价格比之前还要高。合作社与该公司签订了长期合作协议，村民的辣椒不愁卖了，方先运的眉头也终于舒展开了。

"能当选柴庄村的党支部书记，是大家伙儿对我的信任，是党和人民对我的信任！今后我会以实际行动来带领群众发家致富，也实现我自己的人生价值。"这是 2014 年当选为村党支部书记时，方先运面对村民们许下的承诺。依托先运合作社这棵大树，方先运大力推行"党建＋合作社"的发展模式，入社农户能够享受到统一供苗、统一浇水施肥、统一回收产品、进行年利分红的"打包式"服务。村集体经济和群众利益共同体就这样建立起来，既促进了群众增收，又拉动了村集体经济"造血式"发展。2020 年，方先运又建立了先运劳务合作社，重点吸纳 40 至 70 岁的人员务工。同样是在这一年，高庙王镇获得了"全国一村一品示范村镇"荣誉称号，2021

年，高庙王镇生产的朝天椒，又把"全国名特优新农产品"的称号抱回了家。

方先运为村民培训种植辣椒技术

乡村振兴不仅要"富口袋"，更要"富脑袋"。方先运把党课开在了农家大院、田间地头，党员和椒农在田里一边学政策、学技术，一边干活，边学边练。"田间党课"拉近了党员和群众的关系，实现了党性教育与辣椒种植技术的双提升，村里涌现出一大批辣椒种植"土专家"。他们懂政策、会技术，满怀信心与豪情，跟着党建设社会主义现代化新农村！方先运还赶上了新潮流，通过短视频、购物网站进行线上销售，还奔赴各类火锅博览会、调味品博览会以及绿博会、农交会等展会宣传辣椒品牌，让"阳谷朝天椒、江北第一辣"走进更多人的视野与生活。他也成了村民们口中亲切的"辣椒书记"，大家都说："辣椒书记带领着俺们致富，日子就像这朝天椒一样红红火火！"

"辣椒辣，辣仓上，深夜脱下红衣裳；装满袋，束成捆，头晌赶阳谷，下晚卖东昌。"这首从小就听过的民谣，一直在我脑海中回响。方先运书记的故事让我不禁感叹，今天的高庙王镇是火红的辣椒、火红的村庄、火红的日子！

习近平总书记曾经说过：乡村振兴不是坐享其成，等不来、也送不来，要靠广大农民奋斗。乡村振兴任重而道远，需要无数个方先运书记前赴后继，立足农村具体实际，以使命担当、责任担当、创新担当为己任，在全面推进乡村振兴的大道上砥砺奋发、阔步前行，在建设社会主义现代化国家的新征程中书写新答卷！

新时代青春里的"繁森故事"

聊城经济开发区蒋官屯街道李太屯社区党委副书记　李明政

　　我是一名基层党员，从小在舅舅家的院子里长大。院子中有棵一百多岁"高龄"的大槐树，它承载着我许多儿时的回忆，也见证了四十多年前，这里的乡亲们与孔繁森同志结下的深情厚谊。

当年与孔繁森同志一起工作过的干部群众

1975 年与孔繁森同志一起工作过的干部和群众

　　孔繁森同志一生各个阶段，无不诠释着"一个共产党员爱的最高境界是爱人民"。1975 年，时任聊城地委宣传部副部长的孔繁森率工作队到我舅舅家所在的村支援"三夏"生产工作。孔繁森为人和气，一点架子都没有。大槐树下，他和干部、群众或是开会，或是拉家常，这里俨然成了露天会议室。然而，在一次干部会上，和气的孔繁森发火了——孔繁森主张在麦粒蜡黄时就收割，固执的队长坚决认为还要再等等。见理说不通，孔繁森把眼一瞪："影响了麦收，你这个队长也不用干了！"原来，孔繁森从小在农村长大，对庄稼活一点也不陌生，他知道，地里的小麦品种是麦玉 5 号，蜡黄时收割正好，如果等熟透了再收就会掉粒。最后，大家按照孔繁森的办法保质保量完成了收割，队长也心服口服地向他竖起了大拇指。

这天，骄阳似火，人们将新麦摊开了满满一大场。不料，下午4点左右，西北方向突然乌云密布、电闪雷鸣，一场暴雨就要来临。队长和我舅舅忙对孔繁森说："老孔，快回公社吧，要不衣服淋湿了没法换。"孔繁森却压根听不进去，大声说："党员、干部快回家拿炕席和绳子，说什么也要保住这一场的麦子！"在孔繁森的带领下，众人飞快地和老天爷赛跑，终于保住了这一场麦子。大家人人灰头土脸，但都簇拥着孔繁森，脸上、心里乐开了花。

孔繁森的故事，如清泉般滋润我的心田。长大后，我追随他的足迹参军入伍，在宝塔山下宣誓入党，更加坚定了"全心全意为人民服务"的坚定信念。转业后，

李明政在孔繁森同志曾经工作过的大槐树下

我成为了一名基层工作者，每天服务着群众的"大事小情"。

2022年5月14日晚，我正在社区办公室加班，一位老人着急忙慌地推开门："同志，对面楼顶围栏旁边站着个人，你快看看去！"我和同事赶紧一边跑向楼顶，一边拨通了110、119和村干部电话。当我们推开楼顶消防门，赫然看到一个十三四岁的女孩，流着泪嘶哑地喊道："你们别过来，不然我就跳下去！"

事发紧急，我们决定先通过聊天稳定孩子的情绪。在聊天中，我们得知，她是一名中学生，因父母离异和学习压力大，对生活失去了信心，只想找到自己从记事后就没见过的生母。我立即答应了，但孩子的情绪突然再次激动："我不相信你们！"她转身跨过围栏就想往下跳。当时，我的大脑嗡的一声，全身每一个细胞都在喊着："快！做些什么，救救这个孩子！"说时迟那时快，我不顾身旁的同事、楼下围观的群众，扑通跪在地上："孩子！我跪过祖先，跪过父母，再没跪过别人！今天我给你跪下来，

我是咱这个社区的主任，我向你保证，今晚一定带你见到妈妈！"我的举动打动了孩子，她流着泪又从围栏外翻了回来，我和同事赶紧上前，紧紧拉住了她的手。当我们领着孩子走下楼时，围观人群响起了热烈的掌声："这是救了我们村的一条命啊！社区干部了不起！"当晚，我通过各种方式联系上了孩子的妈妈，并驱车几十公里，把她带到妈妈面前，兑现了我的承诺。现在，我成了她的大朋友。在我的鼓励和开导下，她变得珍惜当下、阳光向上。

当年和我一同在大槐树下长大的，还有个叫刘国信的男孩。23 岁的他现在是一名党员、社区工作者，也在上演着新时代的"繁森故事"。2022 年 3 月 16 日晚，我们所在的社区出现 4 例无症状感染者

李明政（右二）在与群众拉家常

病例，当夜组织开展小区全员核酸检测这在全市是第一次，任务相当艰巨，也冒着很大的风险。我们设立了十个检测点，前七个检测点组长由社区书记、主任担任，当轮到第八个点时，已无书记、主任可用。我冲着人群大喊："谁站出来当第八组组长？"话音刚落，刘国信高高举起右手，大喊一声："我！"一下子冲到人群最前面。他的举动感染了在场所有人，大家都争着往前站、抢着领任务。连夜奋战后，刘国信没有休息一分一秒，就又转战另一小区。第二天下午完成任务后，他已经累得瘫倒在冰冷的地上。可新的任务再来时，他又二话不说投入了"战斗"……

在孔繁森家乡这片广袤的热土上，有着许许多多基层党员挥洒汗水、奉献青春。他们把青春写在党的旗帜上，把汗水融入发展的诗篇里，每天都上演着新时代的"繁森故事"。太阳每天都是新的，我相信，这样的故事会越来越新、越来越多、越来越精彩！

一名人民警察的新时代长征路

聊城市公安局出入境管理处四级警长　陈海霞

　　翻开中国共产党百年党史，从 1934 年 10 月到 1936 年 10 月，我们党领导红军纵横十余省，长驱二万五千里，完成了一次"无与伦比的史诗般远征"。长征胜利近 90 年后的今天，战争硝烟早已散尽，时代也发生了深刻的改变，伟大长征精神已经成为中国共产党人精神谱系的重要组成部分，深深融入中华民族的血脉和灵魂，激励着不同时代的中国人不断前行。我们人民警察，也有着自己的长征故事。

　　我的同事李金龙是全国优秀人民警察，他有一张跟随了自己十几年的中国地图，上面做了标记的地方，是他从警 27 年出差办案所到过的 27 个省（自治区直辖市）。这张地图，记录了他参与办理的 300 余起案件，承载着他为群众挽回的 2 亿多元经济损失，这数十万公里的行程，就是他的长征路。

李金龙荣获全国优秀人民警察称号

　　在李金龙的长征路上，西安、银川这两座城市是地标性的存在，在那里，他曾深入传销组织卧底侦察。

2009 年春节，李金龙接到举报，临清市有一传销团伙在大肆发展会员，骗取钱财。经组织批准，他化名李亮，秘密加入陈某领导的传销团队。团伙成员大部分都是临清本地人，一不小心就能遇到熟人。那段时间，李金龙不敢和家人逛街，更不敢接送孩子上下学。

妻子偷拍的李金龙出任务的背影

3 个月的时间里，李金龙取得了陈某的信任。2009 年 5 月 27 日，陈某带他到银川参加上级团队聚会。李金龙用密拍设备拍下了整个活动现场的情况，上级传销头目的身份、样貌逐渐浮出水面。从银川回来后，他又争取到赴西安参加所谓"全国招商会"的机会。在西安，他整整呆了半个月，锁定了 5 个重要嫌疑人。2009 年 6 月 19 日，经过 5 个多月的侦察、布控，终于可以收网了！李金龙与战友们里应外合，一举捣毁了这个传销组织最大的窝点。至此，涉及全国 21 个省市、涉众 8 万多人、涉案金额 2 亿元的特大传销案宣布告破！

当凯旋的车队进入山东境内，李金龙给妻子发了一个信息："媳妇儿，我快到家了，今晚去咱娘那边吃饭吧！"他的电话随即响了起来，是妻子打来的："你别回家了，直接来医院吧！""怎么了？""咱娘住院了，脑梗死，已经一个星期了！""啊？你怎么不给我打电话说呢？""咱娘不让打，她说你在外忙工作，回来了还得再回去，别耽误公家的事！还有，我没敢告诉娘，你当卧底去了……"挂断电话，李金龙沉默了很久。他跟战友说："幸亏老人没事儿，要不，就是我一辈子的遗憾呐！"

李金龙（左一）宣讲法律知识

在人民警察这支英雄的队伍里，与李金龙的事迹相似的警察故事每天都在上演。它们有一个共同的主题，那就是人民公安为人民。

与中华人民共和国共同成长起来的公安队伍，自诞生之日起，就被赋予了服务人民的使命。为了百姓"岁月静好"的盼望，我们执勤、我们出警、我们侦破案件、我们服务群众，我们有人流汗、有人流血、有人甚至献出了宝贵的生命。新中国成立以来，全国有一万六千多名人民警察因公牺牲，三十多万人民警察因公负伤。仅在扫黑除恶专项行动中，就有 52 名战友离开了我们。挺身于危难之际，守望在平凡之间，在建设平安中国的征程上，我们高扬利剑、赤胆忠诚，虽千万人，吾往矣！

习近平总书记说："一代人有一代人的长征，一代人有一代人的担当。"其实，工作在不同岗位的我们，就像长征途中那一名名普通的红军战士。只要我们心怀远大理想，秉承永不放弃的信念，笃行不辍、不负韶华，那么，在实现中华民族伟大复兴的长征路上，我们也终将"更喜岷山千里雪，三军过后尽开颜"！

永不止步的"老步"

聊城市茌平区退役军人事务局社会工作师　王晶

　　每年的清明节，在我们茌平区烈士陵园里，总能见到一位个头不高、走路有点慢的中年男人，一个人在墓区静静地坐一会儿，然后默默地离开。同事告诉我，他是一位老退役军人，名叫步同良，每年他都会来这里纪念他牺牲的战友，大家叫他"老步"。后来在工作中，我跟他熟悉起来，一次偶然的机会，他给我讲述了自己的故事。

　　步同良的奔波故事是从1983年开始的。那一年，中学毕业后的他积极响应政府号召参军入伍。不久，他所在部队奉命奔赴老山前线。当年，在老山前线流行这样一句话："苦不苦，比比五九五；累不累，想想军工队。"步同良所在的连队正是五九五部队的军工队，他们的任务就是每天背着战备物资送到前沿阵地，再把受伤的战友或者牺牲的烈士背回来，每天都要经历20多个来回，每一个穿梭来回都面临着严峻的生死考验。1985年7月19日晚，一场激烈的战斗打响，步同良主动到最危险的地方抢救伤员。可当他背起战友往回跑时，一不小心触碰到了敌人埋下的地雷。只听嘭的一声，一股热浪把他掀翻在地；迷迷糊糊的步同良下意识地朝着自己的腿部伸手一摸，只摸到了靠黏糊糊的肉皮和腿勉强相连的脚。意识到自己受伤的步同良一心想着："一定要尽快找到受伤的战友，无论如何也要完成任务！"终于，在距离他四五米外的地方，步同良找到了战友，好在伤员没有再受伤。就这样，步同良忍着钻心的巨痛，一点一点地拖着战友向回爬。当他们终于爬到了哨所，步同良也因失血过多昏了过去。等他醒来时，已经被转移到了后方的医院。医生对他说："流了那么多血，没有牺牲已经是万幸了！"步同良赶紧掀起被子，只看见缠着绷带的左腿，而左脚却没了。那一年，他才 21 岁！听到这里，我怀着敬意、满含热泪看着他，他却说："想想那些为国捐躯的战友，我感觉能活着已经很幸运了。"

1987 年，步同良带着集体一等功、个人一等功的荣誉光荣退伍回到家乡，成了一名银行营业厅综合柜员。他把军功章藏在箱底，开始了在银行的工作，继续着他的奔波。那时，从家里到他工作的银行足有三十里，他一天都没有迟到过。可是，

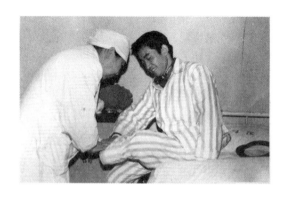

步同良（右一）接受治疗

用拿枪的手点钱打算盘，对于他来说是一个巨大的挑战。步同良说："经历过生死的人，小沟小坎还能过不去？"于是他每天疯狂地练习，点钞累了打算盘，算盘打累了再练点钞。几百个小时的加班训练，让他两个多月就把自己逼成了一个合格的银行柜员。有人粗略统计过，银行柜员工作一天至少要站起坐下 300 次以上。步同良身体特殊，但从不搞特殊。每天下班，小腿穿假肢的位置磨出的血，经常和袜套粘在一起。他自己抹上药，第二天忍着疼痛坚持上班。

步同良（右一）和同事到农户家中指导手机银行操作

前不久，我和同事到步同良家中走访，他的妻子刘桂红给我们讲起了2010年冬天的一件事："那天下了大雪，路面结冰，客运都停了。我让他请假，可他非要骑车去上班，说大库钥匙在他手上，他不去别人钱取不出来，整个营业所都得停业。结果半路连人带车摔出了老远，连假肢都摔掉了。"那天，步同良坐在雪地上想等个人来拉自己一把，可路上一个人影都没有。最终，他挣扎着先穿好假肢，再爬到摩托车旁，推着摩托一步一滑到了营业所。"一人守一摊，咱得负责任。"不善言谈的老步有点不好意思地跟我们说。

从部队到地方，奔波一直伴随着步同良：烈日炎炎，人手紧张，他主动申请出差，和同事一起对客户开户事宜进行细致核实；面对疫情防控，他承担了停业期间网点和自助设备的消毒、维护、检修等工作，日日往返；就连每年去外地更换假肢，他都趁着公休假期去，从不耽误工作。用他的话说："咱是党员，得严格要求自己。"

步同良（左二）到耿店村育苗场了解情况

2017年，步同良当选党的十九大代表；2021年，步同良又获得了全国优秀共产党员的荣誉称号。从一线战士到"金融尖兵"，从一等功臣到全国优秀共产党员，多重身份的坚守，守住了一名党员的初心和使命。步同良说："曾经我是个老兵，在前线我的任务就是不停地奔跑；如今，在新征程上，虽然我走得慢了，但我永远不停步！"这是一位老退役军人的坚守，也是一位共产党员的忠诚。

一包鸭蛋背后的故事

临清市八岔路镇前杨坟小学教师　冯其滢

　　我是一名普通的农村小学老师，我的学生大多是农村孩子，里面还有不少留守儿童。留守儿童是一个特殊的群体，这一群体的出现给农村教学带来了很大的难题和挑战。作为与留守儿童接触最为密切的教师，我深感责任重大，格外关注班内的"留守儿童"。我带过的班级里，曾有一个叫真真的孩子，给我留下了特别深刻的印象。

冯其滢在课堂上和孩子们在一起

　　那时的真真，身体瘦弱、眼神胆怯、头发凌乱，小脸也经常洗不干净，尤其是她性格内向不爱说话。下课时，她常常一下子被其他同学挤到队伍最后面，走路也总是贴着墙根，一举一动都透出怯懦和自卑。一天放学，真真奶奶来接孩子，我便有意和老人交谈起来。老人说："这孩子的爸爸妈妈一年四季都在深圳打工，孩子眼看10岁了，跟她爸妈都没见过几次面。"说着，老人的眼眶不禁湿润起来，停顿了下，又继续对我说："老师，你知道，我虽然是孩子奶奶，但毕竟年纪大了，照顾不周到，有时候我都不知道怎么跟孩子说话。这个孩子话特别少，也不合群，放学回到家就憋在屋里哪也不去，我真怕她憋傻了。你说她要是憋出毛病了，我怎么跟俺儿和儿媳妇交代啊！"说话间，真真始终低着头躲在奶奶身后，两只手不停地扭着衣角。我暗下决心：一定要把这个孩子的心扉打开，让笑容重新回到她脸上！我安慰着真真奶奶："大娘，您放心，作为真真的老师，一定会想法让孩子好起来。"老人紧紧抓着我的手久久没有松开，我知道这里面是满满的信任和感谢。

那次谈话以后，我经常给真真干裂的小手涂护手霜，帮她梳漂亮的小辫子："真真，转过头来，让老师看看。真真今天真漂亮！"可是真真还是下意识地躲着我，甚至不敢正视我的目光。改变一个孩子不是单单给她自信的外表，更应该帮孩子从心底深处树立起自信。

冯其滢（右一）课下与留守儿童谈话交流

经过一段时间观察，我发现真真总是第一个到教室。一天早晨，真真还是像往常一样来得特别早，只见她在整理她的课桌，每一本书都排得整整齐齐。我坐到她旁边笑着对她说："真真，咱们班还缺一个卫生委员，老师觉得你最合适，你想当吗？"她低垂着头，惊慌游离的眼神里写满了疑问，好像在说"我……能行？"我拉起她的手在教室里走了一圈说："真真，你看，全班属你的课桌最整齐，以后就由你来负责管咱班的卫生，我觉得你一定行！"真真终于抬起头看了看我，使劲点了点头。

打那以后，真真变了——课前课后，她总是和大家一起拿着笤帚、提着拖把、洗好抹布，把教室打扫得干干净净。很快，在学校的卫生月评中，我们班获得了好成绩。真真开心地笑了，那是我第一次看到真真灿烂的笑脸，就像一朵盛开的花。就从那以后，真真在课堂上的表现越来越好，性格开朗了不少，话渐渐多了起来，回答问题也积极了，还和许多同学成了好朋友。

"冯老师，冯老师！"一天放学，真真高兴地喊着我，旁边还站着真真奶奶。老人把我拉到一旁，塞给了我一个布包。我诧异极了："大娘，这是？""冯老师，你听我说，你看真真这孩子变化多大呀，爱说了也爱笑了，成绩也进步了，还主动跟她妈妈打电话聊天哩，她妈妈都感动哭了，说什么也让我来谢谢你。我也没啥稀罕东西，这几个鸭蛋是我自己养的鸭下的，你可得尝一尝，闺女！"看着老人诚恳的目光，我只好说："好，好，我收下……"布包在我手中沉甸甸的，我知道，这不仅仅是一包鸭蛋的分量，这里面装着一个老师的责任，也装着家长们对教师工作的肯定。

如今真真上了高一，已经出落成美丽自信的大姑娘了。她告诉我说，她最感谢的人里，有日夜操劳的奶奶、在外拼搏的父母，还有我这个一直鼓励她不断进步的恩师妈妈。

冯其滢利用课余时间阅读中外名著

新时代、新征程，我又继续迎来新的班级、面对新的面孔、了解新的家庭。那个装鸭蛋的布包还在，我的教育初心也永远不会改变：我将牢记习近平总书记的殷殷嘱托，做"有理想信念、有道德情操、有扎实学识、有仁爱之心"的"四有"好老师，继续做好留守孩子的贴心守护者和心灵引路人，用关爱和热情点燃孩子心中一盏盏希望的灯，为乡村教育事业的发展贡献更多力量！

"赶考" 在路上

惠民县委县直机关工委副书记　盖超群

　　低矮破败的村委会办公室，随处可见的柴草堆，还有占了全村人口一半以上的贫困户，这是2017年大刘村的景况。而现在，道路整洁、绿树成荫，人人脸上洋溢着幸福的笑容，您能想到这是同一个村子吗？带来这样脱胎换骨的变化的，就是原滨州市生态环境局派驻惠民县大刘村的第一书记韩林军。

李庄镇大刘村第一书记韩林军（左一）查看干渠开闸放水情况

　　2017年5月8日，51岁的韩林军受组织选派，到大刘村担任第一书记。从这天起，他就始终吃住在村里，白天挨家挨户走访，晚上挑灯夜战，整理民情信息。

　　走访中，他了解到村里电压不稳，一到灌溉高峰期，家家户户都得轮排时间抽水浇地，粮食产量一直上不去。他在支部会上提出要改造供电线路，一名党员说："这想法挺好，但咱村集体穷得连支笔都得垫钱买，拿什么改线路？"

韩林军说："是党员，就要多想想群众的难处，就不能怕困难，不然，还要我们党员干什么？"

韩林军的话掷地有声。他立刻组织了外出考察，马不停蹄，昼夜兼行。终于他想到了：光伏电站运维成本低，配套线路改造，能同时解决电压不稳和集体收入少两项难题。经过与供电等部门反复论证，这个项目可行！最终他们在滨州市生态环境局、惠民县供电公司和李庄镇政府的帮扶下争取到了试点政策支持。村民浇地再也不用排时间表了，每年还增加了集体收入 12 万元，贫困户也拿到了 30% 的收益分红。绿化、美化、亮化、硬化各项村庄建设也提上了日程。

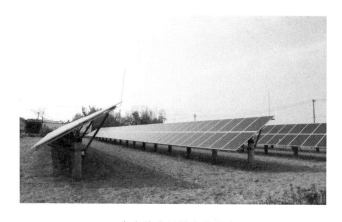

李庄镇大刘村光伏电站

可这时，韩林军却发现了一个极大的污染隐患。在农村旱厕改造后，一般需要吸粪车每 4 个月进行 1 次清理，收费 60 元左右，可有的村民为了省钱将粪水偷倒进水沟里，等发现时已是臭气满村。

韩林军决定在村里建设粪污处理厂，没想到一提出来就遭到了强烈反对。利民项目落不了地，他心里十分着急，每天天不亮就挨家挨户地宣传，带着村民轮番外出考察，终于做通了思想工作。由派出单位市生态环境局在惠民县李庄镇、皂户李镇和滨城区三河湖镇同时启动粪污无害化处理综合利用试点项目。大刘村的粪污处理厂，辐射带动了周边 50 多个村子，每天处理 50 吨污水、产生 100 斤有机肥，不仅不臭，还能变废为宝。

在韩林军带领治理下，大刘村村容村貌得到整体提升

两年时间转瞬即逝，韩林军期满离任，他向党、向大刘村的老百姓交出了一份满意的答卷：82户贫困户全部脱贫，贫困村顺利摘帽，建起了养老院，建成了振兴广场，修缮了办公场所，治理了村庄环境；村集体收入从零到十余万，先后被授予省级美丽宜居村庄、省乡村振兴十百千工程示范村。大刘村，正大步流星地走在乡村振兴的新征程上。

习近平总书记说："时代是出卷人，我们是答卷人，人民是阅卷人。"从脱贫攻坚到乡村振兴，是一场接力赛，更是赶考路。在新时代强国复兴的赶考征程上，我们共产党员一定会跑好我们这一棒，向党和人民交出一份满意答卷。

赓续红色血脉　建功伟大时代

滨州市滨城区退役军人事务局办公室工作人员　李　梦

大家是否想过，如果在我们的身体里存在1块弹片，会是什么感觉呢？会疼痛、会恐惧还是会难以忍受？在我们渤海革命老区，就有这样一位"铁打的英雄"，他就是被父老乡亲们称作"滨县李向阳"的刘竹溪。

刘竹溪1938年加入中国共产党，参加过淮海战役、渡江战役，大小160多次战斗，他率部从渤海之滨一直打到福建武夷山下，作战时始终冲锋在前，先后4次负伤，但从来是轻伤不下火线。2010年3月，伤病交加的刘竹溪因病逝世。在他的骨灰里，人们找到了28块弹片。这些大如花生、小似米粒的弹片，是战争留给这位钢铁英雄的印记，是几十年军旅生涯的见证，更是铮铮铁骨的无上荣耀。

刘竹溪对党忠诚、矢志不渝的精神一直影响着我，2008年我应征入伍，成了一名光荣的人民解放军战士。

2019年，我有幸来到了为英雄烈士、为退役军人服务的退役军人事务系统工作。在这家被全区退役军人称为"娘家"的新

刘竹溪将军逝世后，在他的骨灰中找到了28块弹片

建单位，我和同事们用心用情用力做好各项优抚工作，准确进行信息采集，悬挂光荣牌、送喜报、走访慰问，加强再就业托底保障，为退役军人排忧

解难，不断提高退役军人服务保障水平。这些平凡琐碎的付出，进一步增强了退役军人的获得感、幸福感和自豪感。

建党百年之际，在对全区 464 名抗美援朝老退役军人、新中国成立前老党员信息采集工作中，我又有幸结识了曾受邀参加央视国防军事频道《忆往昔还看今朝》节目录制的抗美援朝老兵冯玉俊。

他向我们讲述了他的战场经历："在一次运送物资通过敌人封锁线时，遇到敌机轰炸，飞机飞得很低，我眼睁睁地看到一发炮弹落在战友头顶，一声巨响，顿时人、车、马全不见了，只留下一个冒着黑烟的大坑，3 名战友光荣牺牲。"冯玉俊当时顾

在抗美援朝战争中荣立三等功的滨城老兵冯玉俊

不得难过，擦干眼泪，赶紧组织队伍向前冲……他心中只有一个信念：只要人不死，就要把物资送上前线！

这位在抗美援朝战争中荣立过三等功的老人，对当年在朝鲜战场战斗的经历记忆犹新。战争夺走了很多战友的生命，也给冯玉俊留下了伴随一生的伤病，但是冯玉俊却欣慰地说："流血牺牲换来了国家的繁荣富强，咱不亏！"

刘竹溪、冯玉俊等革命前辈用鲜血甚至生命诠释了不屈不挠、艰苦奋斗、顾全大局、无私奉献的老渤海精神。

战火远去硝烟尽，英雄精神永传承。如今，革命和建设的接力棒又传到了我们手上，全区退役军人在实现第二个百年奋斗目标的新征程上，赓续前辈红色血脉，用实际行动践行着"若有战，召必回，战必胜！"的无悔誓言。

退役军人、杨柳雪市场监管所所长王方涛在 2018 年做了一场肾脏肿瘤切除大手术，身体还在康复治疗中，医生要求他调养一段时间后，再进行肾动脉瘤手术治疗，可由于工作，手术被一拖再拖……

春暖花开的壬寅三月，一轮突如其来的疫情打破了原有的平静与安详。

疫情就是命令，防控就是责任。正在准备手术治疗的王方涛心里只有一个念头："关键时刻，决不能掉链子！"他身先士卒，冲上了抗疫一线。自滨城区发现确诊病例以来的近二十天时间里，他吃住在所。同事们担心他的身体，劝他晚上回家休息。他说："疫情正处于严重时期，随时可能有新的变化，况且晚上还要巡查，来回太耽误时间，这个时候我决不当'逃兵'"！

疫情发生后，全区共有 164 支退役军人志愿服务队、1610 名退役军人志愿者参与到疫情防控中。涌现出滨州寸草心退役军人志愿服务队等多个优秀退役军人志愿团体，以及参加过维和行动的退役老兵张瑞、持续奋战在转运被隔离人员前线的退役军人王永亮等先进个人。

滨城区退役军人志愿服务队奋战在抗疫一线

穿上军装，我是一名战士；脱下军装，我是一名建设者。在更高水平"富强滨州"建设的队伍中，无论是在疫情防控一线，基层治理前沿，还是乡村振兴主战场，都有退役军人坚定、自信、冲锋在前的身影，他们在平凡的岗位上挥洒着奋斗的汗水，闪烁着如炬的光芒。

现在，请允许我站到强国复兴道路的最前列，做一名建设家乡的排头兵，怀揣着老渤海精神滋润的崇高信仰，改革开放大潮催生的坚定信心，建功新时代感召的豪迈信念，继续用满腔热血浇筑我们伟大的事业，用无悔的青春书写一名退役军人的忠诚。建设新时代，共筑中华魂，强国有我，请党放心！

民主议政日　议出新农村

滨州市邹平市韩店镇实户村村委会主任助理　刘力铭

　　不知道大家是如何确定自己的工作志向的，有人始于兴趣、有人为了温饱、有人源于专业，于我而言，想要身入基层、奉献基层的愿望源自学生时代两次田野调查。一次在黄土高原的大山村落，对于那里的孩子来说一盒24色的水彩笔就能使他们欣喜若狂；一次在山东莱西的传统农村，那里的农户世世代代以耕地为生，一家四口吃睡学都在一张炕上。那时，我想，青春太短，莫负韶华，我的奋斗足迹要留在基层群众最需要的地方。

　　去年此时，我离开校园，如愿来到邹平市韩店镇实户村就职。转眼间，已经在这里工作生活了三百多个日夜。今天，在这里，我想结合自身体验，说一说目前乡村治理是怎样践行习近平总书记所讲到的"江山就是人民，人民就是江山"重要精神的，唠一唠我所感受到的新农村、新变化、新面貌、新气象！

　　上班第一天，恰逢村里开民主议政会，也正是这场会议令我这个社会学硕士生仿佛成了懵懂无知的小学生。会上，村书记就村妇联主席人选进行提名，让大家举手表决，我本以为是走过场的程序，刚要举手，村里一位党员蹭一下就站起来，"这个重要事项上村两委会了吗？表决通过了吗？妇联主席不是有两个候选人嘛，应该公开投票

王通书记（中）在民主议政日会上做投票说明

吧？"这一连三问随即引发了全体党员和村民代表的激烈讨论。这样的场面是我始料未及的，过去村支书"一言堂"的局面已不复存在，取而代之的是固定的民主程序、充分的民主协商、公平的民主决议。这让我认识到，新时代农民不再大字不识、不敢发表意见，而是懂得维护民主权利，积极参与民主决策。

会后，我一脸崇拜问村支书："书记，刚才村民都要跟你杠起来了你也不生气。咱们村的民主议政执行得真好啊！"书记说："每个月5号可是咱们村的大日子，村里的这些党员和代表，不管谁家有啥事、有多忙，每到这天总要早早来会议室等着开会，二十多年了，大家已经养成了习惯，也形成了责任。不为了别的，就是为着村里发展能有个好光景，村民生活能有个好奔头。""啊，那村里这些事务村民们也不专业啊，财务支出、产业致富、土地流转、惠民福利，人人都有想法有主意提意见，那不是乱套了？""你这孩子，话不说不明，理不辩不清，众人拾柴还火焰高呢，咱们这么多人给村里的大事小情一起出主意、做决定，这才叫民主啊！你看那墙上贴的一系列民主议事协商制度，这就是用来保障民主能实行得下去，民意能执行得彻底。"书记的这番教导，让初入基层的我心服口服，解决农村中的问题，不是我发现了什么，我给予什么，而是我和村民一起面对什么，一起解决什么。真正让村民当家作主就是这个道理了！

今年4月，大家克服疫情影响，"民主议政"由线下变为线上，多年的老传统也用上了新科技，大家通过网络视频会共商村中重要事务。这次会议议题是对村里闲置多年的土地资源进行整理分类，公开招标发包。会上，大家隔着屏幕，你一言、我一语对方案进行了热烈讨论，充分发表意见，把想法亮明白、疑虑理清楚。大家商定，闲置土地一次性承包期限为二十年，预计将会为村集体增收三十万余元。

每月5号开会这件事，实户村已经坚持了二十多年，要论起实户村民主议政日的来源，这就要追溯到更早的20世纪90年代。那时的实户村，经济、民主两手抓，随着种植棉花"五定一奖"的实行，实户成了邹平种棉第一村，激发了乡村经济活力，老百姓的钱包鼓起来了，思想也跟着活起来了，他们对于行使民主权利有了更高的诉求。那时，村里的村务财务不透明，缺乏监督，老百姓对村支书的意见很大，"村集体的钱都花哪里了，我们上哪里能看？""凭啥村里啥事都是村书记一人说了算？我们也是村里的一分子啊。""怎么他家分的地比我家多？"不一样的声音越来越多，村支书推行起工作也越来越吃力。终于，向来敢闯敢试的实户村，在1998年春天，根据"四民主两公开"，探索以每月月初集中开展"党员活动日""村民代表议事日"和"村务财务公开日"为主要内容的村内事务决策活动，称为"三日活动"，这正是如今民主议政日的雏形。

2001年，邹平提出以民主议政统领"三日活动"，2004年"民主议政日"制度正式确定并在滨州市推广。"民主议政日"，议出新农村。如今，"民主议政日"的经验做法已经推广至全省乃至全国。二十多年来，在民主议政日制度的积极作用下，实户村的村容村貌、村民生活发生了翻天覆地的变化。过去，实户村村不大、人不多，却矛盾频生，发展裹足不前。如今，实户村已走在新农村发展前列。排列整齐的红瓦砖房、笔直通畅的水泥道路、一应俱全的便民设施、生长茂盛的田地庄稼、积极向上的村民面貌，正是民主议政日卓有成效的真实写照。

实户村民主议政的发展成果，是党建引领乡村振兴下的一个缩影。正如习近平总书记在2021年"七一重要讲话"中讲到的"办好中国的事情，关键在党"，而"中国共产党根基在人民、血脉在人民、力量在人民"。民主议政日制度正

位于实户村的邹平市民主议政日学习教育中心

是坚持以人民为中心，对"江山就是人民，人民就是江山"的具体践行。

青春逢盛世，奋斗正当时！站在新时代的历史节点上，作为一名选调生，一名社会学研究生，我愿意扎根在田野上、百姓中，在强国有我的赶考征程上，留下无悔的奋斗足迹。

以交警担当　展爱滨风采

滨州市公安局交通警察支队滨城区大队宣传科辅警　牛琨

在滨州，提起滨城交警董爱荣，许多人都耳熟能详，她将以人民为中心的理念贯穿于工作始终，用严格执法、热情服务守护着群众的出行安全。两年前，一张董爱荣跪地救助受伤群众的照片"火了"，公安部交管局也在微博上点赞说："屈膝20分钟支撑伤者，你的样子很美！"

2020年9月23日中午，董爱荣下班途中发现一起交通事故，一名骑电动车的女孩撞倒了一位阿姨，伤者大腿骨折，仰面躺在地上。董爱荣立即放下自行车，跪下身来，抱起受伤的阿姨，让她斜躺在自己怀里，尽

董爱荣（右一）下班途中发现交通事故跪地救助受伤阿姨

力减轻她的痛苦，她一边指挥女孩拨打122报警，自己迅速拨打120急救电话，同时联系值班同事过来维护现场。救护车将伤者接走后，她腿麻得站不起来了，围观的群众感叹说，真是遇到好人了！很多人问她，下班穿便装还拿自己当交警？她却说，20年了，警服不是穿在我身上，它早就穿在我心里了！董爱荣在滨州公安交警队伍中只是一个缩影，在她的身后还有千千万万个人民交警。雨雪风霜里，他们履职尽责、为爱坚守；危急时刻，他们无私无畏、向险而行；一举一动，他们人民至上、初心永恒……作为一名从事宣传工作的基层交警，用三组镜头和大家分享滨州交警在守

护路畅民安、推进平安建设路上的担当和风采。

　　城市之晨，从每一声哨响中缓缓醒来；城市之美，从人人参与"创城"中奋力绽放。交警、志愿者、劝导员、群众……我们每个人都是道路交通参与者，安全出行在彼此守护中默默传递，文明交通在相互温暖间蔚然成风。交警每天提前半小时上岗，上班下班两头不见太阳，已经习以为常。冬天早晨执勤时天还是黑的，一位大妈买来几个热气腾腾的包子让他们垫肚子；夏天头顶火辣辣的太阳，几个小朋友喊着"叔叔、阿姨"送上冷饮、矿泉水；前几天下大暴雨，开车行驶在路上的司机们来到坚守在风雨中交警的身边，递雨伞、送雨衣……顶酷暑、冒严寒、迎风雪，马路上随处可见"小黄人"的身影，他们站岗、巡逻、训练、执行安保任务、查处交通违法行为、处理交通事故、守护校园周边秩序、宣传交通安全法律法规，以交警担当倡导滨州文明、守护滨州光明、展现城市之美。

　　今年3月，新一轮新冠肺炎疫情突如其来，作为阻断疫情传播第一道关卡，滨州交警迅速启动最高等级勤务，全部屯警路面，直面风险、冲锋在前，用血肉之躯筑牢了疫情防控的铜墙铁壁。"我是

滨州女警在高考考点为莘莘学子保驾护航

党员，我带头上！"扎根在基层一线、历经风雨42载的"老黄牛"刘希平第一个报名参战。再有一个月，他就要退休了。然而面对严峻复杂的疫情形势，饱经风霜的老黄牛仍然选择披挂上阵、坚守一线。与刘希平一样的，还有60岁的张国忠、59岁的王增华、58岁的刘建海、55岁的王金忠……这一群"六〇后"民警虽已不再年轻，却以疾病压不倒的坚强、疲劳打不垮的刚毅，筑起疫情防控的"不老"防线。老党员"打样"，新党员"跟

上"！就这样，哪里有管控点，哪里就有党员战斗小组。一面面鲜红而庄严的党旗警旗在全市91个管控点的上空猎猎飘扬。一个支部就是一座堡垒，一名党员就是一面旗帜，一辆警车就是一座灯塔，一支警队就是一道防线！滨州交警顶风冒雨、昼夜奋战，用实际行动守护我们热爱的家园。

党员民警在疫情防控卡口（博兴站）坚守封闭执勤

"鲁M9168警，我一定要找到你"……2022年2月13日上午，市民刘先生带着一封《寻找最美警察》的感谢信和一面锦旗来到了交警支队，他要找到一位全力救助他的交警，在他因一氧化碳中毒而命悬一线的时刻，是那位交警迅速开启绿色通道，将20分钟车程缩短至5分钟，及时挽救了他的生命，他想当面说声谢谢。几经寻找，刘先生和家人通过手机视频的方式"见到了"他们要寻找的"最美交警"。那隔着手机屏幕的鞠躬感谢，饱含了群众对我们多少的信任，多少的深厚情谊啊！

其实，像这样平凡而感人的交警速度、交警瞬间，在滨州公安交警队伍中，每时每刻都在发生。每逢恶劣天气，滨州交警以雨雪为令，第一时间全警上路、疏堵保畅；巡逻时偶遇迷路的老人，滨州交警第一时间与辖区派出所取得联系，顺利帮助老人回家；碰到寒冬里意外落水的群众，滨州交警第一时间跳入湖中，耗光了全部的力气将落水者成功营救上岸；面对正驾驶车辆逃窜的犯罪嫌疑人，滨州交警第一时间启动应急快速反应机制，果断逼停嫌疑车辆，嫌疑人在走投无路的情况下束手就擒……

一抹红蓝乘风破浪，披肝沥胆护佑一方！作为一名交警队伍中的一员，"强国有我"就是要在本职岗位"谨记职责使命、守护平安畅通"。让我们以汗水和热血，努力奋斗拼搏，向时代发出"强国复兴有我、平安建设有我"的最强音！

档案穿越之旅

滨州市阳信县档案馆保管利用室副主任　付明静

2022 年是我从事档案工作的第 3 个年头，两年来我就和一堆堆"故纸堆"打交道，我的工作就是从一份份文档，一页页笔录，一张张照片中打开尘封的历史、还原历史的原貌。我喜欢这份工作，我珍爱我手头上这一件件看似普普通通的纸张，它们是我心头的"宝贝"，我想更是我们家乡乃至国家的"宝贝"。今天我就来晒晒宝，通过它们来真实地再现阳信县一段光辉的红色记忆……

首先我们一起穿越到 1945 年，现在我们的位置是阳信城门口。阳信历史悠久，文化灿烂，自 1945 年解放后，成为有力的革命大后方。在这里我们看到了一座历经沧桑的城墙，它坚不可摧，坚如磐石地屹立在那里，见证了阳信具有纪念意义的 1945 年。

接着我们来到 1946 年 6 月，国民党大肆进攻中原解放区，我军三五九旅损失惨重。中央批准三五九旅旅长王震的建议，到渤海区组建一支新军。1947 年 2 月 25 日，三五九旅扩军工作队在阳信县老官王庄举行了建军典礼。这是一支从阳信走出的英雄部队，一路西进，剑指天山，自山东到新疆途中解放了一百多座城市，解放了整个新疆地区，最终到达新疆最艰苦的地方驻扎下来进行国家建设。此后不断发展，今为新疆生产建设兵团农二师。

接着我们来到 1947 年，这一年阳信发生了很多大事件。1947 年渤海区党委驻地转移至阳信县，随后，华东局、华东军区等一大批随行机关来此，阳信成为渤海区政治、军事中心。阳信成了一片红色的热土。

1948年3月1日，渤海区党委组成了以中央工作团、华东工作团为主，当地部分县、区、乡、村干部参加的"老区结束土改实验工作团"，进驻阳信县张集乡，开展结束土改和建乡实验工作。（图为中央土改工作团在渤海区阳信的合影。后排左三张琴秋、左五曾彦修、左六毛岸英、后排右四史敬棠、中排右三于光远）

图为中央土改工作团在渤海区阳信的合影

　　1947年的冬天，有一位我们熟知的人物来到阳信，他就是毛主席的儿子毛岸英同志。1947年11月，毛岸英化名"杨永福"来到阳信县，渤海区党委组成了以中央工作团、华东工作团为主的工作队进驻阳信张集乡开展结束土改和建乡实验工作。这幅珍贵的照片是中央土改工作团在阳信的合影。后排左数第六位就是我们熟知的毛岸英同志。1948年7月，毛岸英调离阳信。24日，他回到西柏坡之后给同时参加工作队的史敬棠写了一封信，信中写道："张家集党小组会上我对你的放肆的批评，今愿收回80%。由于我对自己的认识错误，所以也不能正确地认识别人，望你把我这一点反省当作忠诚之语，决不是那些专门为写信而写的门面话。"这封信既表现了毛岸英同志自我反省自我承担错误的优良品质，也是他在阳信工作过生活过的有力证明。

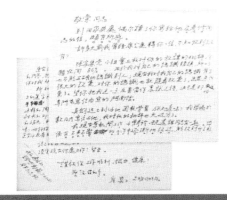

图为毛岸英写给史敬棠的信

　　下面让我们一起走进华东军政大学的校园，华东军事政治大学是在解放战争时期，为适应战争形势、满足培养军政干部需要而设立的一所军事性质的学校，首先看一下华东军政大学的行军路线图，可以看到华东军政大学是 1946 年 11 月在临沂的莒南县成立，随后随军转移。

图为渤海四地委阳信县南下干部表

1947 年 8 月，华东军大战略转移至阳信流坡坞教学，在这里进行了为期近 9 个月的教学，1948 年 6 月随军转移。此后不断发展壮大，成为现在的国防大学。

华东军区副司令员张云逸同志兼任校长，以及 99 式坦克之父祝榆生先生，为国家培养了大量的军事人才。

最后我们一起踏上南下的火车，解放战争时期，为了支援国家建设，众多的青年干部纷纷南下，就让我们一起和南下干部乘坐这辆火车，踏上支援国家建设的新征程。

截止到 1949 年 2 月 25 日，渤海四地委共有 1200 余人从阳信踏上了南下的征程，其中阳信户籍和在阳信工作的共有 129 人。这份珍贵的档案原稿现存于山东省档案馆之内。

红色记忆照亮了我们来时的路，也照亮了我们前行的路！档案馆里这样的"宝贝"还有很多很多！

习近平总书记指出："一切向前走，都不能忘记走过的路；走得再远、走到再光辉的未来，也不能忘记走过的过去，不能忘记为什么出发。"

作为一名新时期的档案人，我愿意"板凳须坐十年冷，独守千秋纸上尘"，我为能"为党管档、为国守史、为民服务"而倍感自豪，并努力为新时代注入档案力量！请党放心，强国有我！

"三个理念"探寻黄河战略"菏泽路径"

菏泽市水务局水资源管理科科长　赵明明

　　"让黄河成为造福人民的幸福河"是习近平总书记 2019 年 9 月在郑州主持召开黄河流域生态保护和高质量发展座谈会时发出的伟大号召。党的十八大以来，总书记多次奔赴沿黄九省区开展调研，黄河流域生态保护和高质量发展上升为总书记亲自谋划、亲自部署、亲自推动的重大国家战略。作为黄河入鲁第一市，菏泽到底进行了哪些具体的探索和实践，发生了怎样的变化呢？带着这些问题，让我们一起用"三个理念"来探寻黄河战略的"菏泽路径"。

赵明明（左一）宣讲黄河战略

　　落实黄河战略，就得始终坚持以人民为中心的理念。"共产党是干什么的？是为人民服务的，为中华民族谋复兴的，所以我们要不断看有哪些事要办好、哪些事必须加快步伐办好，治理好黄河就是其中的一件大事。"2021 年 10 月，习总书记在山东考察时的这段话发人深省，他道出的是共产党人的责任和担当，体现的是共产党人的为民情怀。党的十八大以来，习总书记心系滩区百姓，多次亲临迁建社区视察，他指出全面开展搬迁、迁建是"一件了不起的事情"。

"三年攒钱、三年垫台、三年盖房、三年还账"，这曾经是黄河滩区群众艰苦生活的写照。而如今，行走在菏泽市东明县焦园乡2号村台黎明社区，白墙灰瓦的楼房整齐排列，学校、超市、各色小店一应俱全。谈到滩区迁建，家住东明黄河滩区的78岁老人李进成对人讲过他的住房经历：从1962年黄河吞没村庄后盖起的土坯房，到20世纪七八十年代被洪水一冲就垮的砖瓦房；再到2021年宽敞明亮的二层小楼。现在的村台高达五六米，发再大的水也不害怕了。老人感慨万千地说："能住上这样安稳的楼房，是以前连做梦都不敢想的事儿。"

东明县焦园乡新村台分房领钥匙

"全面建成小康社会，一个都不能少，实现共同富裕，一个也不能掉队。"黄河滩区脱贫迁建是党中央交给山东的一项重大政治任务。作为滩区迁建的主战场，菏泽市5年来新建村台社区28个、外迁社区6个，14.6万滩区群众从过去黄河滩里的"穷窝窝"，搬到如今幸福河畔的"美家园"，祖祖辈辈的安居梦终于在黄河战略中得以实现。

落实黄河战略，就得牢固树立守护绿水青山的理念。随着"绿水青山就是金山银山"理念不断深入人心，人民群众对青山、绿水、蓝天、沃土的追求愈加强烈。

夜幕下的曹州古城

每当夜幕降临，菏泽老城区，新建的曹州古城里，千盏花灯流光溢彩，与湖中的永安塔交相辉映，引来众多市民打卡、拍照。随着青年湖水环境综合整治和老城曹州建设项目一期工程完工，这座承载着厚重历史的古城，终于又在"绿水青山"中重现生机。家住青年湖畔的李大爷感触良多："几年前，这里的湖水还发黑发臭，没想到党和政府会花这么大力气来整治环境，现在的青年湖呀，湖水清了，做生意的多了，整天人来人往、热热闹闹，跟过年似的。"

生态优先，绿色发展。近年来，菏泽加大了生态保护与治理步伐，对城区"五湖十河"进行系统治理，大力实施雨污分流和水环境提升改造工程。生活污水不再直排入河，经过处理后的中水汇入城市景观河道，真正实现了一城"活水"。"水清岸绿、鱼翔浅底"，人民群众的幸福感和获得感不断提升。

落实黄河战略，要时刻遵循高质量发展的理念。宜水则水、宜山则山，宜粮则粮、宜农则农，宜工则工、宜商则商。菏泽积极探索富有地域特色的"高质量发展新路子"。时至盛夏，万物葱茏。菏泽大地，九百万亩小麦归仓后，又值秋苗拔节生长时。粮食安全，国之大者。菏泽兴建水库，疏浚河道，高效引黄灌溉，保障了粮食连年丰产丰收。

"农业这个优势不能丢""工业是菏泽需要加强的方面"。早在

2013 年，习近平总书记来菏泽考察时，就为菏泽的发展调了"音"，定了"调"。近年来，菏泽牢记总书记嘱托，在大力发展农业的同时，锚定"工业强市"不动摇，推动"231"特色产业发展质速并提。2021 年，洙水河、新万福河连接京杭大运河航道顺利通航，牡丹机场、鲁南高铁建成投运，当年 GDP 居全省第 8 位，成功实现了菏泽经济总量由"全省垫底"到"跻身中游"的历史性跨越。

牡丹机场投入运行

生态立市、农业兴市、工业强市、民生活市，这就是菏泽落实黄河战略的生动实践。一座城市的追求与梦想，一旦融入国家战略，就被赋予了特殊的使命与机遇。

奋斗新时代，建功新征程。走在第二个百年奋斗目标的"赶考路"上，菏泽将牢记"后来居上"嘱托，锚定"走在前、开新局"，奋力书写黄河流域生态保护和高质量发展菏泽新篇章！

爱就是 1+378

菏泽市单县博爱学校党支部书记、校长　鲍珊

在菏泽单县有一所特殊的公立学校,它是政府专门为贫困孩子而建的,取名为"博爱"。单县博爱学校的办学宗旨就是做到一个孩子都不放弃。作为为特困儿童撑起一片蓝天的幸福大家庭里的家长,我也尽力书写着奋斗的青春故事。

这里的孩子有的父母残疾,或有精神疾病;有的父母双亡,是无依无靠的孤儿;有的父亲入狱,母亲改嫁,靠年迈的爷爷奶奶照顾……特殊的家庭背景使这些孩子养成了独特的性格品质。他们每顿饭都吃得干干净净,不会浪费一粒粮食;他们格外珍惜每分每秒的学习时间,成绩在全县一直名列前茅;他们会因为你的一个笑容而感动许久,会因为你的一个拥抱而满足喜悦。他们家中没有电脑、没有智能手机、没有可口的零食,也没有精致的玩具,甚至连平常的家用电器也不具备。但他们却没有磨灭对生活的憧憬,更没有放弃对知识的追求!

鲍珊(右二)在办公室教亚宇写自己的名字

小亚宇是我们学校的"小名人"，所有的老师和孩子都认识他。妈妈在他4岁时去世了，撇下他和妹妹，爸爸因为要外出打工挣钱，把亚宇交给了患有精神疾病的奶奶照看。因为奶奶的原因，村里的大人小孩对他们祖孙俩都"避而远之"，几乎没有小朋友和他一起玩耍。刚来到学校时，无论老师怎么问他，他都不张嘴说话，看到任何人都感到陌生害怕，只在校园里疯跑，任你喊破喉咙也不理不睬。他敏感孤僻不合群，长时间缺乏沟通和交流，已到上学年龄的亚宇，语言表达差强人意，只有3岁小孩的水平。心理专家说他这种表现属于创伤性的心理问题，是孤独症的一种，需要更多的陪伴、更多的关爱。

我记不清有多少次饿着肚子陪他在操场上跑步，只为劝他按时到食堂就餐，不要错过每一次吃饭时间；记不清有多少次为他仔细洗干净双手，只为让他改掉乱翻垃圾桶的毛病；记不清有多少次带他到中医院去做心理辅导，只为他能说出完整的一句话。为了防止他乱跑，我索性拿一根红绳子把他的手和我的手系在一起，于是学校的每个角

鲍珊（左一）假期走访辅导学生作业

落都留下了我和亚宇手牵手在一起的身影。那是一个温暖的午后，大家都午休了，亚宇在我的办公室玩搭积木，他望着我突然小声喊了一句"鲍妈妈"。我的心里猛然一震，挺直身子大声问："亚宇，刚才你在喊我吗？"他咧着嘴巴，露出无比天真的笑容，又喊了一声"鲍妈妈"。哦，原来他会说话，原来心里什么都懂，原来他什么都知道啊！那一刻，我的眼泪唰地流了下来。我知道付出的一切都是值得的。这是孩子最好的成长！

电影《老师好》苗宛秋老师那种"不放弃任何一个学生"的原则使我明白：任何时候都不会放弃任何一个孩子的那个人，就是好老师。每个孩

子都是天使，都应该温柔以待。从小亚宇喊我妈妈的那天开始，现在全校378 名孩子都喊我"鲍妈妈"，我明白，他们将是我这一生的"软肋"，他们便是我所追求的热爱。

　　学校成立 4 年来，每年寒暑假我都要到 22 个乡镇的各个村庄家访，了解每个孩子的情况。我深知，只有接受教育，才能够改变这些孩子们的命运，改变无数家庭的命运。4 年来我走访过的家庭超千户，走的路程超万里。2021 年春节后开学的第一次教师会，我安排好所有事情后已是下午 5 点，不知何时，6 岁的儿子蜷缩在办公室墙角睡着了，我摸着他冰凉的小手又心疼、又愧疚，泪流满面。孩子却趴在我耳边说："妈妈你别哭，你是这世界上最好的妈妈。"是的！儿子，我不仅仅是你一个人的妈妈，博爱学校 378 名孩子都喊我妈妈啊！孩子，我的陪伴或许有些与众不同，但我希望你看到一个平凡却不懈努力的妈妈。

鲍珊（二排左五）和充满青春战斗力的博爱教师们

　　若有微光，必有远方。我有幸引领全校师生，亲手打造"齐鲁脱贫攻坚样板"，为未来而教、为梦想而教！而这些承诺、付出、坚持，无关高尚、春蚕、蜡烛，只因为三个字：我愿意！

"大社区"里的"小当家"

菏泽市郓城县杨庄集镇人民政府一级科员　赵群

　　23 岁的女孩当选为社区党总支书记，这个爆炸性的消息传遍了大街小巷，"这个女娃娃能干好吗？"群众心里犯起了嘀咕。2018 年 1 月，我参加了郓城县武安镇洪寺社区党支部换届选举，有幸当选为第一任党总支书记。面对这个拥有 7 个党支部，9 个自然村，123 名党员，4662 名村民的社区，当时刚大学毕业的我，心里不停地打鼓，有追逐梦想大展宏图的兴奋，也有对经验不足的担忧。身为老党员的爷爷对我说："群群，你小时候总是说，等你长大了，一定要让我们村变得更美丽。现在党员群众把你选成了'当家人'，你放心大胆地干吧！爷爷支持你！"爷爷的话坚定了我的信心，就这样，我毫不犹豫地扛起洪寺社区的大旗，开启了为民服务的新征程。

赵群（中间）与群众一起拉家常听戏曲

　　社区刚刚成立，各自然村之间只有几条坑坑洼洼的小路。到了下雨天，道路又滑又黏，别说骑车了，连走路都很困难，老人不敢出门，孩子上学只能靠大人背着去学校。"必须修路，先修大路，再修胡同。"这是我在社区第一次党员大会上夸下的"海口"。没有资金，我们就积极向上级党委政府申请农业项目，一个部门一个部门地找，一个部门一个部门地问。功夫不负有心人，项目争取下来了，可是其他的困难也接踵而至，清障和挖沟取土触及个别群众的利益，他们不理解、不支持。有的群众早晨5点就去我家门口堵着，村西的老爷爷说："修路得从东边挖沟取土，东边的地抛荒多。"村东的二叔用手指着我说："修路行，但是不能占俺家的地，要是动我一点土，别怪我给你难看哈！小妮子。"群众说啥的都有，有的人等着看我的笑话，想让我知难而退。说实话，长这么大第一次遇到这种窘境，办好事怎么也这么难呀！当时所有的委屈涌上心头，自己偷偷地大哭了一场。但我知道哭解决不了任何问题，擦干眼泪，告诉自己，不能后退，世上无难事，只要肯登攀。我调整好心态，多次加班加点召开村两委会、党员群众代表大会，询问老干部当时的分地情况，再结合工程队的施工要求，最终制定了合理的方案，带领村干部入户做群众工作，逐一化解矛盾。施工进程中，担心工程队干活敷衍，为了保证工程质量，我和他们斗智斗勇。麦收前后虽高温日晒，我仍一天十几个小时盯在施工一线。又担心施工队夜里施工偷工减料，我经常独自一人骑着电瓶车，拿着手电去路上巡查。

有一次晚上施工队没有把石灰完全摊匀，就开始用机械施工，正巧被我碰上了，我一气之下跟他们吵了起来，连人带车一起横在路上，不管他们怎么说，我始终坚持修路标准。村里的老奶奶心疼地拉着我的手说："妮来，可别黑天半夜里上路上去啦，咱是个小闺女，一旦出点啥事，后悔可就晚了。"我看

赵群凌晨两点独自骑着电车去巡查修路情况

着老奶奶笑了笑说"没事的"。但事后想想，也确实有点后怕！就这样，

短短一年的时间，我们洪寺社区一共修了16公里路，真正实现了四通八达。看着一条条宽阔的道路，群众脸上洋溢着幸福的笑容，我心里暖洋洋的。

光修路是不行的，更得想办法让乡亲们富起来。经过村两委多次商讨，我们决定以发展特色种植业为突破口，带领群众发家致富。我们多方考察，引进"大红袍"无刺花椒，它不仅产量高，方便采摘，而且前期苗小，可以套种其他经济作物。可老百姓怕种不好，赔了血汗钱。为了打消群众的顾虑，我们决定由党支部领办合作社，先流转土地260余亩，栽种无刺花椒3万余株，分别套种大蒜、短季棉、大豆等农作物。经过反复试验，最终我们发现大蒜收获后，直接播种短季棉，能够实现土地效益最大化。

市、县农业部门积极推广这一种植新模式，2020年9月，山东省农科院在我们社区种植基地召开了蒜后直播短季棉绿色高效技术示范现场会，专家现场讲解并为种植户解答疑难问题。

示范会上赵群（左二）介绍情况

这时，有个熟悉的身影向我走来，这个人就是那个"要办我难看的"二叔，他红着脸支支吾吾地说："妮唻，恁叔错怪你啦！恁叔现在就信你，俺也想跟着种，行不？"

那一刻，我心里五味杂陈，好像突然间明白了，我的选择没有错！我要让这个生我养我的地方旧貌换新颜，让信任支持我的群众过上富裕又幸福的好日子。

父亲的书画人生

菏泽市定陶区公路事业发展中心办公室副主任　王　阳

记得小时候，老家堂屋正墙上，挂着一幅老爷爷的国画肖像，这幅画是我父亲19岁时怀着对老爷爷的怀恋之情为老人画下的遗像，画的一角，还有一个"继老人志"的压角章。

我的父亲王贵景生长在菏泽定陶农村的一个民间艺人家庭，祖祖辈辈靠扎纸、泥塑、画画糊口，到我父亲这一辈已经是第九代了。旧社会的民间艺人，纵然是浑身技艺，也只能过着不得温饱的生活，老爷爷带着妻儿老小寄居在家庙里，靠几分坟地和卖大粪艰苦度日。

青年时期的父亲王贵景（左一）在学习民间扎纸艺术（墙上悬挂的是父亲画的老爷爷的国画肖像）

"旧社会受压迫犹如牛马，新时代大翻身儿孙满堂。"家里墙上挂的老爷爷画像两侧的这副对联，见证着这个艺人之家新、旧社会的两重天日。在新中国长大成人的父亲，铭记着父辈们的辛酸，他勤学苦练，绘画爱好也有了用武之地，被当时的定陶县皮毛厂吸收为临时工，为出口羊剪绒进行美术设计。

不久，国家改革开放的春风，拂去了人民贫困的满面愁容，此时的父亲像沐浴在阳光下禾苗，沉浸在忙碌工作的兴奋中。

他将绘画技艺融入工艺产品图案，由他设计的一批羊剪绒工艺美术制品，在广交会上成交率居全国同类产品首位，又外销美国、日本、澳大利亚等地。赶上好时代的父亲因此崭露头角，他做梦也没想到，绘画可以发展工业化生产，他盼望着羽翼丰满的一天，将来能用画笔为社会主义新中国添色加彩。

父亲王贵景（左一）在皮毛厂和工人探讨皮毛制品工艺

在追求理想的征程上，命运再一次向父亲抛来了橄榄枝，国家恢复高考，父亲以优异成绩被山东省艺术学院美术系录取，这个好消息如同一把花椒撒入油锅里，在皮毛厂里沸腾地炸开了，厂领导和几名老工人却犯了难："贵景啊，你能上学深造真骄傲，可咱厂刚有了门道，你走了，谁来给俺们画设计稿？"县里组织上也再三挽留："你是县里唯一懂设计的，你忍心撂下这一摊子吗？"在这个去留抉择的时刻，父亲的心软了，毅然决定弃学。

一年后，父亲以优异的成绩被山东大学录取，却又被同样的原因留了下来。父亲坦然接受，有很多人不理解，但父亲说："留下来能救活一个皮毛厂，俺也值了！"从此，父亲决心做一名校外大学生，立志走自学成才的道路。

外出开会、洽谈生意，占用了很多自学时间，父亲把每次出差当作增长见识的好机会：抽空到公园走走，上一课户外写生；抓紧时间参观博物馆，启发构思设计方案；自己从不吸烟，却藏有数百只香烟盒，在父亲的眼里，它们的作用不亚于美术学院的教材。

父亲王贵景在图案设计中

父亲没有上大学，却是一名合格的"大学毕业生"。当时，羊剪绒产品是我国裘皮出口的新商品，在我省工艺美术行业还是空白。为了设计出适销对路的羊剪绒产品，他率先研发了羊剪绒套色印染新工艺，普及国内外，让厂内年产值由几十万提高到千万元。还有他设计的"陶牌"羊剪绒系列工艺制品，被山东省授予"在国内外享有盛誉的名牌产品"称号。父亲提任了副厂长，晋升为菏泽地区第一位工艺美术师。一时间，父亲这个校外大学生自学成才的故事轰动了全国，吸引了各方媒体争先报道，收获了更多的荣誉，还在人民大会堂受到了党和国家领导人的接见。

父亲一生清廉节俭，淳朴老实，他始终恪守一名共产党员的本分，虽然每日泡在各种皮毛制品的世界里，却从未顺手送给子女一件皮毛玩具，家里也从未见用过一件厂里的产品。父亲心无旁骛地沉浸在图案设计中，但高雅的艺术终究没有敌过时代的变化，皮毛厂还是破产了。这个父亲为之牺牲过两次上学机会最终灰飞烟灭的"家园"，带着父亲的画家梦一起消散了。父亲默默地将所有笔墨纸砚尘封在柜子里，一锁就是三十年。而此时，当年和他一起考上大学的同乡画友，有的成了著名画家、有的成了美术高校的校长、教授，都成了名人，精彩续写着艺术之路……我曾问过父亲："没上大学，您后悔吗？"父亲淡然地说，人生旅途开弓没有回头箭，唯有迎接新征程，绘画对我来说，有了幸福感，才有创作灵感，我也在等着那一天！

如今，退休后的父亲赶上了新时代，国家文化事业大发展，我们市区各项文化设施日益完善。父亲开始每周去老年大学，受邀参加各种书画展，这让他心中对绘画的挚爱有了新的释放点！他重新拿起画笔，继续追求他最热爱的绘画事业。在喜迎二十大之际，父亲带着满腔的文化自信，创作了大量作品。前不久，父亲受邀到社区绘制文化墙，我到现场送颜料时，看到他正眉飞色舞地给围观群众讲解他的作品："民族复兴迈向新征程了，俺这是用画笔传播党的声音呐！"旁边一位老大娘竖起大拇指说："画得好！老百姓的好生活都画出来了，俺们的日子比蜜还甜！"我也赶紧围上去，翻出手机相册，激动地向众人展示父亲最近的绘画作品："看！这是我爸画的家乡腾飞巨变图；这是他画的美丽生态公园，还有这一张画的是中华传统文化……"大家翻着父亲一幅幅记录着新时代美好的绘画作品，连连称赞叫好，不约而同地鼓起了掌。这时，我从父亲脸上舒展的笑容里，看到了他找回了曾经最巅峰的自己。

父亲跌宕起伏的书画人生，在我心里就是一幅见证时代发展的长卷，激励我前行！我也要像父亲那样，用感恩的心对待生活，用坚韧和执着去实现梦想！

高铁开进"幸福滩"

中共菏泽市委讲师团干部 王棹

2021 年 12 月 26 日，一场雪后，菏泽迎来了大晴天。这天，我起了个大早，梳洗干净，换上新衣裳，因为我要赶去"见证一件大事"。就在今天，菏泽就要通高铁啦！这可是菏泽交通发展史上具有里程碑意义的大喜事儿！在以前啊，我回一趟河南老家需要 6 个小时。这次我早早就抢到了票，我一定要去"打卡"菏泽第一趟高铁。

菏泽高铁站正式投入运营

"快来快来，我在 5 号车厢！能帮我拍个照吗！我想留念一下。"我捏紧了高铁票，喊着首发团旅客们一起拍照。走上列车，一系列菏泽牡丹元素更是让我看花了眼，英姿飒爽的乘务员身着紫色靓丽制服，寓意着"盛世牡丹，紫气东来"，她面带微笑地向大家介绍："各位旅客朋友们，菏泽高铁已接入全国高铁网，目前可实现"1 小时济郑、3 小时进京、4 小时抵沪、8 小时通达全国主要城市"，整个车厢一阵欢呼，都纷纷竖起了大拇指，这一跑啊，可跑出了菏泽新征程上的加速度！

就在这时，我注意到旁边一位老爷爷在他的本儿上描描画画，我很好奇，凑上去问道："爷爷，您这是在画什么呀？"爷爷笑意盈盈地看了我一眼，说："我热爱画画，今天看到这高铁这么好，心里激动！你看，我的画里面有尖尖头的高铁，高铁边上有黄河，周围都是敲锣打鼓的老百姓，都在庆祝咱菏泽通高铁，我这幅画名就叫'高铁开进幸福滩'！""幸福滩？"爷爷看着我不明所以的表情，说："妮儿，听你的口音不是咱菏泽咧，你不知道俺以前的日子过得多么苦！听我跟你细拉。"周围旅客都被吸引过来，认真听爷爷讲故事。

爷爷叫做毛吉志，是菏泽市东明县黄河滩区的一位农民画家，今年已经72岁了，他画画已经坚持了8年。一支铅笔，一张白纸，一块木板，就是他画画的工具；黄河，给予了他创作的灵感。爷爷说他打小儿就住在这黄河滩区水窝窝里，单说家里盖房子，就盖了八次房。那时盖了房洪水一来就被冲垮，塌了加高房台再盖，盖了又塌，塌了又盖，反反复复。毛吉志爷爷说，他这辈子的愿

毛吉志（右一）在创作《高铁开进幸福滩》

望，就是希望能和普通庄稼人一样，能有个安安稳稳的家。人们都说"有女不嫁黄河小儿，一年四季没个好。"确实，在过去滩区群众日子太苦了，"黄河滩，荒滩地。晴天沙，雨天泥。种啥啥不长，天天饿肚皮。"

毛吉志爷爷拿出一幅画让大家看，这幅画是他记录的1975年黄河发大水的场景。爷爷眼角带泪光回忆着："那年黄河发大水，俺们竹林村一瞬间是房倒屋塌，那房子就像切豆腐一样一块一块往下掉，我们一家老小

搀扶着往外跑，只听得轰隆一声，刚盖好的房屋全部坍塌，只有屋脊露出水面，我们被迫爬到屋脊上求生，身体都被泡肿了、冻僵了，周围都是邻居们的呼喊声、求救声，心想这以后的日子咋过啊？这是老天爷不让我们活啊！"车厢里传来阵阵叹息。

1975 年黄河发大水淹没村庄

但毛志吉爷爷话锋一转，说："大家别愁眉苦脸了，来看看看这幅画！"爷爷又拿出一副画让我们看。这幅画展现的是另外一番景象，高高的新村台上红瓦白墙的二层小楼整齐排列，在文化活动广场上，有下棋对弈的老者，有排练广场舞的阿姨，夕阳西下，一副安静和谐的场面。爷爷骄傲地说："以前那种苦日子再也没有了！现在我们竹林村搬迁到了党和政府给建好的村台上——竹林新村，就是这个'新'字儿，让我们生活大变样！现在家家户户搬进了一百多平的两层带院儿小楼房，屋内热水器、天然气、立式大空调一应俱全。并且啊，不用背井离乡扛着蛇皮袋出去卖苦力了，村门口就有产业园，每月稳定收入有保障，不耽误照顾老人、接送小孩，村里不再有空巢老人、留守儿童。年轻人还教我们直播带货呢！对着小手机，就能把我们的板栗、南瓜、秋葵等农作物卖出去！家家户户腰包都鼓鼓的！国家让我们搬得出、稳得住、能致富。还有还有！城里医生定期来我们卫生室坐诊，给我们老年人免费做量血压、测心电图等检查，家门口能看病，社区里能养老。这样红红火火的好日子，真是甜到心里去了。这种好日子，以前想也不敢想啊，这不应了习近平总书记经常挂在嘴边的一句话吗——'人民群众对美好生活的向往就是我们的奋斗目标！'今后我要继续用这小小铅笔头，画出滩区群众在新征程上的好日子，见证乡村振兴，见证鲁西崛起！"周围旅客纷纷鼓掌叫好。

听完爷爷的话，我扭头看向高铁窗外，面带微笑、信心满满。菏泽做好了滩区发展的后半篇文章，带群众致富，打造出了齐鲁样板，展现了产业兴、乡村美、农民富的新景象，在"三个走在前·开创新局面"上展现出了担当与作为，让每一位普通百姓切切实实充满了获得感、幸福感、安全感。菏泽在新时代、新征程上插上了腾飞的翅膀，奋力实现后来居上，打造富强、美丽、文明、和谐、幸福、活力新菏泽！

毛吉志创作的《竹林新村》

东明县新旧村台对比

黄河生态守护人

菏泽市生态环境局牡丹区分局吴店环保所所长 梁保才

我 1993 年退伍后，一直从事环保工作，至今已经有 29 个年头了。徒步巡河是环保局的重要工作，2019 年夏天，当单位分配巡河任务时，我第一个报了名。

"生在黄河滩，长在黄河湾，吃着黄河水，枕着黄土眠"，这是黄河两岸老百姓的真实生活。黄河养育了亿万中国人民，孕育了古老而伟大的中华文明。而今天，我有了亲近黄河、保护黄河的机会，我觉得这是我人生最美的差事！

2019 年国庆节开班，我和同事巡河走到牡丹区与东明县交界处，发现有人在黄河水湾里电鱼，立刻上前阻止。没想到，这个"任务"，让我终生难忘。我是第一次见电鱼，对电鱼的过程不了解。我使劲儿喊了两声："喂，电鱼的，快上来，快上来！"电鱼人太专注，并没有听见。为了尽快阻止他，我急忙下水驱赶，刚下水没走两步，就感觉电流"嗖"一下窜遍了全身，我顿时失去了身体的控制能力，仰面跌倒在水里。同事吓坏了，急忙大喊："快停下，快停下，电着人了！"电鱼人把电极拿出水面，我身体没电了，但脑袋还嗡嗡响。同事把我拉出水，过了好大会儿，我才缓过劲来。电鱼人背的小电瓶，别看小，最高压可达 800 伏，大鱼小鱼都能电死。电鱼人穿的是皮裤子，而没有任何防护的我，刚下水就被电倒了。那天，我穿着湿漉漉的衣服回到家，妻子知道情况后，搂着我的肩膀大哭了起来，她说："你要是有个三长两短，这一家人可咋过啊。巡河不缺你一个人，回去给领导说说，咱不去了，行不？"我说："我不去，还会有新人去，我已经被电了，有经验了，不能再让其他人挨电。"

电鱼是灭绝性的捕杀行为，不仅破坏渔业资源，而且危害公共安全和生态环境，是不可容忍的。因此在后来的巡河工作中，我只要发现电鱼的，就没收工具，没有任何的协商余地。

梁保才（左一）在黄河岸边巡河

巡河最大的任务，就是保护黄河生态。去年年初，牡丹区的滩区村庄已全部搬迁，唯有郝寨村的一个养鸭棚还没有搬，这是影响黄河水环境的一个隐患。鸭棚的主人是一对 60 多岁的老夫妇，每次我去找他们做搬迁动员工作，老汉总是说："我们这么大年纪了，也不能出去打工了，如果不养鸭子了，吃啥喝啥啊？"是啊，如果强拆了养鸭棚，就断了老人的生活来源。习近平总书记对黄河滩区搬迁要求是"搬得出、稳得住、能发展、可致富"。"搬得出"已经解决了。群众要是失去了致富项目，咋解决"可致富"呢？黄河滩区，非常适合种植瓜果蔬菜一类的农作物。我计划从农业局里请来农技师，帮助这对老夫妇把养鸭棚改造成瓜果蔬菜棚，指导他们种植瓜果蔬菜。老人养鸭子赚了钱，但是在前

梁保才（左一）在瓜果蔬菜棚

年给老伴做心脏搭桥手术，花去了 10 多万元，医疗保险报销后仍花了好几万，没钱改建瓜果蔬菜大棚了。如果再让他们养一年，明年再拆鸭棚建瓜棚，是没有问题的。但是，黄河生态保护等不得啊！我向银行沟通能否贷款，可是 60 多岁的老人是限贷客户，贷几千块钱也解决不了所面临的问题，而且下款也需要很长时间。回到家后，我为老人拿来了自己为儿子结婚准备装修房子的 10 万块钱。拿走时妻子虽然不太情愿，但是为了支持我的工作，还是同意了。去年一年，大棚瓜果钱就卖了十多万元，老汉实现了"搬得出、可致富"的目标。

有利于生态环保的事再小也要做，危害生态环保的事再小也要除。我经常走黄河大堤巡河，每年春季，黄河大堤、黄河河滩就成了人们郊游的好去处。赏花的、看草的，野炊的、烧烤的，活动花样繁多，但人们也都是来制造生活垃圾的。素质高的人呢，会把垃圾打包带走，但很多人没有环保意识，

梁保才（右一）和妻子在黄河大堤上捡垃圾

随手丢垃圾，大风一吹，白色塑料袋满天飞。作为环保人，看到这场景，很痛心。每逢节假日，我都带着妻子，去黄河大堤上捡垃圾，还动员同事和朋友加入捡垃圾的队伍。后来我们组建了黄河生态保护志愿服务队，经常在黄河大堤上义务宣传环保知识，免费向游客发放环保纸袋，劝说游客把垃圾打包带走。来黄河大堤游玩的人，环保意识越来越强，没有了白色塑料袋漫天飞的黄河大堤，风景更加优美。

习近平总书记指出，建设生态文明的时代责任已经落在了我们这代人的肩上。巡河工作虽小，我愿通过我的努力，带动更多人共同参与保护黄河，推动黄河流域生态保护和高质量发展，开启黄河造福人民的新征程。